HOPE CAVENDISH

Zeitgenossen

BAND I: GEMMAS VERWANDLUNG

Roman

Die Personen und Handlungen im vorliegenden Werk sind frei erfunden. Jegliche Ähnlichkeiten mit lebenden oder verstorbenen Personen sind rein zufällig. Erwähnungen von historischen bzw. realen Ereignissen, realen Personen oder Orten sind rein fiktional.

Hans-Sachs-Str. 77, 46236 Bottrop
hope@hope-cavendish.de
http://www.hope-cavendish.de
2. Auflage
Cover: Hope Cavendish unter Verwendung folgender Bildquelle: aboutpixel.de / A cute blond playing video games. © Mark Chambers.
Imprint: Createspace Independent Publishing

ISBN: 1491074604
ISBN-13: 978-1491074602

PROLOG

Eigentlich war ich nicht zeitgemäß, ein wandelnder Anachronismus sozusagen. Doch da ich inzwischen über 400 Jahre alt war, hatte ich schon viele Zeiten erlebt, in die ich im eigentlichen Sinne nicht passte. Dabei sah ich für mein hohes Alter noch recht frisch aus, wie eine attraktive 25jährige. Das mag daran liegen, dass ich gerade mal Mitte 20 war, als ich *erschaffen* wurde.

Über das, was ich war (oder besser: was *wir* waren, denn inzwischen gab es etliche von uns), wurden irgendwann Bücher herausgebracht, später sogar Filme und Fernsehserien. Die frühen Werke schilderten uns als triebhafte und blutrünstige Bestien, die späteren Werke waren differenzierter, beschrieben uns als fühlende Wesen und räumten mit Mythen wie der Lichtempfindlichkeit und dem Schlafen in Särgen auf.

Ein Funken Wahrheit war in allen diesen Texten zu finden. Ein paar von uns *waren* blutrünstige Bestien, viele aber auch fühlende und *mit*fühlende Wesen. Einige waren beides. Die Widersprüchlichkeit unserer menschlichen Natur blieb uns auch nach unserer Verwandlung erhalten.

UNFREIWILLIG

Erschaffen wurde ich im Jahre 1599 in meiner damaligen Heimatstadt London. Elisabeth I. regierte das Land und Shakespeare feierte mit seinen Stücken Erfolge am Globe Theatre. Ich bekam von all dem aber damals noch nicht viel mit, da ich sehr zurückgezogen aufgewachsen war. Meine Mutter war eine Dienstmagd, die sich von dem Earl of Rutland schwängern ließ. Natürlich weigerte sich der Earl, mich offiziell als seine Tochter anzuerkennen, brachte mich aber bei einem kinderlosen älteren Ehepaar unter, das mir eine für die damalige Zeit umfassende Ausbildung zukommen ließ.

Mein Ziehvater hatte es als Apotheker zu bescheidenem Reichtum gebracht, da man seine Kräutermischungen und Heilpulver, die auch meine Ziehmutter mit großem Geschick herstellte, bei Hofe gerne orderte. Beide gaben mit Freude ihr naturkundliches Wissen an mich weiter, zumal ich mich als sehr wissbegieriges und lerneifriges Kind herausstellte. Meinen leiblichen Eltern bin ich indes nie begegnet. So wuchs ich ohne große Sorgen bei meinen Zieheltern auf und ging ihnen bei ihrem Tagesgeschäft zur Hand.

Eines Abends bat mich meine Ziehmutter, eine wichtige Lieferung Kalmus und Echten Schwarzkümmel vom Hafen abzuholen, die dort mit einem Schiff aus Portugiesisch-Indien angekommen war. Sie war nicht mehr sehr gut zu Fuß und mein Ziehvater war am Vormittag zu Hofe bestellt worden und noch nicht wieder zurückgekehrt.

Ich hatte den Apotheker schon oft zum Hafen begleitet und kannte den Weg daher im Schlaf. Mühelos bekam ich die bestellte Ware ausgehändigt. Es begann bereits zu dämmern und so machte ich mich schleunigst auf den

Heimweg. Auch wenn ich den Hafen kannte, so war mir die Gegend dennoch nicht sonderlich geheuer, da sich gemeinhin allerlei Gesindel hier herumtrieb.

Prompt stellte sich mir ein zerlumpter Bettler in den Weg. »Na, meine Schöne!«, grölte er mir seine Whiskyfahne ins Gesicht und entblößte dabei sein immerhin noch aus drei Zähnen bestehendes Gebiss. Ich wich angewidert einen Schritt zurück. Plötzlich wurde der Bettler nach hinten gerissen und flog in hohem Bogen in den Dreck. Ich riss erstaunt die Augen auf und sah mich einem Edelmann gegenüber, dessen erlesene Kleidung und federgeschmücktes Barett auf einen hohen Stand schließen ließen. Hinter ihm standen fünf weitere nicht minder vornehm gekleidete Peers.

Der Edelmann beugte sich zu mir herunter und musterte mich anzüglich. Die Farbe seiner lodernden Augen ließ mich zurückschrecken. Vielleicht lag es ja an der untergehenden Sonne, aber sie waren irgendwie … rot.

»Tatsächlich eine unerwartete Schönheit an diesem unwirtlichen Ort«, murmelte er mit heiserer Stimme, während er mich weiterhin musterte.

Ich räusperte mich. »Ich bin Euch sehr dankbar für Eure Hilfe, Mylord, aber wenn Ihr mich nun vorbeilassen würdet …«

»Nicht doch!«, unterbrach er mich zischend und drängte mich gegen eine Wand. Auch seine fünf Begleiter waren plötzlich kaum mehr als zwei Zoll entfernt, dabei hatte ich gar nicht wahrgenommen, dass sie sich bewegt hatten.

Mir entglitt das Paket mit den wertvollen Kräutern und fiel in eine Dreckpfütze. Der rotäugige Peer griff mir in den Schritt. Ich schrie entrüstet auf und spuckte ihm ins Gesicht. Plötzlich verwandelte sich sein Gesicht in eine hasserfüllte Fratze. Er schlug mir ins Gesicht und der scharfe Schmerz wurde nur noch von dem Entsetzen überlagert, das mich ergriff, als er nach meinem Arm griff und seine Zähne hineinschlug. Ich verlor das Bewusstsein.

Schmerzen. Brennende Schmerzen. Mein ganzer Körper schien in Flammen zu stehen, obwohl er doch ganz offensichtlich in einer kühlen Schlammpfütze lag. Ein schemenhaftes Gesicht tauchte über mir auf. War es Gut oder Böse? Ich wusste es nicht. Es war mir auch egal. Solange nur jemand die Flammen löschte. Hände glitten über meinen Körper, schienen ihn nach Verletzungen abzutasten. Überall, wo sie mich berührten, wurde das Brennen heftiger. Ein unbändiger Schrei kroch meine Kehle hinauf. Ich wurde erneut ohnmächtig.

Ich schlug die Augen auf und sah einen dunkelblauen Baldachin, der mir gänzlich unbekannt war. Mir war heiß. Und meine Kehle brannte. Offenbar war ich krank gewesen und man hatte mich ins Bett gebracht. Aber in welches Bett? Ich lehnte mich hoch und sah mich um. Dies war definitiv nicht mein Zuhause. Meine Eltern hatten zwar auch teure Möbel, doch war ihr Haus längst nicht so raffiniert eingerichtet, wie dieses Zimmer.

»Und? Gefällt Euch, was Ihr seht?«, vernahm ich plötzlich eine wohlklingende Stimme mit belustigtem Unterton. Ich riss den Kopf herum und erblickte einen hochgewachsenen Peer, der mit lässig übereinandergeschlagenen Beinen in einem Lehnstuhl saß und mich mit amüsiertem Blick ansah. Er trug sein langes dunkles Haar zu einem Pferdeschwanz gebunden und sein Gesicht hatte eine fast raubtierhafte Attraktivität.

»Wer seid Ihr? Und wo bin ich?«, entfuhr es mir fast ein wenig unfreundlich. Er stand auf und machte eine spöttische Verbeugung.

»Gestatten: Giles Montgomery, vierter Viscount Arlington. Und dies ist mein bescheidenes Heim.« Er wies auf die Räumlichkeiten. »Und mit wem habe ich das Vergnügen?«

Ich starrte ihn an. Seine amüsiert glitzernden Augen hatten einen faszinierenden Farbton. Einerseits erschienen sie nachtblau, andererseits schimmerten sie wie Opale. »Gemma«, antwortete ich langsam, »Gemma Winwood.« Unwillkürlich griff ich mir an den Hals. Meine Kehle brannte immer noch fürchterlich.

Das Gesicht des Viscounts verdüsterte sich plötzlich. »Hast du Durst?«, fragte er. Ich nickte matt, verwirrt von dem abrupten Stimmungswechsel. »Ich gebe dir etwas.« Er setzte sich auf den Bettrand und reichte mir einen schweren Silberbecher. Ich trank gierig daraus, wobei ich immer noch auf sein unergründliches Gesicht starrte. Die Flüssigkeit löschte auf köstliche Weise meinen brennenden Durst. Nachdem das stärkste Brennen gemildert war, setzte ich den Becher kurz ab, um neugierig nachzuschauen, welches Getränk mir so wohltuend Linderung verschafft hatte.

Ich erstarrte vor Entsetzen. Es war Blut. Ich trank Blut!

Mit einem heiseren Aufschrei schleuderte ich den Becher von mir, dessen tiefroter Inhalt sich über den schweren Teppich ergoss, und starrte den Viscount hasserfüllt an. »Was soll das?«, presste ich zwischen den Zähnen hervor. »Haltet Ihr das für witzig?«

Er sah mich mitfühlend an. »Es ist das, was du jetzt brauchst«, antwortete er ruhig.

Was sollte das nun wieder? Wie konnte ich Blut brauchen? Ich sah ihn misstrauisch an. Er seufzte und nahm behutsam meinen Arm hoch. Ich blickte darauf und sah die Vielzahl punktförmiger Doppelnarben. »Sie werden mit der Zeit blasser«, sagte Arlington leise. Ich starrte immer noch auf die Narben. Mir fielen die Schmerzen wieder ein. Das höllische Brennen. Der Peer mit den roten Augen und seine Begleiter.

Ich sah Arlington an. Sein gemeißeltes Gesicht. Der unergründliche Blick aus den nach wie vor schimmernden Augen. Keuchend stürzte ich aus dem Bett und fand mich vor der verschlossenen Tür wieder, nicht begreifend, wie ich in dem riesigen Raum so schnell hierhin gelangen konnte.

»Gemma!«, hörte ich die warme Stimme Arlingtons bittend hinter mir.

Gehetzt drehte ich mich um. »Ihr seid einer von denen!«, stieß ich hervor.

»Nein, das bin ich nicht!«, erwiderte er sanft, aber eindringlich.

»Warum schließt Ihr mich dann ein?«, fauchte ich.

»Um dich zu schützen.«

»Wovor?«

Er griff nach einem Handspiegel auf einer Kommode. »In erster Linie vor dir selbst«, antwortete er leise.

Ich blickte in den Spiegel. Ich kannte meine ebenmäßigen Züge, die mir nie sonderlich interessant vorgekommen waren, obgleich sie jetzt seltsamerweise feiner und erhabener schienen. Aber das war es nicht, was mich mit eisigem Grauen erfüllte. Es waren meine glutroten Augen, die mir in dem Spiegel entgegen starrten. Rot wie die Augen des Peers am Hafen.

Ich wartete. Wartete, dass die Ohnmacht mich wieder umfing und wie das schützende Dunkel der Nacht vor diesem Grauen bewahrte. Doch ich verlor das Bewusstsein nicht. Ich musste das Grauen ertragen.

»Was haben sie mit mir gemacht?«, fragte ich tonlos.

Arlington sah mich mit seinem unergründlichen Blick an. »Ich musste eingreifen«, erklärte er dann fast ebenso tonlos. »Es hätte dich sonst getötet.«

Hasserfüllt blickte ich ihn an. »Ihr wart das?«

Arlington sah mich ruhig an. Sein Blick schien fast um Verständnis zu bitten.

Ich hatte kein Verständnis. Ich fegte durch das Zimmer wie eine Furie, zerstörte jeden Gegenstand, jedes Möbelstück, das ich in die Finger bekam. Arlington sah mir ruhig dabei zu, der Verlust seiner Einrichtung schien ihn nicht zu kümmern. Dennoch lag eine leise Trauer in seinem Blick. Ich rüttelte und zerrte auch an der Tür, doch diese schien das Einzige zu sein, das ich nicht kaputtmachen konnte.

Schließlich drehte ich mich zu Arlington um. Ich hasste ihn, aber ich wollte auch mehr wissen, wollte das Unfassbare begreifen.

»Was ist mit mir geschehen?«, fragte ich mit gezwungen ruhiger Stimme.

Arlington erklärte es mir. Er erklärte mir, dass die Peers am Hafen Vampire waren, und dass es ihnen egal gewesen war, in welchem Zustand sie mich hinterließen. Er erklärte mir auch, dass er zwar von derselben Art wie die Peers war, nur dass er sich entschlossen hatte, einen anderen Weg einzuschlagen. Ich erfuhr, dass nun auch ich zu derselben Art gehörte und entscheiden musste, welchen Weg ich einschlagen wollte.

Ich begriff, dass ich ohne die Intervention Arlingtons bereits tot wäre, vielleicht war ich es ja sowieso auf eine gewisse Art und Weise. Arlington machte mir auch begreiflich, dass die mir bevorstehende Entscheidung die Schwerste meines Lebens sein könnte und dass ich möglicherweise immer wieder mit ihr hadern würde. Ich ahnte, dass er recht hatte, denn ich verspürte erneut den brennenden Durst in meiner Kehle und es erfüllte mich mit Grauen, dass es der Durst nach Blut war.

Wieder loderte ein Schmerz in mir. Doch diesmal war er nicht körperlich. Ich wusste, dass sich jetzt alles ändern würde. Ich wusste auch, dass ich meine Zieheltern nie mehr wiedersehen würde. Doch ich wusste nicht, was mir alles bevorstand.

Arlington hielt mich auch in den nächsten Tagen in dem Zimmer gefangen. Mir war klar, dass er es tat, damit ich nicht zur Mörderin wurde. Dennoch hasste ich ihn dafür. Ich hasste ihn auch, weil er mich zu dem gemacht hatte, was ich war. Vielleicht wäre der Tod doch die bessere Alternative gewesen.

Arlington sorgte dafür, dass ich ständig Nachschub an Blut erhielt. Ich wusste mittlerweile, dass es Tierblut war. Es löschte zwar meinen Durst, dennoch kehrte das

Brennen in der Kehle nach einiger Zeit immer wieder zurück. Ich fragte mich, ob das ewig so weitergehen sollte.

Doch wider Erwarten fühlte ich mich nach einigen Tagen ruhiger. Das Brennen in meiner Kehle war noch da, aber es beherrschte nicht mehr mein ganzes Denken. Auch mein Hass und meine Wut schienen sich ein wenig abgekühlt zu haben. Da mein Geist wieder etwas klarer wurde, fiel mir auf, dass es noch so viel gab, das ich wissen musste.

Arlington betrat den Raum und bemerkte meinen fragenden Blick. Er sah mich prüfend an.

»Es geht dir besser«, stellte er fest.

Ich nickte nur.

»Und du hast Fragen«, fügte er hinzu.

Ich nickte erneut.

Seinen Mund umspielte ein amüsiertes Lächeln und er machte es sich auf einem Lehnsessel bequem, den er nach meiner Zerstörungsorgie in das Zimmer gebracht hatte.

»Nun denn«, er machte eine einladende Geste und schlug die Beine übereinander, »was möchtest du wissen?«

Ich musterte ihn eine Weile lang. Dann begann ich:

»Wie kann ich meinen Durst stillen, ohne Menschen zu verletzen?«

»Du wirst Tiere jagen. Welches Wild du bevorzugst, wirst du schnell herausfinden.«

Ich sah ihn skeptisch an. »Ich habe kein Talent zum Jagen.«

Er blinzelte belustigt. »Jetzt schon.« Er wies auf das Schlachtfeld der zerstörten Einrichtung, das ich im Raum hinterlassen hatte und welches von ihm nur notdürftig aufgeräumt worden war.

»Wie werde ich Menschen widerstehen können?«, fragte ich.

Sein Gesicht wurde wieder ernst. »Keine Angst. Das werden wir trainieren.«

Ich schwieg.

»War das alles?«, fragte er forschend.

»Nein.« Ich zögerte. »Warum habt Ihr mich nicht im Hafen liegen lassen? Und warum helft Ihr mir?«

Arlington sah nachdenklich aus dem Fenster. Dann lächelte er mich spöttisch an. »Dein Tod wäre solch eine Verschwendung gewesen. Und ich hasse Verschwendung.«

Ich biss die Zähne zusammen. »Dann sagt mir noch eines«, knurrte ich, »kennt Ihr die Peers, die mir dies angetan haben?«

Er sah nachdenklich auf seine gepflegten Finger. »Ja.«

»Und wer sind sie? Wo finde ich sie?«

Er lächelte mich herablassend an. »Das muss dich nicht interessieren.«

»Ich will es aber wissen!«, fauchte ich und stürzte mich auf ihn.

Ich weiß nicht genau, was ich vorgehabt hatte, zumindest hatte ich nicht erwartet, mich auf dem Boden wiederzufinden, während der Viscount mit seinem Gewicht meine Arme und Beine festhielt.

»Das ist auch etwas, was wir trainieren müssen«, sagte er stirnrunzelnd, »dein Temperament zu zügeln.«

Triumphierend bemerkte ich, dass es ihm offenbar gewisse Mühe bereitete, mich in Schach zu halten.

Dann stellte ich fest, dass sein Gesicht nur ein paar Fingerbreit über meinem schwebte. Er hatte unverschämt lange Wimpern. Mein Widerstand erlahmte. Arlington bemerkte es und ließ mich los.

Verärgert stand ich auf. »Also?«, fragte ich.

»Also was?«, erwiderte Arlington, der auch wieder aufgestanden war.

»Wer sind diese Peers und wo finde ich sie?«

Arlington seufzte gelangweilt. »Nun, offen gestanden: Sie sind tot.«

Ich riss überrascht die Augen auf. »Alle?«

»Ja, alle.«

»Aber wie …? Habt Ihr sie getötet?«

Er sah mich kalt an. »Keine weiteren Fragen«, erwiderte er und verließ den Raum.

Arlington hielt Wort. Er brachte mir bei, menschlichem Blut zu widerstehen. Er erklärte mir, dass ich vor allem lernen musste, das Verlangen zu ertragen, das der menschliche Geruch in mir auslösen würde. Er ließ seinen Kammerdiener herein, um das Zimmer aufzuräumen und setzte sich mit mir auf die Bettkante.

Der Diener war ein hageres 50jähriges Männlein, trotzdem brachte mich sein Geruch fast aus der Fassung, als er den Raum betrat. Meine Nasenflügel bebten. Arlington beobachtete mich scharf, bereit, mich jederzeit zurückzuhalten. Doch ich rührte mich nicht. Der Duft war verlockend, aber er benebelte nicht meinen Verstand. Ich saß die ganze Zeit still, während der Diener den Raum aufräumte. Als er das Zimmer wieder verließ, nickte Arlington mir anerkennend zu.

In den nächsten Tagen wurde es einfacher. Der Viscount ließ auch andere Bedienstete in das Zimmer, junge Dienstmädchen und Knechte, und ich lernte, sie keines Blickes zu würdigen.

»Wann kann ich das Zimmer verlassen?«, fragte ich Arlington.

»Morgen«, versprach er. »Und damit es dir leichter fällt, gehen wir heute Abend auf die Jagd.«

Arlington hatte mir seltsamerweise eine Jagd-Tracht für Männer aus moosgrünem Samt und Brokat bringen lassen. Eine Dienerin half mir beim Anziehen der ungewohnten Kleidung. Die engen Beinkleider saßen wie angegossen, ebenso der dazugehörige kurze gefältelte Rock, den ich darüber zog und der leichte, pelzgefütterte Mantel. Der Viscount hatte offenkundig ein gutes Augenmaß für meine Größe.

»Warum trage ich Männer-Kleidung?«, fragte ich ihn, als er das Zimmer betrat und mich beifällig musterte.

»Normalerweise mache ich in der üblichen Reitkleidung für Damen auch keine so jämmerliche Figur.«

»Das glaube ich Euch vorbehaltlos, meine Teuerste«, antwortete er mit einem amüsierten Lächeln in seinem Mundwinkel, »aber wir werden heute nicht zu Pferde jagen. Und für unsere Methode ist diese Tracht einfach praktischer.«

Er lächelte belustigt über meinen fragenden Gesichtsausdruck.

Als wir in der Dämmerung das Haus verließen und zu den Stallungen des Viscounts hinübergingen, atmete ich tief ein. Eigentlich waren mir die Gerüche Londons recht vertraut, aber in dieser Intensität hatte ich sie noch nie wahrgenommen. Obwohl die Themse ein gutes Stück weit entfernt war, konnte ich bis hierhin den Geruch der Fischladungen am Hafen wahrnehmen. Ich roch das Bier und den Wein, die in den Tavernen ausgeschenkt wurden, die frischgebackenen Brote der Bäcker, den Mist, den die Pferde auf den Straßen hinterließen, ebenso wie die Duftwässerchen, mit denen die feinen Damen sich beträufelten. Selbst die Lehmwände der vielen Fachwerkhäuser und die Steinmauern der großen Kirchen schienen mit einem ganz charakteristischen Aroma bis in meine Nase vorzudringen. Ich schloss einen kurzen Moment die Lider und genoss die Tatsache, dass ich meine Heimatstadt vor meinem geistigen Auge allein durch die Vielfalt dieser Gerüche materialisieren konnte.

Die Knechte in Arlingtons Stallungen waren mir noch nie begegnet und schienen meinen Aufzug nicht ungewöhnlich zu finden. Nun ja, ich trug mein langes Haar unter dem Hut ebenso wie der Viscount zu einem Zopf gebunden und wahrscheinlich hielten sie mich tatsächlich einfach nur für einen jungen Edelmann, der mit Arlington befreundet war.

Der Viscount hatte von den Stallknechten eine zweispännige Kutsche vorbereiten lassen, in die wir nun einstiegen, und die von ihm selbst geschickt durch das nach wie vor hektische Treiben auf Londons Straßen gelenkt wurde.

»Wohin fahren wir?«, fragte ich neugierig.

»Nach Richmond Park«, antwortete Arlington.

Richmond Park war ein fast 2.500 Acre großes Waldgebiet im Südwesten Londons, das von der Königin ebenso wie von der Krone nahe stehenden Peers als Jagdgebiet genutzt wurde. Als wir dort ankamen, war es schon fast dunkel, doch ich hatte keine Mühe, selbst auf große Entfernung jedes Detail der Vegetation zu erkennen. Meine Sehkraft hatte sich also auch verbessert. Ich hatte mittlerweile festgestellt, dass ich nur sehr wenig Schlaf benötigte, und einen Großteil der Nächte dazu genutzt, mit Arlingtons Hilfe meine Schachkenntnisse zu optimieren. Aber ich sollte jetzt erst erfahren, zu welchen Fertigkeiten ich noch in der Lage war.

Zunächst zeigte mir der Viscount zu meiner großen Überraschung, dass ich ebenso wie er in Sekundenschnelle mühelos weite Distanzen überwinden konnte. Schnell zu rennen hatte bislang nicht zu meinen Stärken gezählt, zumal es ohnehin nicht als sehr damenhaft galt. Doch nun konnte ich schneller als ein mit der Armbrust abgeschossener Pfeil mein Ziel erreichen. Daher waren wir nur wenig später an einer Lichtung angelangt, an deren Ende ein kleines Rudel Damwild äste.

Arlington wies auf das Rudel. »Bitte sehr, meine Liebe, ich lasse Euch den Vortritt.«

Ich sah ihn zweifelnd an. »Aber wie soll ich das anstellen?«

»Folgt einfach Eurem Instinkt.«

Ich beobachtete das Rudel und spürte, wie der Durst wieder in meiner Kehle hochkroch. Einen kräftigen Damhirschen im Visier stürmte ich los. Kurz darauf hatte ich den Hirsch überwältigt und zu Boden gezwungen. Die restliche Herde stob aufgeschreckt davon. Ich begann mit meiner Mahlzeit, während der Viscount das Rudel verfolgte.

Ausreichend gesättigt trafen wir schließlich wieder an der Kutsche zusammen.

»Tz tz tz«, Arlington hob tadelnd eine Augenbraue, während er mich spöttisch musterte. »Als ich Euch empfahl, Eurem Instinkt zu folgen, hätte ich Euch wohl zusätzlich an Eure Essmanieren gemahnen sollen.«

Ich sah an mir herab und musste ihm verärgert recht geben. Ich hatte mich mit dem Blut des Hirschen über Gebühr besudelt.

Wie versprochen, durfte ich von nun an das Haus verlassen. Vorerst beschränkte sich Arlington darauf, abendliche Ausflüge mit mir zu unternehmen, da es mir im Schutze der Dunkelheit leichter fiel, mich unauffällig unter Menschen zu bewegen. Bereits wenige Abende nach unserem Jagdausflug nahm der Viscount mich mit zu einer Vorstellung ins Globe Theatre. Ich hatte immer schon mal dorthin gewollt, doch meine Eltern hielten es wahrscheinlich nicht für angemessen. Nun, mittlerweile brauchte ich mir wohl keine Gedanken mehr zu machen, was für mich angemessen war. Die Erinnerung an meine Eltern füllte mich allerdings mit leiser Wehmut.

Im Globe wurde *Viel Lärm um nichts* aufgeführt und ich amüsierte mich königlich über die Zänkereien zwischen Benedikt und Beatrice. Natürlich hatte der Viscount Balkonplätze für uns reservieren lassen und ich trug ein neues Kleid aus bordeauxrotem Seidenbrokat mit einem enorm weiten Reifrock und lang herabhängenden Ärmeln. Einmal mehr hatte Arlington einen exquisiten Geschmack für Mode und ein untrügliches Gespür für meine Maße bewiesen.

Die nächsten Tage vergingen wie im Fluge. Ich lernte, mich beim Jagen »gesitteter« zu verhalten, und wurde im Umgang mit Menschen immer entspannter. Zufrieden stellte ich fest, dass auch meine Augen mit der Zeit ihr stechend rote Farbe verloren und zunehmend einen schimmernden Bernsteinton angenommen hatten. Ich begann mich zu fragen, wie es weitergehen sollte. Arlington hatte so viel für mich getan und bislang nie eine Gegenleistung verlangt.

Eines Abends bat er mich, alleine auf die Jagd zu gehen, da er sich »zur Abwechslung« mal wieder seinen Geschäften zuwenden müsste. Ein wenig enttäuscht akzeptierte ich die Bitte. Mir fiel auf, dass ich noch nie erfahren hatte, welcher Art von Geschäften der Viscount nachging. Überhaupt wusste ich recht wenig von ihm. Ich wusste nicht, woher er kam. Oder wie er wurde, was er war.

Ich trug wie üblich eine Herren-Jagd-Tracht und die Kutschfahrt nach Richmond Park verlief wie immer reibungslos. Ich durchquerte den Park in kurzer Zeit mehrere Male, ohne auf eine Wildart zu stoßen, die meinen Appetit sonderlich reizte. Da mein Durst ohnehin nicht besonders groß war, beschloss ich zurückzukehren und die Jagd zu vertagen.

Als ich Arlingtons Stadtvilla betrat, drang lautes Männergelächter aus dem Hauptsaal. Ich erkannte die Stimme des Viscounts, aber seltsamerweise kam mir auch die andere Stimme bekannt vor. Entgegen meiner sonstigen Gewohnheit öffnete ich die Tür zum Saal und erstarrte.

Arlington befand sich in Gesellschaft eines Mannes, dessen auffällige Erscheinung sich in meine Erinnerung eingebrannt hatte: Es war der rotäugige Peer vom Hafen, der Mann, den der Viscount angeblich getötet hatte, und beide beugten sich genüsslich über eine mehr tote als lebendige Hafendirne.

Unfähig mich zu rühren, stand ich in der Tür. Arlington bemerkte mich und drehte sich lächelnd zu mir um. »Ah, Galveston, mein junger Freund, Ihr erscheint früher als erwartet«, rief er mir jovial zu. »Ich glaube, Ihr hattet noch nicht das Vergnügen, Lord Wheeling, den dritten Baron of Travisham, kennenzulernen.«

Ich nickte leicht, als Arlington auf mich zukam und Lord Wheeling mich neugierig musterte. Schließlich stand der Viscount vor mir und sah mich eindringlich an, während er laut sagte: »Ich widme mich Euch dann später, mein bester Galveston, lasst mich nur erst meine Geschäfte mit dem Baron erledigen.«

»Was soll das?«, zischte ich. »Ihr sagtet, er sei tot! Und das Mädchen?«

»Ihr verlangt mehr zu wissen, als Euch gut tut!«, flüsterte Arlington rügend und drängte mich zurück. »Vielleicht solltet Ihr Euch hier heraushalten.«

Dann schloss er die Tür vor mir.

Wie betäubt starrte ich auf die Tür. Was ging hier vor? Arlington hatte meine Identität vor dem Baron verschleiert, aber er hatte mich auch belogen. Travisham war nicht nur putzmunter, er machte offenbar auch mit dem Viscount gemeinsame Sache.

Hass und Ekel krochen in mir hoch. Was immer die beiden für ein Spiel trieben, ich wollte nicht daran teilhaben. Ich rannte in mein Zimmer hoch und packte rasch ein paar Kleider zusammen. Ich beschränkte mich jedoch auf die Männerkleidung. Ich würde jetzt auf unabsehbare Zeit alleine auf mich gestellt sein, und wenn unser Land auch von einer Frau regiert wurde, so kam ich als Mann doch viel leichter voran.

Ich lief zu den Stallungen hinüber und versteckte mich in einer Nische, bis ich sicher sein konnte, keinem der Stallknechte zu begegnen. Dann sattelte ich eine schwarze Stute, die ich schon einige Male geritten hatte, und verließ mein geliebtes London in nördlicher Richtung.

UNSTERBLICH

Ich wusste natürlich, dass ich zu Pferde nicht so schnell vorankam wie zu Fuß, aber ich mochte mich nicht ganz ohne Gefährten auf die ungewisse Reise machen, außerdem war diese Fortbewegungsart in Siedlungsgebieten unauffälliger. Selbstverständlich musste ich der Stute regelmäßig Erholungspausen gönnen. Ich nutzte diese Pausen, um darüber nachzudenken, wie es weitergehen sollte. Mich mit der jüngsten Vergangenheit auseinanderzusetzen, war mir zu schmerzhaft, also dachte ich über die Zukunft nach.

Mich zu ernähren, um zu überleben, stellte mittlerweile kein Problem mehr dar. Doch ich wusste, dass ich viel Zeit vor mir haben würde und ich wollte sie sinnvoller nutzen, wollte mich nicht nur auf die blanke Existenz reduziert wissen. Vor allem wollte ich mich weiterbilden. Es gab so vieles in dieser Welt, das ich noch nicht kannte oder wusste, und ich hatte vor, so viel wie möglich davon zu lernen. Doch dazu benötigte ich zunächst einmal ein wenig Geld.

Mein Vater hatte mehrere Kunden aus dem schottischen Königreich gehabt und einer von ihnen hatte wiederholt von der University of Edinburgh geschwärmt, die James VI. erst vor wenigen Jahren gegründet hatte. Ich beschloss, mich dort einzuschreiben, sobald ich das erforderliche Geld zusammenhatte.

Unentschlossen darüber, wo ich mich zunächst niederlassen sollte, landete ich nach etlichen weiteren Tagesritten in North Berwick, einem kleinen Küstenstädtchen im Südosten Schottlands. Und hier war mir das Glück zum ersten Mal wieder hold.

Es gab im Ort eine Apotheke, und der Apotheker, ein gemütlicher älterer Mann namens Arthur Cavendish, war nicht abgeneigt, als ich ihn fragte, ob er einen Gehilfen gebrauchen könnte. Ich hatte inzwischen keinerlei Schwierigkeiten mehr, mich als junger Mann auszugeben und stellte mich ihm als Gerald Galveston, Sohn eines kürzlich verstorbenen Apotheker-Paares, vor. Vorsorglicherweise hatte ich vorab eine recht schmucklose und einfache Tracht aus meinem Kleidersack angezogen, damit der Apotheker anlässlich meines Ersuchens nicht misstrauisch wurde. Und so machte ich mich frohen Mutes ans Werk, als er mich bat, meine bisherigen Kenntnisse zu demonstrieren.

Innerhalb kurzer Zeit hatte ich Cavendish aus getrockneten Melissen- und Brombeerblättern, Rosen-, Kornblumen- und Hopfenblüten einen Tee gegen Schlafstörungen zusammengestellt und aus Weidenrinde und Mädesüß ein fiebersenkendes Pulver zubereitet. Er war zufrieden und stellte mich ein. Günstigerweise hatte er auch direkt über der Apotheke eine kleine Kammer für mich frei, die ich noch am selben Tag bezog.

Es vergingen etliche ruhige Wochen. Tagsüber half ich dem Apotheker bei der Herstellung seiner Heilmittel und brachte bestellte Medikamente zu den Kunden. Nachts ging ich in den umliegenden Wäldern auf die Jagd, wenn ich durstig war, oder las, was ich an Büchern in die Finger bekam.

In manch stiller Stunde sah ich noch mit Grauen das Bild Arlingtons vor mir, wie er sich gemeinsam mit dem Baron of Travisham über die geschundene Dirne gebeugt hatte. Ich begriff nicht, warum er mich überhaupt gerettet hatte, wenn er doch offensichtlich mit dem Baron auf so vertrautem Fuß stand.

Auch das Gerede, dass er angeblich einen anderen Weg eingeschlagen hatte als Travisham und sein Gefolge, war anscheinend nur eine abgefeimte Lüge gewesen. War am

Ende alles nur ein abgekartetes Spiel gewesen, damit die beiden eine neue Gefährtin für ihre dekadenten Vergnügungen erhielten?

Dieser Gedanke erfüllte mich mit unbändigem Zorn. Vielleicht würde ich der Sache eines Tages auf den Grund gehen.

Mit der Zeit hatte Cavendish immer mehr Vertrauen in meine Fähigkeiten bekommen und ließ mich auch die Besuche bei seinen Stammkunden erledigen. Sir Lanark, der ein Gut im Norden von North Berwick besaß, war einer dieser Stammkunden. Streng genommen war es natürlich Mistress Lanark, Sir Lanarks Gattin, die die Stammkundin des Apothekers war, da sie aufgrund ihrer schwächlichen Konstitution ständig krank war und Medikamente benötigte.

Cavendish hatte von einem Boten eine Eilbestellung aus Gut Lanark erhalten und bat mich, die bestellten Kräuter dort hinzubringen, nachdem er sie zusammengestellt hatte. Normalerweise händigte ich auf Gut Lanark meine Lieferungen immer gleich direkt in der Eingangshalle an einen Diener aus, doch diesmal bat man mich, die Kräuter schnell selbst in die Gemächer der Mistress hochzubringen.

Als ich Mistress Lanarks prunkvoll eingerichtetes Schlafgemach betrat, bot sich mir ein ungewöhnliches Szenario: Im Bett lag Mistress Lanark und sah so blass und schwächlich aus, dass ihre Gesichtsfarbe bereits fast einen gräulichen Farbton angenommen hatte. An ihrem Fußende erkannte ich Sir Lanark, der mir schon hin und wieder das Entgelt für eine Lieferung ausgehändigt hatte, und Doctor Stamford, den Arzt von North Berwick, beide mit äußerst gereiztem Gesichtsausdruck.

Am Bett der Kranken saß eine Frau mittleren Alters, der ich noch nie begegnet war, und gab den umhereilenden Bediensteten Instruktionen: »Öffnet die Vorhänge so weit wie möglich und nun öffnet auch die Fenster und lasst die frische Seeluft herein! Es ist viel zu stickig hier!« Doctor Stamford hob missbilligend die Augenbrauen und Sir Lanarks Blick verengte sich. »Bist du sicher, dass wir Miss Kingsburys Dienste wirklich benötigen?«, fragte er betont ruhig. »Der Doctor kann dir doch auch helfen.«

»Bitte lasst sie bleiben«, bat Mistress Lanark mit kaum vernehmbarer Stimme. »Ich vertraue ihr.«

Sir Lanark presste die Zähne zusammen.

Miss Kingsbury bemerkte mich schließlich und wandte sich mir zu, um das aus den blutbildenden Kräutern Andorn und Isländisch Moos bestehende Päckchen entgegenzunehmen. Sie trug die einfache Tracht der Landfrauen mitsamt Haube und Schürze und lächelte mir mit gelassenem Gesichtsausdruck zu. Ihre Augen hatten einen warmen, dunklen Schimmer und ich sah sie neugierig an, als ich den stummen Gruß erwiderte.

Geschickt bereitete Miss Kingsbury an einem bereitgestellten Tisch aus den Kräutern einen Teeaufguss, den sie Mistress Lanark verabreichte. Dann wandte sie sich erneut an die Dienerschaft: »Von dem Tee gebt Ihr ihr jede Stunde etwas. Bereitet ihr außerdem ein Kompott aus frischen Quitten, es wird sie ebenfalls stärken. Ich werde morgen wieder nach ihr schauen.«

Sir Lanark bugsierte uns beide zur Tür heraus. »Vielleicht kannst du Miss Kingsbury nach Hause bringen?«, fragte er mich drängend, während er uns beide für unsere Dienste entlohnte. Dann sah er Miss Kingsbury herablassend an. »Wir werden sehen, ob wir morgen Eure Dienste benötigen.«

Miss Kingsbury erwiderte seinen Blick ruhig. »Wenn die Mistress nach mir schickt, werde ich kommen.«

Ich half Miss Kingsbury, den Zweispänner des Apothekers zu besteigen, den ich für Auslieferungen benutzte, da meine Laufgeschwindigkeit zu auffällig gewesen wäre. Sie wies mich an, ein Stückchen westwärts die Küste entlang zu fahren.

»Was fehlt der Mistress eigentlich?«, fragte ich nach einer Weile des Schweigens.

»Im Grunde sind es nur die üblichen zyklischen Beschwerden«, antwortete sie. »Einige von uns haben halt stärker darunter zu leiden. Die Mistress verliert jedes Mal sehr viel Blut. Seit der Geburt ihrer Kinder ist ihre Konstitution ohnehin nicht mehr die Beste. Und dieser Quacksalber von Arzt hat sie auch noch zur Ader gelassen!«, schloss sie schnaubend.

»Und woher habt Ihr Euer heilkundliches Wissen?«, fragte ich neugierig.

»Ach, im Laufe der Jahre schnappt man so hier und da etwas auf«, antwortete sie ausweichend, als ich sie schließlich an ihrer einfachen Steinhütte absetzte.

Auf der Rückfahrt machte ich an einem steinigen Strand Rast. Ich setzte mich auf eine felsige Landzunge und blickte auf die graue See, die von den beginnenden Herbststürmen gepeitscht wurde. Mistress Lanarks »zyklische« Beschwerden hatten mich nachdenklich gemacht.

Es war inzwischen einige Monate her, seit ich verwandelt worden war, und Arlington hatte mir erklärt, dass mein biologisches Leben von nun an stagnieren würde. Ich würde nicht mehr altern, ewig jung bleiben, und ich würde auch nicht sterben, zumindest nicht auf natürlichem Wege.

An meinen Zyklus hatte ich bislang keinen Gedanken verschwendet, aber natürlich gehörte auch er zu den Dingen, die in meinem Leben unwiederbringlich verloren waren. Ich würde niemals Kinder haben. Erneut regte sich in mir der Hass auf Travisham und Arlington, die mir all das genommen hatten.

In den nächsten Tagen besuchte ich Miss Kingsbury gelegentlich und wir freundeten uns langsam an. Ihre Kenntnisse der Heilkunde waren sehr umfangreich und ich bat sie, mir etwas davon beizubringen.

Vorsichtig sah sie mich an. »In der Stadt sieht man es nicht gerade gern, dass ich den Kranken helfe. Vor allem Doctor Stamford bin ich natürlich ein Dorn im Auge. Und er hat recht einflussreiche Freunde.«

Ich erwiderte ihren Blick. »Aber Ihr habt Euch davon bislang nicht abschrecken lassen«, stellte ich fest.

»Nein«, gab sie zu und ihre Lippen umspielte ein Schmunzeln.

»Dann soll es mich auch nicht abschrecken!«, rief ich erfreut aus und Miss Kingsbury fiel in mein Lachen mit ein.

»Mein Name ist übrigens Madeleine«, erklärte Miss Kingsbury, »aber du kannst auch Maddy zu mir sagen.«

»Und ich bin Gerald«, antwortete ich mit einer angedeuteten Verbeugung und wunderte mich über Maddys wissendes Lächeln.

So oft es meine Arbeit für Cavendish zuließ, fuhr ich in den nächsten Wochen zu Maddy und ließ mich von ihr in Heilkunde unterrichten. Dankenswerterweise hatte sie über viele ihrer Erkenntnisse Aufzeichnungen gemacht, die ich mir ausleihen durfte und nachts las. Hin und wieder begleitete ich sie auch und assistierte ihr, wenn der eine oder andere Kranke heimlich nach ihr schicken ließ.

Eines Tages bekam Cavendish Wind davon und bat mich zu einem Gespräch in sein Schreibzimmer.

»Mein lieber Gerald«, begann er, während seine freundlichen Augen nachdenklich auf mir ruhten, »du bist ein tüchtiger Bursche und du weißt, dass ich mit deiner Arbeit immer sehr zufrieden war.« Er machte eine Pause, um nach den passenden Worten zu suchen. »Aber mir ist zu Ohren gekommen, dass du in letzter Zeit häufig die Gesellschaft von Miss Kingsbury gesucht hast und sie ist vielleicht nicht der richtige Umgang für dich.«

Ich schwieg und sah ihn nur fragend an.

Cavendish seufzte. »Weißt du, Miss Kingsbury macht sich durch ihr Treiben bei gewissen Persönlichkeiten hier im Ort ziemlich unbeliebt. Und das ist unter Umständen nicht ganz ungefährlich.«

»Persönlichkeiten, wie zum Beispiel …?«, fragte ich harmlos.

»Nun, zunächst einmal Sir Lanark – du wirst vielleicht mittlerweile bemerkt haben, wie viel Macht er in North Berwick hat – und dann wären da natürlich auch noch Doctor Stamford, Angus Clerkenwell, der Bürgermeister, und Reverend Crox«, erklärte der Apotheker unbehaglich.

Ich sah ihn ruhig an. »Und verbietet Ihr mir nun, Miss Kingsbury zu sehen?«, fragte ich.

Cavendish seufzte erneut. »Ich werde dir nicht verbieten, sie zu sehen. Ich möchte dich nur bitten, vielleicht etwas vorsichtiger zu sein.«

Ich versicherte ihm, dass ich auf mich achtgeben würde und dass er sich keine Sorgen zu machen bräuchte.

Nur wenige Tage später sollte ich erfahren, dass die Freundschaft mit Maddy Kingsbury offenbar nicht mein einziges Problem darstellte. Ich brachte mal wieder eine Lieferung Heilkräuter nach Gut Lanark, die diesmal Doctor Stamford dorthin bestellt hatte. Wie üblich nahm ein Diener in der Eingangshalle das Päckchen entgegen, als sich plötzlich eine Seitentür öffnete und Sir Lanark mich in einen angrenzenden Salon bat.

Neugierig folgte ich der Aufforderung und nahm auf sein Geheiß hin auf einem Stuhl Platz.

Lanark setzte sich mir gegenüber und blickte mich mit seinen wässrig-blauen Augen an.

Ich blickte zurück.

Er war von etwas untersetzter Gestalt und sein Haar wurde schon schütter, aber sein herablassendes Verhalten entsprach ganz dem hochherrschaftlichen Gutsherrn.

Schließlich beugte er sich zu mir herüber.

»Galveston, du bist doch ein recht gescheiter Geselle …«, er sah mir ernst in die Augen und ich bemühte mich, ein Grinsen zu unterdrücken. »Tüchtiger Bursche« und

»gescheiter Geselle« – hier bahnte sich offenbar die nächste ermahnende Ansprache an, und alle wollten nur mein Bestes.

»… zu gescheit zumindest, um dich mit solchem Gesinde, wie Miss Kingsbury abzugeben«, fuhr Lanark fort und legte mir dabei eine Hand auf das Knie.

Ich kniff misstrauisch die Augen zusammen.

Lanark rückte näher. »Wenn ein hübscher Bursche wie du sich hingegen mit den richtigen Leuten abgeben würde, könnte es nur zu seinem Vorteil sein«, flüsterte er mir ins Ohr und strich mir dabei mit dem Finger über den Hals.

Abrupt stand ich auf, wodurch Lanark zurück auf seinen Stuhl fiel.

»Ich weiß Euer Angebot zu schätzen, Sir«, erwiderte ich eisig, »aber ich bin mit meiner Arbeit für Mister Cavendish voll und ganz zufrieden und hege darüber hinaus auch keine weiteren geschäftlichen oder sonst wie gearteten Interessen.«

»Schade«, antwortete Lanark gehässig. »Augenscheinlich weißt du nicht, was gut für dich ist.«

Ohne ihm zu antworten, verließ ich den Raum.

Am Nachmittag besuchte ich Maddy und berichtete ihr von dem Vorfall mit Lanark. Stirnrunzelnd hörte sie zu. »Ich habe bereits vermutet, dass Lanark derartige Neigungen haben könnte. Aber ich hätte gedacht, dass er etwas vorsichtiger wäre. Schließlich droht ihm der Scheiterhaufen, wenn bekannt wird, dass er jungen Männern den Vorzug gibt.«

»Das halte ich zwar für barbarisch«, erklärte ich, »dennoch war mir seine Annäherung zuwider.«

»Selbstverständlich war sie das!«, rief Maddy lachend aus. »Immerhin war es Sir Lanark! Brrrr!«

Nun musste ich auch lachen. Obwohl sie etwas älter war als ich, nahm Maddy manchmal die Dinge erfrischend leicht.

Dann wurde sie allerdings wieder ernst. »Vielleicht solltest du aber in nächster Zeit tatsächlich etwas vorsichtiger sein und mich eine Zeitlang nicht besuchen. Mit Lanark ist wiederum auch nicht zu spaßen.«

Maddy zuliebe hielt ich mich an ihren Rat und blieb in den nächsten Tagen von ihr fern. Allerdings machte ich auch um Gut Lanark einen großen Bogen, was mir ganz gut gelang, da es glücklicherweise keine aktuellen Bestellungen von dort gab. So verbrachte ich ein paar ruhige, wenn auch ohne die Gesellschaft von Maddy, langweilige Tage. Ich hatte sie mittlerweile recht liebgewonnen und ihre Weltoffenheit und ihre Weitsicht überraschten mich immer wieder. Eigentlich war es seltsam, dass sie sich damit begnügte, in einem kleinen Ort wie North Berwick Dienste zu leisten, wo sie doch in einer Großstadt vielleicht mehr Chancen hätte.

Allerdings hätte sie sich dazu ebenso wie ich als Mann verkleiden müssen, denn als Frau hatte man ohne den Schutz eines Ehegatten in unserer Zeit nicht viele Möglichkeiten. Und als besser gestellte Ehefrau war es wiederum verpönt, überhaupt irgendeinem Beruf nachzugehen.

Diese und ähnliche Gedanken strichen mir durch den Kopf, als ich eines Nachts mal wieder von der Jagd heimkam. Ich ging am Hafen entlang, da ich noch keine Lust hatte, in meine enge Kammer zurückzukehren und noch ein bisschen die frische Meeresbrise genießen wollte. Es war eine für die Jahreszeit erstaunlich sternenklare Nacht und der beginnende Vollmond schien hell über die ruhige See und den Hafen. Aus der Hafentaverne erscholl noch fröhlicher Lärm, und gerade als ich daran vorüberschritt, torkelte der Mann heraus, den ich momentan am wenigsten zu sehen begehrte: Sir Lanark.

»Ah, Galveston«, krähte er mir lauthals entgegen und wankte auf mich zu, »du bist mir noch was schuldig. Unsere Unterredung war noch nicht beendet.«

Er fiel gegen mich und krallte sich an meinem Wams fest.

Angewidert stieß ich ihn von mir weg, was mir natürlich keine große Mühe bereitete.

Lanark fiel zu Boden.

Dummerweise hielt er dabei immer noch mein Wams in den Händen.

Er hatte sich so fest daran gekrallt, dass er es mir durch meinen Stoß vom Leib gerissen hatte.

Und ich stand nun im hellen Mondlicht barbusig vor ihm.

»Du bist ein Weib!«, keuchte er, während er sich schlagartig ernüchtert aufrichtete. »Ein dreckiges Weib!«

Ich stürmte davon.

In meiner Kammer packte ich hektisch meine Habseligkeiten zusammen, während ich fieberhaft überlegte, was ich nun tun sollte. Mir war klar, dass Lanark den Vorfall nicht auf sich beruhen lassen würde und dass meine Tage hier somit gezählt waren.

Ich hätte den Gutsherrn auch einfach töten können.

Aber ich hatte noch nie einen Menschen getötet.

Ich hatte gelernt, mich von Tierblut zu ernähren. Daher erschien es mir falsch, einen Menschen jetzt nur zu töten, um meine Identität weiterhin zu vertuschen. Auch wenn es nur so eine niedere Kreatur wie Lanark war.

Ein heftiges Klopfen an der Tür unterbrach meinen Gedankenstrom. Ich öffnete und vor mir stand, wie nicht anders erwartet, Sir Lanark, begleitet von Reverend Crox und einer Gruppe mit Hellebarden bewaffneter Männer.

Ich überlegte, ob ich wohl stark genug war, sie alle zu überwältigen. Schließlich hatte ich nie gelernt, mit Menschen zu kämpfen und bislang nur meine vierbeinigen Mahlzeiten niedergerungen.

Da begann der Reverend zu sprechen. »Galveston! Oder *Miss* Galveston!«, korrigierte er sich mit anzüglichem Blick auf meine mittlerweile wieder durch Männerkleidung verhüllte Figur. »Ich verhafte Euch hiermit wegen des dringenden Verdachtes der Hexerei. Eure Verhandlung ist für übermorgen anberaumt und Ihr werdet bis dahin in den Verliesen des Tantallon Castle in Gewahrsam genommen werden.«

Ich spannte meine Muskeln an und sah ihn nachdenklich an. Wenn ich zunächst versuchen würde, mir eine der Hellebarden zu schnappen …

»Es dürfte Euch vielleicht noch interessieren, dass wir auch Miss Kingsbury inhaftiert haben«, ergänzte der Reverend süffisant und ich horchte auf. »Sie wird separat bewacht. Und sollte eine von Euch beiden ihre Hexenkünste einsetzen, um zu fliehen, so wird die andere umgehend getötet. Ich kann Euch daher nur empfehlen, die Verhandlung abzuwarten.«

Entsetzt sah ich ihn an. Meine Gedanken stürmten durcheinander. Ich konnte jetzt keinen Kampf riskieren, wenn ich Maddys Leben damit gefährdete. Ich würde mich also widerstandslos abführen lassen. Wenn ich vorab nicht herausfinden könnte, wo genau sie Maddy gefangen hielten, würde ich halt bis zur Verhandlung warten müssen, um einen Rettungsversuch für uns beide zu unternehmen.

Ich blickte nachdenklich zu Boden. Vielleicht bestand ja eine geringe Chance, dass Maddy gar nicht so sehr auf meinen Schutz angewiesen war … Aber nein, das Risiko konnte ich nicht eingehen.

Ich sah den Reverend an.

»Und? Seid Ihr soweit?« fragte er, spöttisch die Augenbrauen hebend.

Ich nickte nur stumm.

Tantallon Castle lag etwa drei Meilen östlich von North Berwick direkt an der Küste. Die Burg war seit dem 14. Jahrhundert im Besitz der Familie Douglas und ihre Verliese wurden schon desöfteren zur Inhaftierung von North Berwicks Strafgefangenen benutzt. Ich hätte mir allerdings nicht träumen lassen, dass ich eines Tages einer von ihnen sein würde.

Mein Kerker war – wie zu erwarten – kalt, dunkel und feucht. Aber das machte mir nicht viel aus. Ich war nur froh, dass ich gerade zuvor noch auf der Jagd gewesen war, so dass mich nun bis zur Verhandlung zumindest kein Durst quälen würde.

Ich dachte über die Umstände meiner Verhaftung nach. Sir Lanark und Reverend Crox waren mitsamt ihrem Gefolge trotz der späten Stunde verdammt schnell zur Stelle gewesen. Das konnte nur bedeuten, dass sie sich bereits im Vorfeld für solch einen Zugriff gewappnet hatten. Ich hatte den Ernst der Situation offensichtlich unterschätzt.

Ich fragte mich, was übermorgen auf Maddy und mich zukommen würde. Ich hatte früher in London schon von Hexenprozessen gehört, und dass die Verhandlung so früh anberaumt wurde, war eigentlich ungewöhnlich. Die angeklagten Frauen – und manchmal auch Männer – hatten in der Regel kaum eine Chance, ihre Unschuld zu beweisen und wurden oftmals tagelang gefoltert, um zu einem Geständnis gezwungen zu werden. Anschließend wurden die Verurteilten fast immer hingerichtet. Möglicherweise hatte Lanark auf einem so raschen Verhandlungstermin bestanden, um mich schnellstmöglich aus dem Weg zu räumen. Wenn jemand erführe, dass er sich dem jungen »Gerald« unsittlich genähert hatte, drohte ihm immerhin der Scheiterhaufen. Da ich also keine Ahnung hatte, wie Reverend Crox und Sir Lanark übermorgen vorgehen würden, würde ich irgendwie improvisieren müssen, wenn ich Maddy und mich vor einer Hinrichtung bewahren wollte.

Ich war nicht verzweifelt, da ich ja wusste, dass ich nicht so leicht zu töten war. Dennoch machte ich mir Sorgen, weil ich noch keine Idee hatte, wie ich Maddy und mich retten sollte.

Die Gerichtsverhandlung fand im inneren Hof des Tantallon Castles statt. Das Wetter war mittlerweile umgeschlagen und der Himmel war grau und wolkenverhangen. Ganz North Berwick schien sich auf dem großen Innenhof der Burg versammelt zu haben. Reverend Crox führte als Richter zusammen mit dem Bürgermeister Angus Clerkenwell und Sir Lanark die Verhandlung. Maddy und ich wurden an den gegenüberliegenden Enden des Richtertisches postiert, beide waren wir von je vier Wärtern umringt, die die Spitzen ihrer Lanzen auf unsere Kehlen gerichtet hatten. Unsere Hände hatte man in Eisen gelegt.

Nun kroch in mir doch die Verzweiflung hoch. Wenn ich nur den leisesten Versuch starten würde, mich meiner eisernen Handschellen zu entledigen, würde man Maddys Kehle womöglich bereits durchbohrt haben. Angsterfüllt sah ich zu Maddy hinüber, suchte nach irgendeinem Hinweis dafür, dass ich mich geirrt hatte und dass es vielleicht doch eine geringe Aussicht gab, dass wir beide dies hier unbeschadet überstehen konnten. Doch Maddy blickte nur reglos zu Boden.

Unterdessen hatte Reverend Crox die Verhandlung begonnen und die Anklageschrift verlesen. Maddy und mir wurde Hexerei in mehreren Fällen und widernatürliche Umtriebe vorgeworfen. Einige Bürger North Berwicks traten hervor und bekräftigten, dass sie »Augenzeugen« unserer Zauberei gewesen seien und dass unser Auftreten und Verhalten keinen anderen Rückschluss ließe, als den, dass wir wohl mit dem Teufel im Bunde sein müssten. Unter diesen sogenannten Zeugen waren auch etliche Menschen, die Maddy mit Erfolg von ihren Leiden geheilt hatte. Ich spie verächtlich zu Boden und erhielt von Sir Lanark einen triumphierenden Blick.

Auch Arthur Cavendish meldete sich als Zeuge zu Wort und setzte an zu erklären, dass er mich immer nur als aufmerksamen und fleißigen Gesellen erlebt habe. Ich warf ihm einen dankbaren Blick zu, doch Reverend Crox schnitt dem Apotheker das Wort ab. Er erklärte, dass Cavendish selbstredend von meinem Teufelswerk völlig verblendet sei, da ich – die Hexe – schließlich unter seinem Dach gelebt habe. Cavendish schwieg betreten und auch die anderen blieben stumm.

Reverend Crox ließ genüsslich seinen Blick über die Menge streifen. Dann verkündete er sein Urteil: »Es wird eine Wasserprobe geben. Die Angeklagten werden an Händen und Füßen über Kreuz gefesselt und mit Ketten beschwert ins Meer geworfen. Gehen sie unter, so ist ihre Unschuld bewiesen. Bleiben sie an der Wasseroberfläche, so haben sie sich der Hexerei bedient und müssen auf dem Scheiterhaufen verbrannt werden. Die Wasserprobe wird jetzt umgehend durchgeführt werden.«

Bestürzt suchte ich erneut Maddys Blick, doch sie blickte immer noch zu Boden. Wie in Trance erlebte ich nun, wie das Urteil des Reverend in die Tat umgesetzt wurde.

Man fesselte uns auf die beschriebene Art und Weise und führte uns runter ans Meer, wo am Ufer bereits zwei große Ruderboote bereitlagen. Man brachte Maddy auf das eine und mich auf das andere. Angus Clerkenwell und Sir Lanark stiegen mit ihrem Gefolge zu Maddy ins Boot, Reverend Crox stieg mit einigen Wächtern in meines. Während des ganzen Vorganges hatten jeweils zwei Wächter ihre Lanzen nicht einen Fingerbreit von unseren Kehlen entfernt.

Die sensationslüsterne Meute war uns ans Meer hinunter gefolgt, um das Spektakel vom Ufer aus zu beobachten.

Die Boote mit Maddy und mir wurden auf das Meer hinaus gerudert, wobei sich Maddys Boot kontinuierlich von unserem entfernte, aber dennoch in knapper Sichtweite blieb, nachdem wir ungefähr eine Meile vom Ufer entfernt anhielten. Die Menge am Ufer war nur noch als ein Haufen kleiner Punkte auszumachen.

Nun wurden mir schwere Eisenketten angelegt und ich nahm an, dass mit Maddy im selben Augenblick das Gleiche geschah. Mehrere Wächter hoben mich hoch.

Reverend Crox erhob sich und blickte feierlich zum Himmel. »Lass das Wasser nicht empfangen den Körper dessen, der – vom Gewicht des Guten befreit – durch den Wind der Ungerechtigkeit empor getragen wird«, sprach er und signalisierte dem anderen Boot per Handzeichen, Maddy ins Meer zu werfen.

Im selben Moment wurde auch ich ins Wasser geworfen.

Eisig schlugen die grauen Fluten über mir zusammen und ich sank wie ein Stein.

Für einen kurzen Augenblick übermannte mich die Panik. Wie zynisch, dass man mich ertrinken lassen wollte, um zu beweisen, ob ich eine Hexe war oder nicht.

Nun, ich war keine Hexe. Ich war ein Vampir.

Daher besann ich mich darauf, dass ich ja eigentlich nicht zu atmen brauchte, und konzentrierte mich darauf, mich von den Fesseln und Ketten zu befreien. Ich benötigte nicht allzu viel Zeit dafür und registrierte einmal mehr mit Freude meine neu gewonnene Kraft. Dann schwamm ich unter Wasser in kräftigen Zügen in die Richtung, in der man Maddy ins Meer geworfen hatte. Kurz darauf bemerkte ich eine Gestalt, die auf mich zu schwamm.

Es war Maddy und sie grinste mich an.

Unbändige Freude ergriff mich und ich begriff, dass Maddy auch von meiner Art war. Ich hatte bereits bei unserer ersten Begegnung so etwas vermutet, da sie ein wenig anders roch als die Menschen, aber ich war mir nie ganz sicher gewesen. Wir umarmten uns unter Wasser und Maddy bedeutete mir, noch ein paar Meilen weiter südlich die Küste lang zu schwimmen, damit wir unseren Häschern vorerst entkamen.

Kurz vor Dunbar gingen wir schließlich an Land und ließen uns ermattet auf den Strand fallen. Wir waren nicht wirklich körperlich erschöpft, doch forderten die jüngsten Erlebnisse ein wenig ihren Tribut, so dass wir zunächst eine Weile nur so liegenblieben und unsere Kleider vom kühlen Herbstwind trocknen ließen.

Schließlich richtete ich mich auf und sah Maddy neugierig an. »Du hast gewusst, was ich bin?«, fragte ich sie.

»Ich habe es zumindest vermutet«, antwortete sie lächelnd.

»Warum hast du dann nichts gesagt? Wir hätten uns diese ganze Aufregung hier ersparen können.«

»Ich war mir nicht ganz sicher«, erklärte Maddy entschuldigend. »Und als sie dann drohten, dich zu töten, war mir das Risiko zu groß, falls du doch ein Mensch gewesen wärest.«

Ich blickte nachdenklich aufs Meer. »Mir ging es genauso.«

»Aber was wäre gewesen, wenn sie keine Wasserprobe mit uns gemacht, sondern uns direkt auf den Scheiterhaufen gebracht hätten?«, fragte ich dann. »Das Feuer hätte uns mehr anhaben können als das Wasser.«

»Dann hätte ich einen Befreiungsversuch gestartet«, erklärte Maddy entschlossen. »Selbst wenn du ein Mensch gewesen wärest, hätte es vielleicht eine gewisse Chance gegeben. Immerhin war ich mir einer Sache von Anfang an sicher«, ergänzte sie schelmisch, »dass du nämlich kein Gerald Galveston bist, sondern eher eine Geraldine Galveston.«

»Gemma«, korrigierte ich lächelnd, »und nicht Galveston, sondern Winwood. Woran hast du es gemerkt?«

»Ich sah die Wehmut in deinem Blick, als ich von Mistress Lanarks Kindern und ihren zyklischen Beschwerden sprach«, antwortete Maddy leise.

Wieder blickte ich eine Weile schweigend aufs Meer. »Wie wurdest du zu dem, was du bist?«, fragte ich Maddy dann.

Sie berichtete mir, dass sie im Mittelalter in einem Kloster aufgewachsen war, deren Nonnen sie in der Heilkunde unterrichtet hatten. Dann wurde das Kloster im Zuge der normannischen Eroberung 1066 überfallen und besetzt. Die Äbtissin stellte sich als alte Vampirin heraus, die sich in der Abgeschiedenheit des Klosters von der weltlichen Gesellschaft hatte zurückziehen wollen. Nachdem die Normannen das Kloster in Besitz genommen hatten und die Nonnen gefangen hielten, verwandelte die Äbtissin Maddy, damit diese sich gegen die Eindringlinge zur Wehr setzen konnte.

»Herrjeh, ich war 32 und noch Jungfrau. Und ich hatte noch nichts von der Welt gesehen. Nun, ich hatte danach viel Zeit, an beiden Umständen etwas zu ändern. Nur eines wusste ich von Anfang an: Dass ich nie meinen Durst durch Menschen stillen würde«, schloss Maddy wehmütig lächelnd ihre Geschichte.

»Du hast es nie versucht?«, fragte ich neugierig.

»Nie«, antwortete sie ernst.

Danach berichtete ich ihr von meiner Verwandlung und Maddy hörte mir aufmerksam zu.

»Der Baron of Travisham?«, fragte sie mich stirnrunzelnd, nachdem ich geendet hatte. »Ich bin ihm ein paarmal begegnet. Ein Vampir der übelsten Sorte. Er intrigiert und ist sich nicht zu schade, innerhalb der eigenen Reihen zu töten, wenn er sich dadurch einen Vorteil verschafft. Wenn dein Viscount Arlington mit ihm gemeinsame Sache macht, dann führt er nichts Gutes im Schilde.«

»Er ist nicht ›mein‹ Viscount«, presste ich zwischen den Zähnen hervor, »und leider weiß ich nicht, was er im Schilde führt.«

Sie sah mich tröstend an. »Vielleicht hast du eines Tages Gelegenheit, es herauszufinden.«

»Vielleicht«, antwortete ich nachdenklich. »Und was machen wir jetzt?«

Maddy grinste wieder. »Nun, ich weiß nicht, wie es dir geht, aber ich habe noch meine ganzen Ersparnisse in meinem Haus versteckt und ich gedenke nicht, sie dem Mob in North Berwick zu überlassen.«

Ich stimmte ihr zu. Auch in meiner Kammer war noch mein Geld deponiert. Wir beschlossen, uns beide in der Nacht zunächst einmal ausgiebig zu sättigen, dann unser Geld zu holen und bei der Gelegenheit noch ein wenig Racheengel bei unseren Hexenjägern zu spielen.

Unsere Ersparnisse zu holen, war kinderleicht. Maddys Häuschen lag ohnehin etwas außerhalb von North Berwick und wir begegneten auf dem Weg dorthin keiner Menschenseele. Sie hatte sich im Laufe der Zeit ein kleines Vermögen zusammengespart, da sie zumeist sehr bescheiden gelebt hatte und für ihr Essen ja nichts ausgeben musste. So waren es denn mehrere Säckchen an Goldmünzen, die wir zusammen mit ein paar weiteren Habseligkeiten aus Maddys Haus fortschafften und im Wald versteckten.

Dann machten wir uns daran, meine vergleichsweise spärliche Habe zu holen. Das Apothekerhaus, in dem sich meine Kammer befand, lag im Zentrum von North Berwick. Doch zu dieser nächtlichen Stunde war auch hier keiner mehr auf den Straßen unterwegs, so dass uns niemand bemerkte, als wir an der Außenwand hinaufkletterten, durch die Dachluke einstiegen und meine Sachen holten. Ich hatte bislang kein großes Talent zum Klettern besessen, und dass es uns nun so mühelos gelang, bis auf das Dach des Hauses zu steigen, bereitete mir großen Spaß.

Wir hatten beschlossen, zunächst Sir Lanark einen kleinen Besuch abzustatten, daher machten wir uns auf den Weg nach Gut Lanark, nachdem wir auch meine Habe im Wald versteckt hatten. Das Gut war von einer hohen Mauer umgeben, deren Haupttor von einem Nachtwächter bewacht wurde. Also schlichen wir zu einem Seitentor, das mit einem schweren Vorhängeschloss verriegelt war. Ich machte mich gerade daran, hinüberzuklettern, da legte mir Maddy ihre Hand auf die Schulter.

»Das geht auch eleganter«, erklärte sie leise. Verblüfft sah ich, wie sie Anlauf nahm und mit einem Satz über das Tor sprang.

»Komm schon!«, flüsterte sie hinter dem Tor. Also nahm ich auch Anlauf und tat es ihr nach.

»Vortrefflich!«, lobte Maddy grinsend, als ich schwungvoll auf der anderen Seite neben ihr landete. Ich grinste zurück.

Wir gingen auf das Herrenhaus von Gut Lanark zu. Maddy erklärte mir, dass Sir Lanark seine Gemächer im Ostflügel hatte, seine Gattin ihre hingegen im Westflügel. Ich nickte zufrieden. Mistress Lanark würde also von unserem Besuch nichts mitbekommen.

Wir erklommen die Außenwand des Ostflügels und fanden recht schnell Sir Lanarks Schlafzimmer, da er sein Fenster nicht ganz geschlossen hatte und ein kräftiges Schnarchen daraus hervordrang. Lautlos öffneten wir das Fenster ganz und kletterten ins Zimmer. Da wir trotz der Dunkelheit problemlos sehen konnten, erkannte ich, dass das Schlafgemach des Gutsherrn genauso prunkvoll eingerichtet war, wie das seiner Gattin. Maddy kletterte auf den schweren samtenen Baldachin seines Bettes, ich postierte mich auf dem riesigen marmornen Kaminsims.

»Emerson! Emerson!«, begann Maddy in hohem Singsang Sir Lanark bei seinem Vornamen zu rufen, während sie sich tief über ihn beugte.

Sir Lanark schnarchte unverdrossen weiter.

»Nun wach schon auf!«, Maddy gab ihm einen Tritt in die Seite.

Der Gutsherr schreckte hoch.

»Emerson! Emerson, du warst ein böser Junge«, setzte Maddy ihren Singsang fort.

Lanark starrte verschreckt in Richtung ihrer Stimme und versuchte in dem dunklen Zimmer etwas zu erkennen. Nun begann mein Einsatz. Ich zündete die für diesen Zweck mitgebrachte Kerze an und hielt sie mir unter das Gesicht. »Emerson, wir werden Dich wohl bestrafen müssen«, fiel ich in Maddys Singsang ein. Lanark blickte panisch zu meinem Gesicht hoch, das für ihn gut zehneinhalb Fuß über dem Boden zu schweben schien, da ich nach wie vor auf dem hohen Kaminsims stand.

Maddy hielt sich inzwischen auch eine brennende Kerze unter ihr Gesicht. »Was könnte wohl die gerechte Strafe für Dich sein, Emerson?«, fragte sie singend.

Lanark stieß einen markerschütternden Schrei aus und stürzte zur Tür.

Doch da stand ich schon wieder parat, hatte die durch meine schnelle Bewegung erloschene Kerze bereits erneut angezündet und versperrte ihm den Weg. Der Gutsherr stand nun zwischen Maddy und mir eingekeilt und blickte zwischen uns hin und her.

»Ihr seid es!«, rief er mit zwischen Angst und Hass schwankender Stimme. »Ihr müsstet tot sein! Ihr seid tatsächlich Hexen!«

»Richtig, Emerson«, antworteten wir im Chor, während wir ihn ständig umkreisten, »und Hexen sollte man nicht erzürnen!« Wir taten einen Moment unachtsam und ließen ihn zur Tür heraus entwischen, nur um ihn gleich darauf am obersten Treppenabsatz wieder abzupassen.

»Du denkst doch nicht, dass du uns entkommen kannst, Emerson?«

Maddy packte ihn und warf ihn in hohem Bogen die Treppe herunter.

Ich war bereits unten und fing ihn auf. Lanark war diesmal noch nicht mal zu schreien imstande gewesen. Sein Gesicht hatte eine gräuliche Blässe und mit vor Panik geweiteten Augen sah er mich stumm an. Ehe er sich versehen konnte, hatte ich ihn wieder zu Maddy hochgeworfen. Nachdem wir auf diese Weise ein wenig Ball mit ihm gespielt hatten, setzte ich ihn langsam ab.

Er drehte sich um und übergab sich. Dann sank er vor uns auf die Knie. »Bitte!«, jammerte er weinerlich. »Bitte verschont mich! Ich werde alles tun, was Ihr verlangt!«

»Wirklich alles?«, fragte Maddy eindringlich.

Lanark nickte heftig. »Alles!«

»Nun denn«, begann Maddy, »du wirst von nun an deiner Gattin ein treusorgender Gemahl sein, so wie du es noch nie zuvor gewesen bist. Du wirst deine Finger von jungen Burschen lassen.«

Lanark nickte.

»Und du wirst deiner Gattin auf die bestmögliche Weise dienlich sein, indem du all deiner irdischen Güter entsagst und verschwindest«, setzte Maddy fort.

»Verschwinden?«, wiederholte Lanark verständnislos.

»Ja. Du wirst ins Kloster gehen.«

»Ins Kloster?«, echote er noch fassungsloser.

»Ja. Ins Kloster«, antwortete Maddy ruhig. »Oder möchtest du ewig unserer Verdammnis ausgesetzt sein?«

»Nein!«, rief Lanark angsterfüllt aus. »Ich gehe ins Kloster!«

»Schon morgen!«, befahl Maddy.

»Schon morgen«, bestätigte er fügsam.

Einen Wimpernschlag später waren wir verschwunden.

Maddy und ich gingen an der Küste entlang in die Stadt zurück und ließen uns ein wenig Zeit. Da es uns beide vor Lachen schüttelte, wären wir kaum in der Lage gewesen zu rennen.

»Hast du sein Gesicht gesehen?«, fragte ich und wischte mir die Lachtränen aus den Augen.

»Es sah ziemlich grün aus«, antwortete Maddy kichernd. »Kein Wunder, dass er sich übergeben hat.«

»Glaubst du, dass er wirklich ins Kloster gehen wird?«, fragte ich dann nachdenklich.

»Ich weiß nicht. Zumindest wird er wohl in der nächsten Zeit etwas vorsichtiger sein.«

Zurück in der Stadt wiederholten wir unser Schauspiel in vergleichbarer Form mit Reverend Crox und Angus Clerkenwell. Ihre Reaktionen waren der Sir Lanarks nicht unähnlich. Dann holten wir die Stute, mit der ich nach North Berwick gekommen war, luden ihr unser im Wald verstecktes Gepäck auf und machten uns auf dem Weg nach Edinburgh.

Maddy hatte sich entschlossen, einen Teil ihres weiteren Lebensweges mit mir gemeinsam zu beschreiten und der Gedanke, an der University of Edinburgh zu studieren, gefiel ihr sehr gut. Ihr war klar, dass sie sich zu diesem Zweck auch als Mann ausgeben musste, daher besorgte sie sich auf unserer Reise noch schnell die passende Kleidung und nannte sich von nun an »Matthew Kingsbury«.

FEURIG

Meine Ersparnisse waren nicht annähernd so hoch wie die Maddys, aber für die Studiengebühren an der Universität reichte es gerade noch. Wir schrieben uns für Jura und Naturwissenschaften ein, Maddy für Botanik, ich für Mathematik. Maddy bestand darauf, für unsere Unterkunft aufzukommen und mietete eine große Wohnung für uns in Gladstone's Land, einem Stadthaus vor den Toren des Edinburgh Castle und ganz in der Nähe der Universität. Wir gaben uns als die Brüder Matthew und Gerald Kingsbury, Söhne eines wohlhabenden Tuchhändlers aus Inverness, aus.

Ebenso wie London war Edinburgh zu dieser Zeit bereits eine pulsierende Stadt und wir genossen es, in ihr zu leben und zu studieren. Da wir in der Nacht nicht viel Schlaf benötigten und nur gelegentlich auf die Jagd gingen, wenn wir durstig waren, kamen wir mit dem Studium recht schnell voran. Schon nach wenigen Jahren hatten wir unser Studium Summa Cum Laude abgeschlossen und bekamen beide an der Universität Lehrstühle angeboten. Wir nahmen das Angebot mit Freude an, da wir beide gerne noch länger in Edinburgh blieben. Die Lehrtätigkeit wurde gut bezahlt und so bekam auch ich wieder die Chance, meine Ersparnisse zu mehren.

Ich dachte noch gelegentlich an den Viscount Arlington und an den Baron of Travisham und an die Umstände meiner Verwandlung, doch wenn auch die Erinnerung nicht verblasste, so nahm doch mein Groll im Laufe der Zeit ab. Ich empfand die Geschehnisse zwar nach wie vor als unverzeihlich, doch rückten sie angesichts meines ausgefüllten Lebens einfach von selbst in eine gewisse Ferne.

Maddy und ich wussten, dass wir eines Tages Edinburgh verlassen mussten, da es sonst irgendjemandem auffallen würde, dass wir nicht alterten. Und als im Jahre 1615 dieser Tag schließlich gekommen war, stellten wir fest, dass wir vom Universitätsleben noch nicht genug hatten, und zogen zunächst weiter nach Oxford. Dort schrieb ich mich für Jura und Latein ein, Maddy wählte die Fächer Griechisch und Botanik. Zur damaligen Zeit gab es noch keine große Vielfalt wissenschaftlicher Studiengänge und so vertieften wir unser Wissen in den jeweiligen Fächern. Nachdem wir auch in Oxford unsere Abschlüsse mit Auszeichnung erhielten, blieben wir noch einige Jahre als Fellows am All Souls College. Die Fellows waren Gelehrte, die von der Universität zum Zwecke der Forschung und Lehre finanziell unterstützt wurden.

In den folgenden Jahren ergänzten wir unsere Lebensläufe noch um ein paar weitere Abschlüsse an anderen Universitäten mit jeweils anschließender Hochschulkarriere. Auf diese Weise war mittlerweile ein halbes Jahrhundert vergangen und wir hatten es beide zu einem recht ansehnlichen Wohlstand gebracht.

Man schrieb inzwischen das Jahr 1664. England war nach dem Bürgerkrieg und dem daraus resultierenden Commonwealth nun wieder eine Monarchie. Charles II. regierte das Land und betrieb mit Hilfe des Parlaments und der Anglikanischen Kirche Restaurationspolitik, um auf diese Weise seine königliche Macht neu zu festigen.

Maddy und ich waren in all den Jahren enge Freundinnen geworden und einander sehr ans Herz gewachsen. Nichtsdestotrotz beschlossen wir nun, eine Zeitlang getrennte Wege zu gehen, da Maddy Fernweh bekam und in die britischen Kolonien in Nordamerika reisen wollte. Ich hingegen hatte Heimweh nach London und ging daher dorthin zurück.

Es waren über 60 Jahre vergangen, seit ich aus London fortgegangen war. Seitdem war das Stadtbild um einige prachtvolle Bauten ergänzt worden. So hatte Inigo Jones, der Baumeister des Königs, zum Beispiel das Banqueting House als Teil des Whitehall Palace errichtet. In Covent Garden hatte er eine wundervolle Piazza erschaffen und in Greenwich das Queen's House für Königin Henriette Maria. Doch der Anblick dieser imposanten Plätze und Gebäude war nichts gegen den vertrauten Duft Londons, der sich aus der enormen Vielfalt des Lebens dieser Stadt zusammensetzte und mir dieses unverkennbare Heimatgefühl gab.

Ich fand eine elegante Wohnung am St. James's Square und aufgrund meiner hervorragenden Referenzen bekam ich auch recht schnell eine lukrative Anstellung, und zwar als Prokurator am Lincoln's Inn, einer der vier Anwaltskammern des Königs. Der Posten war interessant und abwechslungsreich, da ich nicht nur Prozessschriften entwarf, sondern auch vor dem Gerichtshof plädieren durfte. Es entbehrte nicht einer gewissen Ironie, dass ich, nachdem man mich damals vor Gericht verurteilt und der Hexerei für schuldig befunden hatte, nun selbst auf der anderen Seite des Gesetzes stand und sogar ein gewisses Ansehen genoss.

In London zu leben, war nicht das Einzige, was ich vermisst hatte, ich vermisste es auch ebenso sehr, mal wieder eine Frau sein zu dürfen und schöne Kleider zu tragen. Um dieses Bedürfnis nicht ganz verkümmern zu lassen, hatten Maddy und ich uns immer mal wieder kleine Auszeiten genommen und waren verreist, um an anderen Orten zum Beispiel als »Witwe Kingsbury mit ihrer jüngeren Schwester« wenigstens für ein paar Tage lang als Frauen leben zu können.

Ich wusste nicht, ob mir dies von nun an auch alleine gelingen würde, aber mir war klar, dass ich das komfortable Leben, das ich jetzt führte, eben nach wie vor nur als Mann haben konnte.

Nur als »Sir Gerald Galveston« – wie ich mich mittlerweile nannte – konnte ich mich frei und ungezwungen bewegen, konnte meinem Beruf nachgehen, konnte Pferderennen, Theatervorführungen und Hahnenkämpfe besuchen, auch wenn ich letztere nicht sonderlich ergötzlich fand.

Gelegentlich wanderte ich abends über die dichtbebaute London Bridge nach Southwark an der Südseite der Themse, um dort im George Inn dem geselligen Treiben oder auch einer Theateraufführung zuzusehen. Manchmal wohnte ich einem Stierkampf oder einer Bärenhatz in Davies Amphitheatre bei, aber rohe Vergnügungen dieser Art bereiteten mir keine große Freude. Die Tiere, die ich tötete, um mich zu ernähren, waren nicht annähernd einer solchen Qual ausgesetzt, wie die Kreaturen in diesem Amphitheater. Bisweilen schlenderte ich aber auch nur an der Themse entlang, um dem Trubel Londons, der zu keiner Tages- oder Nachtzeit abzunehmen schien, zwischenzeitlich ein wenig zu entfliehen.

Einmal führte mich mein Spaziergang auch nach Islington, in die Gegend, wo Arlingtons Stadthaus stand. Ich weiß nicht, was ich mir davon versprach, vielleicht war ich einfach nur neugierig, zumindest war ich sehr überrascht zu sehen, dass sich nun offenbar ein vornehmes Kaffeehaus darin befand.

Überhaupt war ich die meiste Zeit zu Fuß unterwegs, obwohl ich mir mittlerweile eine teure Kutsche leisten konnte. Aber oftmals waren viele der engeren Gassen Londons so hoffnungslos mit Wagen, Kutschen und Karren verstopft, dass man manchmal stundenlang im Stau stand.

Mir gefiel es, wieder in London zu leben. Die Stadt schien niemals zu schlafen und bot einem wohlhabenden Edelmann, wie ich ihn jetzt verkörperte, vielerlei Kurzweil. Doch mit der Zeit begann ich meine Freundin Maddy zu vermissen. Zwar hatte ich durch die Arbeit in der

Anwaltskammer auch neue Kontakte und Bekanntschaften geschlossen, doch fehlte mir ein Gefährte, dem ich mich voll und ganz anvertrauen konnte.

Mehr aus Langweile als aus wirklichem Interesse begann ich, nebenbei Geschäfte an der Royal Exchange, der Königlichen Börse von London, zu machen. Offenbar hatte ich ein Händchen dafür, denn binnen eines Jahres hatte ich mein Vermögen vervielfacht.

Aber auch das bereitete mir nur mäßige Freude. Ich überlegte, ob ich vielleicht wie Maddy eine Zeitlang auf Reisen gehen sollte, als eine Entwicklung eintrat, die meine Pläne änderte: Die Pest hielt Einzug in London.

Allem Anschein nach war die Pest bereits im Winter von einem niederländischen Schiff eingeschleppt worden und es hatte in den ärmlichen Wohngebieten in der Hafenregion schon erste Pesttote gegeben. Da der Winter aber sehr hart und kalt gewesen war, hatte sich die Seuche zunächst noch nicht so stark ausgebreitet. Der Sommer hingegen war für Londoner Verhältnisse ungewöhnlich heiß und stickig, was die Ansteckungsrate nun massiv in die Höhe schnellen ließ.

Immer häufiger sah man an Haustüren rote Kreuze angebracht und darunter die Inschrift »Herr, erbarme dich unser«. Diese Häuser waren von der Regierung wegen Pestbefall versiegelt worden und die armen Teufel darin waren nun von der Öffentlichkeit abgeschnitten.

Charles II. floh schließlich mitsamt seiner Familie und dem ganzen Hofstaat aus London und viele reiche Händler und Handwerker taten es ihm gleich. Die meisten Geschäfte wurden geschlossen und in den einst lebhaften Straßen Londons herrschte nun drückende Stille, nur unterbrochen von läutenden Kirchenglocken und dem Rumpeln der Totenkarren auf dem Pflaster.

Einige Geistliche, Ärzte und Apotheker waren in der Stadt geblieben, um der Seuche entgegenzutreten und dazu entschloss ich mich auch. Die Krankheit konnte mir ohnehin nichts anhaben und vielleicht konnte ich mit meinen heilkundlichen Kenntnissen, die ich mir in all den Jahren weiterhin von Maddy angeeignet hatte, ein wenig helfen.

Es gab damals jedoch noch kein Heilmittel gegen die Pest. Ich konnte nur meine ganze Hingabe darauf verwenden, das Leiden dieser armen Seelen, die von der Seuche befallen waren, ein bisschen zu mildern.

Es wurden große Lazarette eingerichtet und Pestärzte zogen durch die Stadt, um Infizierte aufzuspüren und in die Lazarette bringen zu lassen. Die Pestärzte trugen zum Schutz gegen die Ansteckung Schnabelmasken, lange weite Mäntel und Lederhandschuhe. Obwohl ich mich nicht infizieren konnte, staffierte auch ich mich entsprechend aus, um weniger aufzufallen.

Kein Mensch fragte nach irgendwelchen Referenzen, als ich meine Dienste in den Lazaretten zur Verfügung stellte. Die Epidemie hatte inzwischen solche Ausmaße angenommen, dass jegliche Hilfe ungeprüft in Anspruch genommen wurde. Viele der Männer, die in den Straßen als Pestärzte unterwegs waren, besaßen auch keinerlei Ausbildung oder Qualifikation, sondern waren nur eilig in ihre Arbeit eingewiesen worden.

Die Leichenkutscher kamen mittlerweile kaum noch mit dem Einsammeln der Toten nach und in etlichen Gassen stapelten sich die Leichen fast haushoch. Londons Einwohner wurden von der Regierung aufgefordert, Pfeffer, Hopfen und Weihrauch zu verbrennen, um den Pestgeruch zu vertreiben und die Ansteckungsgefahr zu bekämpfen. Auch an den Straßenkreuzungen errichtete man große Feuerstellen, um die Luft zu reinigen.

Die Arbeit in den Lazaretten drückte bleiern auf mein Gemüt. Die Kranken hatten zunächst Fieber und immer stärker werdende Schmerzen. Oftmals bekamen sie später Bewusstseinsstörungen und viele schrien vor Schmerzen und Wahnvorstellungen. Ihre geschwollenen, schmerzenden Lymphknoten wuchsen zu hässlichen Pestbeulen, die aufgeschnitten wurden, um Eiter und Blut abfließen zu lassen. Wo dies nicht geschehen war, verbreitete sich die Infektion über das Blut rasch im ganzen Körper und der Kranke starb bereits innerhalb von eineinhalb Tagen. Ich fragte mich, ob diese Menschen nicht fast besser dran waren, als ich sah, wie sehr die behandelten Kranken litten.

Ich kam oft tagelang nicht dazu, auf die Jagd zu gehen, doch das machte mir nichts aus. Ich hatte mittlerweile meinen Durst ganz gut unter Kontrolle und das Elend um mich herum war auch nicht dazu angetan, meinen Appetit sonderlich zu fördern.

Zum Winter hin schien die Epidemie ein wenig abzuklingen und im Februar 1666 traute sich auch Charles II. mit seinem Hofstaat wieder in die Stadt zurückzukehren. Doch gab es auch im weiteren Verlauf des Jahres nach wie vor Infizierte und die Pest forderte weiterhin ihre Todesopfer. Daher ging ich tagsüber meiner Arbeit in der Anwaltskammer nach und setzte nachts anonym meinen Dienst in den Lazaretten fort.

Da die Schutzkleidung, die ich immer noch jedes Mal trug, sehr warm und unbequem war, hatte ich mir angewöhnt, darunter statt meiner üblichen Männerkleidung ein leichtes Kleid ohne Unterröcke zu tragen. Es war für mich bequemer und luftiger und wurde unter dem langen schweren Mantel ohnehin von niemandem wahrgenommen.

So verging ein weiterer heißer Sommer, und als ich in einer Septembernacht meinen Dienst in einem Lazarett in Blackfriars verrichtete, kam mir die Kunde zu Ohren, dass im nahegelegenen Billingsgate ein Feuer ausgebrochen sei. Ich machte mir darüber keine weiteren Gedanken, da es öfter mal kleine Brände in London gab, erst recht, seitdem zur Bekämpfung der Pest viele öffentliche Feuerstellen eingerichtet worden waren.

Doch das Feuer wurde auch in den nächsten zwei Tagen nicht eingedämmt und in der übernächsten Nacht hatte es sich über die während des heißen Sommers stark ausgetrockneten Dachstühle bereits massiv ausgebreitet. So sah ich mich plötzlich einer haushohen Feuersbrunst gegenüber, als ich das Lazarett bei der St. Paul's Cathedral verließ. Die Pflastersteine glühten rot vor Hitze und das Blei aus der Kuppel von Saint Paul's rann in geschmolzenen Bächen herunter.

Ich wandte mich nach links Richtung Ludgate Hill, doch auch hier schlugen mir bald turmhoch die Flammen entgegen. Panisch entledigte ich mich in der glühenden Hitze meiner Pestschutzkleidung. In dem Chaos, das um mich herum herrschte, achtete sowieso niemand darauf, dass eine Frau im Kleid darunter zum Vorschein kam.

Auch in zwei weiteren Seitenstraßen, die ich ausprobierte, schnitt mir das Feuer den Weg ab. Die Angst kroch in mir hoch. Wie gelähmt starrte ich auf die züngelnden Flammen, die mir unaufhaltsam entgegentrieben.

»Gemma!«, hörte ich plötzlich eine tiefe Stimme hinter mir laut meinen Namen rufen. Ich drehte mich um und versteinerte.

Ein paar Schritte entfernt saß Arlington auf einem Hengst, der sich gerade trotz Scheuklappen vor den unweiten Flammen aufbäumte. Mühelos bändigte Arlington das Pferd, zwang es, wieder ruhig zu stehen und wandte sich mir wieder zu.

Wie hypnotisiert starrte ich ihn an. Es waren über 60 Jahre vergangen, seit ich vor ihm geflohen war, doch plötzlich kam es mir nur wie wenige Tage vor.

Arlington kam vorsichtig auf mich zu. Ich wich unwillkürlich zurück und spürte die unerträgliche Hitze der nahenden Flammen in meinem Rücken.

»Was wollt Ihr?«, flüsterte ich heiser.

»Zunächst einmal dich hier herausbringen«, antwortete Arlington eindringlich. »Ich weiß, du hast viele Fragen, aber wir haben jetzt keine Zeit dafür, also komm schon!«

Er streckte mir seine Hand entgegen. Ich starrte darauf. Unnützerweise ging mir durch den Kopf, wie kräftig und dennoch langgliedrig seine Finger aussahen. Dann legte ich meine Hand in seine. Er zog mich zu sich auf das Pferd und schlang seinen schweren, klatschnass in Wasser getränkten Wollumhang um uns beide.

»Kommen wir zu Fuß nicht schneller voran?«, fragte ich mit einem Blick auf den nervösen Hengst.

»Theoretisch schon«, antwortete Arlington, »doch der Hengst ist ein geeignetes Lasttier für unsere Wasservorräte.« Erst jetzt bemerkte ich die großen, prall gefüllten Ziegenhäute, die Arlington an dem Hengst befestigt hatte und die normalerweise als Weinschläuche dienten. Arlington wendete das Pferd und ritt in eine der Seitenstraßen, die ich bereits ausprobiert hatte.

»Nein!«, rief ich warnend aus, als wir auf eine scheinbar unüberwindliche Flammenwand zuritten. Doch Arlington trieb den Hengst zu noch mehr Tempo an, zog den nassen Umhang über unsere Köpfe und galoppierte mitten in die Feuersbrunst hinein.

Voller Panik brauchte ich einen Moment, um zu registrieren, dass wir die nicht sehr breite Flammenwand hinter uns gelassen hatten und Arlington mein Gesicht bereits wieder freigegeben hatte. Doch wir hatten die Gefahr noch nicht überstanden. Arlington hielt auf unserem weiteren Weg noch dreimal an, um den Wollumhang aus den mitgeführten Wasserschläuchen erneut zu benässen, da wir noch wiederholt den Flammen bedenklich nahe kamen.

Er ritt, sofern es die Straßen zuließen, konsequent in nordwestlicher Richtung und verlangsamte selbst dann das Tempo nicht, als wir das Feuer schon eine Zeitlang hinter uns gelassen hatten.

Wir näherten uns Bloomsbury, als Arlington schließlich ins Schritttempo wechselte und vom Pferd glitt, um nebenher zu laufen. Als ich auch absteigen wollte, hielt er mich davon ab.

»Nein«, sagte er freundlich aber bestimmt. »Ruh dich noch ein wenig aus. Du hast ja die ganzen Nächte durchgearbeitet.«

Mit großen Augen sah ich ihn an. Woher wusste er das? Er musste mich bereits eine geraume Zeit lang beobachtet haben. In mir kämpften die widersprüchlichsten Gefühle. Einerseits wollte ich wieder vor ihm fliehen. Andererseits war ich neugierig zu erfahren, warum er mich erneut gerettet hatte. Wiederum war ich auch zornig, weil er mich damals offensichtlich zum Narren gehalten hatte. Und letztendlich war ich tatsächlich auch ziemlich erschöpft, weswegen ich schließlich ohne Widerspruch auf dem Pferd sitzenblieb.

Nur eine neugierige Frage konnte ich mir dann doch nicht verkneifen: »Und wohin gehen wir jetzt? Warum bringt Ihr mich nicht einfach zu meiner Wohnung?« Wenn er mich schon länger beobachtet hatte, wusste er mit Sicherheit auch, wo ich wohnte.

Ich hatte mich nicht geirrt. »Es ist gut möglich, dass das Feuer auch bis zum St. James's Square vordringt«, antwortete er. »Daher bringe ich dich erst mal in mein Haus in Kilburn. Es wird dir vielleicht gefallen. Die Gegend ist recht ländlich und der Kilburn River fließt durch mein Grundstück.«

Und so setzten wir unseren weiteren Weg schweigend fort.

Arlingtons Haus war ein prachtvoller Tudorbau inmitten eines ausgedehnten Anwesens mit Parkanlagen und kleinem Wäldchen. Doch ich schenkte dem Besitz nicht sehr viel Aufmerksamkeit, weil ich mich unendlich müde fühlte. Es kam mir so vor, als hätte in den vergangenen Wochen meinem Körper etwas entsagt, das ich nun komplett nachholen müsste. Arlington führte mich in ein rustikales, aber dennoch luxuriös eingerichtetes Schlafzimmer und ließ mich allein. Ich legte mich auf das große, weiche Bett und schloss die Augen. Sofort umfing mich eine Ruhe, die ich seit Monaten nicht mehr verspürt hatte.

Nach ein paar Stunden fühlte ich mich etwas erholter. Ich schlug die Augen auf und betrachtete die mit kunstvollen Schnitzereien verzierte Zimmerdecke. Und ich fragte mich, ob ich eigentlich komplett den Verstand verloren hatte. Ich war in Viscount Arlingtons Haus! Freiwillig hatte ich mich wieder in das Haus des Mannes begeben, der mit dem Baron of Travisham, meinem Schänder und Mörder, paktiert hatte.

Nun gut, Arlington hatte mich vor dem Feuer gerettet. Aber mir war absolut schleierhaft, warum er das getan hatte. Und weshalb hatte er mich tagelang – oder waren es sogar Wochen – beobachtet?

Schwungvoll stand ich vom Bett auf. Es wurde Zeit, dass ich Antworten auf meine Fragen bekam. In einer Zimmerecke entdeckte ich auf einem Lehnstuhl ein elegantes Samtkleid, das Arlington in der ihm üblichen Umsicht in Modefragen dort platziert hatte. Ich blickte an mir herunter. Mein Kleid hatte unter den Strapazen der letzten Tage und der Flucht vor dem Feuer mehr als gelitten. Es wies Flecken und mehrere große Risse auf und legte ziemlich viel Haut frei. Nachdenklich sah ich wieder auf das Samtkleid auf dem Stuhl. Ich war überzeugt davon, dass es mir tadellos passen würde.

Dann schob ich entschlossen das Kinn vor. Ich würde mich nicht umziehen und von Arlingtons modischen Geschenken verblenden lassen. Das hatte ich schon einmal getan und es hatte zu nichts Gutem geführt. Ich konnte den Viscount genauso gut in meinem zerrissenen Kleid zur Rede stellen.

Zielstrebig verließ ich das Zimmer und machte mich auf die Suche nach Arlington. Da ich ihn im Haus nirgendwo entdecken konnte, fragte ich schließlich eine Dienerin. Sie erklärte mir, dass der Viscount irgendwo draußen einen Spaziergang machen wollte.

Ich durchstreifte das Grundstück. Die Gartenanlagen waren riesig und äußerst geschmackvoll angelegt. Augenscheinlich hatte Arlington einen sehr talentierten Gärtner in seinen Diensten. Hinter den Gärten wurde das Terrain ein wenig hügelig. Ein schmaler Weg führte in einen angrenzenden kleinen Wald. Ich folgte dem Weg. Innerhalb des Waldes stieß der Weg recht bald auf den von Arlington erwähnten Kilburn River, eher ein größerer Bach als ein reißender Fluss, und verlief von da an parallel zu dem Flüsschen. Nach einer Weile wurde ich ungeduldig, da ich den Viscount nirgendwo entdecken konnte und überlegte, ob ich nicht lieber querfeldein laufen sollte. Dann blieb ich jedoch abrupt stehen.

Nur wenige Schritte vor mir stand Arlington mit freiem Oberkörper im Bach und wusch sich. Er stand mit dem Rücken zu mir und hatte mich daher noch nicht bemerkt. Fasziniert beobachtete ich, wie die glitzernden Wassertropfen langsam seinen muskulösen Rücken herunter rannen. Ich entdeckte auch einige Narben auf seiner Haut und fragte mich, wo diese wohl herrührten. Dann schien er mich bemerkt zu haben und drehte sich zu mir um. Seine Brust war nicht minder muskulös als sein Rücken. Er bedachte mich mit einem spöttischen Blick.

»Ah, meine Teuerste«, begrüßte er mich neckend. »Wie ich sehe, habt Ihr Euch noch gar nicht umgezogen. Gefiel Euch das Kleid nicht?«

»Das tut nichts zur Sache!«, schnaubte ich. »Ihr seid mir ein paar Erklärungen schuldig!«

Arlington hob spöttisch lächelnd die Augenbrauen. »Erklärungen, warum ich Euch gerettet habe? Oh, das war purer Altruismus.«

Nun übermannte mich mein Zorn. Ich stürzte mich auf ihn. Er muss das vorausgesehen haben, denn plötzlich standen wir beide völlig durchnässt in dem Bach und

Arlington hielt meine Hände im eisernen Griff hinter meinem Rücken fest.

»Ihr habt immer noch nicht gelernt, Euer Temperament zu zügeln«, sagte er mit glitzernden Augen, während um seinen Mund ein amüsiertes Lächeln spielte.

»Ihr wisst, was für Erklärungen ich meine!«, presste ich zwischen den Zähnen hervor. »Was ist mit Travisham?«

Er tat, als müsste er einen Moment überlegen. »Der Baron of Travisham? Oh, der ist seit geraumer Zeit tot.«

»Das habt Ihr schon einmal behauptet!«, zischte ich und versuchte mich aus seinem Griff zu befreien.

Arlington hielt mich weiterhin mühelos fest. »Diesmal stimmt es aber«, erklärte er ruhig.

Ich kniff die Augen zusammen. »Warum sollte ich Euch das glauben?«

Er seufzte. »Ich mache Euch einen Vorschlag: Ihr versprecht, dass Ihr keinen weiteren Versuch starten werdet, mir die Augen auszukratzen, und ich werde Euch loslassen. Wir werden uns beide zunächst etwas zivilisiertere, und vor allem: trockenere, Kleidung anziehen. Dann werden wir uns hier zu einem gesitteten Spaziergang wiedertreffen und ich werde Euch alles erzählen, was Ihr wissen wollt.«

Ich blickte ihn misstrauisch an.

Gelassen erwiderte er meinen Blick.

»Also gut«, willigte ich schließlich zögernd ein, »aber warum ist Euch korrekte Kleidung immer so wichtig?«

»Es ist das Einzige, was uns von den Tieren unterscheidet«, antwortete er ungerührt.

Nachdem ich mich auf meinem Zimmer eilig gewaschen und gekämmt hatte, zog ich das nachtblaue Samtkleid an, das mir der Viscount zurechtgelegt hatte. Wie erwartet, passte es mir wie angegossen. Nach nur wenigen Minuten trafen wir uns an der verabredeten Stelle wieder und schlenderten den Bach entlang.

»Was wollt Ihr wissen?«, fragte Arlington.

»Beginnt mit Travisham«, antwortete ich. »Warum habt Ihr mich damals angelogen und behauptet, er sei tot? Ist er Euer Freund? Und wenn dem so ist, wieso habt Ihr mich dann überhaupt gerettet?«

»Ich habe damals gesagt, Travisham sei tot, weil er schon so gut wie tot war«, erklärte Arlington. »Ich hatte zu keiner Zeit vor, ihn am Leben zu lassen.«

»Aber es sah so aus, als wenn Ihr ein überaus freundschaftliches Verhältnis miteinander pflegen würdet.«

Arlington sah mich an. »Sagt Euch die ›Essex-Verschwörung‹ etwas?«

Irritiert sah ich ihn an. »Ja, natürlich.« Robert Devereux, der 2. Earl of Essex, hatte dereinst versucht, Elizabeth I. vom Thron zu stürzen. Der Verrat war jedoch entdeckt und Devereux zum Tode verurteilt worden. »Aber was hat das mit Travisham zu tun?«

»Travisham war einer der Peers, die Devereux seinerzeit unterstützt hatten«, erklärte Arlington. »Ich hatte mir damals sein Vertrauen erschlichen, um mehr über die Hintermänner der Verschwörung zu erfahren. Zu diesem Zweck hatte ich ihn außerdem rund um die Uhr beobachtet, auch an dem Tag, als er Euch damals im Hafen angegriffen hatte. Ich hatte ihn leider nur einen kurzen Moment aus den Augen verloren, und als ich ihn dann wieder fand, war es schon zu spät.« Arlingtons Gesicht versteinerte sich, er blickte nachdenklich in die Ferne. »Ich hätte ihn zu gerne bereits in dem Moment schon getötet, aber ich musste noch herausfinden, wann und wie der Staatsstreich geplant war.«

Ich sah ihn an. »Und an dem Abend, als ich Travisham in Eurem Haus antraf, da erfuhrt Ihr es?«

»Ja. Ich tötete ihn noch in derselben Nacht, aber da wart Ihr bereits verschwunden«, berichtete Arlington weiter. »Ich hatte in der darauf folgenden Zeit noch weitere Anhänger von Devereux aufgespürt. Als ich endlich dazu kam, mich auf die Suche nach Euch zu machen, war Eure Spur mittlerweile erloschen.«

»Und das Mädchen?«, fragte ich in Erinnerung an die Hafendirne, von der Travisham und Arlington allem Anschein nach damals getrunken hatten.

»Travisham hatte sie mitgebracht«, erklärte er. »Ich hatte sie nicht angerührt. Aber ich konnte auch nichts mehr für sie tun.«

Eine Weile gingen wir schweigend nebeneinander her. »Seid Ihr all die Jahre in London geblieben?«, fragte ich Arlington dann.

Er schnaubte verächtlich aus. »Gott bewahre! Unter Cromwell war London wirklich wenig amüsant, daher bin ich eine Zeitlang auf Reisen gegangen. Vor ein paar Jahren bin ich dann hierher zurückgekehrt, nachdem ich dieses reizvolle Fleckchen Land aufgetan habe.«

»Natürlich bin ich mittlerweile der sechste Viscount Arlington«, fuhr er leichthin fort. »Es ist ganz vorteilhaft, sich als der eigene Nachfahre auszugeben, wenn man nach einiger Zeit an einen Ort wiederkehren möchte. Ihr hingegen habt Euch inzwischen als ›Sir Gerald Galveston‹ auch recht gut etabliert, wie ich erfahren durfte.«

»Ach ja, wie habt Ihr mich denn eigentlich entdeckt?«, fragte ich ihn und versuchte dabei, möglichst unbeteiligt zu wirken.

Arlington lächelte. »Da kam mir der Zufall zur Hilfe. Eines Tages erblickte ich Euch vor Lincoln's Inn auf der Straße. Aufgrund Eurer Männerkleidung war ich anfangs nicht ganz sicher, dass Ihr es tatsächlich wart, daher ließ ich zunächst ein paar Erkundigungen einholen und erfuhr so, dass Ihr als ›Gerald Galveston‹ am St. James's Square residiert. Ich postierte mich von da an desöfteren vor Eurem Haus und bemerkte auf diese Weise schließlich, dass abends regelmäßig ein Pestarzt das Gebäude verließ. Da sich die Bewohner dieser vornehmen Gegend in der Regel nicht dazu herabließen, als Pestarzt zu arbeiten, hatte ich bereits die Vermutung, dass Ihr diejenige wart, die sich unter dem schweren Mantel und der Maske verbarg. Und so war es ja dann auch.«

Ich sah ihn neugierig an. »Aber warum seid Ihr mir die ganze Zeit immer nur gefolgt, ohne mich jemals anzusprechen?«

Zu meiner großen Verblüffung wirkte Arlington nun tatsächlich ein wenig verlegen. »Nun ja«, antwortete er zögernd, »es war inzwischen schon eine lange Zeit vergangen und ich war nicht sicher, wie Ihr auf mich reagieren würdet …«

Darauf wusste ich nichts zu sagen. Ich war mir selbst nicht ganz klar darüber, wie ich zu Arlington stand. Er hatte mir zweimal das Leben gerettet. Und wie ich jetzt wusste, hatte er mich auch nie verraten. Fest stand auch, dass er mich mit seiner spöttischen Art wie kein anderer in Rage versetzen konnte. Nachdenklich sah ich auf sein markantes Profil, sein Gesicht, das manchmal so unnahbar und kühl und dann wiederum überraschend sanft und freundlich wirken konnte.

Rasch sah ich wieder weg. Augenscheinlich löste Arlington in mir die widersprüchlichsten Gefühle aus und ich wusste nicht, was ich davon halten sollte. Schließlich nahm ich meinen ganzen Mut zusammen. »Warum habt Ihr mich wirklich gerettet?«, fragte ich ihn leise.

Er zwinkerte mich an. »Jetzt oder damals?«, fragte er neckend.

Ich spürte, wie abermals der Ärger in mir hochkam. »Egal!«, antwortete ich unwirsch. »Ihr weicht mir aus!«

Sein Gesicht wurde wieder ernst und er kam einen Schritt auf mich zu. »Weißt du das denn wirklich nicht, Gemma?« Sein Gesicht war von meinem jetzt nur wenige Fingerbreit entfernt und ich blickte verwirrt in seine schimmernden Augen.

»Nein … ich weiß nicht … ich meine, Ihr habt immer …«, stammelte ich.

Dann spürte ich seine Lippen auf meinen. Sie waren fest und doch zugleich so sinnlich. Seine Zunge begann meinen Mund zu erforschen und ich glaubte, die Besinnung zu verlieren in dem Strudel der Gefühle, die auf mich einstürzten. Mir wurde heiß und zugleich kalt und ich klammerte mich wie eine Ertrinkende an ihn, froh darüber, dass er mich mindestens ebenso fest hielt. Ich verlor jegliches Zeitgefühl. Es war gut möglich, dass dieser Kuss eine gute Stunde dauerte, da wir ja beide nicht Luft zu holen brauchten.

Schließlich machte er sich vorsichtig von mir los. Ich schlug enttäuscht die Augen auf. »Macht weiter, Arlington!«, forderte ich, ohne nachzudenken.

Er lachte leise. »Findest du nicht, dass es langsam an der Zeit ist, mich Giles zu nennen?«

»Gut. Mach weiter Giles!«, wiederholte ich meine Bitte.

Er lachte erneut. »Ich hatte befürchtet, dass du so unersättlich sein würdest. Nein, falsch …«, korrigierte er sich und ich sah ihn erstaunt an, »… ich hatte es gehofft.«

Ich flog ihm in die Arme und wir setzten unseren Kuss fort. Es fing schon an zu dämmern, als wir schließlich voneinander abließen.

Arlington sah mich an. »Hast du Hunger?«, fragte er mich.

Ich lächelte ihn schelmisch an. »Ja, sehr.«

»Das meine ich nicht«, antwortete er amüsiert. »Wann bist du das letzte Mal dazu gekommen zu jagen?«

»Das ist wohl schon ein paar Tage her«, überlegte ich.

»Dann lass uns eine kleine Mahlzeit zu uns nehmen«, schlug er vor.

Nachdem ich mir zweckdienlichere Beinkleider angezogen hatte, begaben wir uns zum Jagen nach Richmond Park und ich fühlte mich an alte Zeiten erinnert.

Mittels einiger rasch erlegter Damhirsche hatten wir unseren Durst recht schnell gestillt und spazierten anschließend noch ein wenig durch Richmond. An der Themse machten wir Rast und setzten uns ans Ufer. Ich hatte mich in Arlingtons Arme gekuschelt und genoss es, einfach schweigend mit ihm dem ruhigen Dahingleiten des Flusses zuzusehen.

»Wie hast du eigentlich all die Jahre verbracht, die du nicht in London warst?«, fragte er mich nach einer Weile.

Ich berichtete ihm von meiner Zeit in North Berwick. Als ich bei Sir Lanarks Annäherungsversuchen angelangt war, spürte ich, wie er sich versteifte, und als ich von dem Hexenprozess und der Wasserprobe erzählte, zog er scharf den Atem ein. Er entspannte sich wieder etwas, als ich mit dem Bericht meiner Studienjahre und meiner Zeit mit Maddy fortfuhr.

»Schön, dass du in Maddy eine Freundin gefunden hast«, sagte er und zog mich enger an sich. »So ein Vampirleben kann manchmal verdammt einsam sein.«

Ich drehte mich leicht zu ihm um und strich mit den Lippen über seine Wange. »Führst du dieses Leben denn eigentlich schon lange?«, fragte ich ihn. »Du hast mir nie erzählt, wie du verwandelt wurdest.«

Daraufhin erzählte er mir seine Geschichte.

Es stellte sich heraus, dass Arlington zwar auch schon recht alt, aber dennoch über hundert Jahre jünger war als Maddy. 1190 hatte er Richard Löwenherz als junger Ritter Sir Giles Montgomery auf den Dritten Kreuzzug zur Rückeroberung Jerusalems von Sultan Saladin begleitet. In der Schlacht bei Arsuf wurde er schließlich so lebensgefährlich verletzt, dass man ihn auf dem Schlachtfeld zurückließ, weil man ihn bereits tot wähnte. Dort wurde er wenig später von einem alten Mann aufgelesen, der bemerkt hatte, dass er noch atmete. Als der alte Mann, ein greiser persischer Vampir, feststellte, dass er Giles auf natürlichem Wege nicht würde retten können, verwandelte er ihn schließlich.

Giles blieb ein paar Jahre bei dem alten Mann, um von ihm zu lernen, wie er mit seiner neuen Existenz umgehen konnte, dann kehrte er zurück nach England. Er blieb auch in den folgenden Jahrhunderten königstreu und wurde später im 15. Jahrhundert von Henry VI. in den Adelsstand eines Viscount Arlington erhoben.

»Hm. Dann ist dein Titel also sogar echt«, flüsterte ich grinsend an Arlingtons Ohr. Mit gespielter Entrüstung schob er mich ins Gras und lehnte sich dicht über mich. »Natürlich ist er echt. Was hast du denn gedacht?«, fragte er drohend.

Gebannt starrte ich auf seine Lippen. »Wenn du so nahe bist, kann ich offen gestanden gar nicht richtig denken«, antwortete ich wahrheitsgemäß.

Giles lachte und küsste mich stürmisch. Leidenschaftlich erwiderte ich seinen Kuss und drängte mich enger an ihn. Als er sich dabei ertappte, wie er an meiner Kleidung zu nesteln begann, wich er abrupt zurück.

»Du bringst mich noch um meinen Verstand«, stöhnte er. »Bislang habe ich mich in der Öffentlichkeit noch nie so vergessen.«

»Na, wenn schon«, erwiderte ich ungeduldig, »es ist doch schon längst dunkel.«

»Nichts da, meine Teuerste.« Arlington hatte wieder zu seinem spöttischen Tonfall zurückgefunden, der mich so sehr reizte. »Wir werden uns anständig benehmen und erst mal sittsam nach Hause spazieren.«

»Alter Langweiler!«, schmollte ich, während wir aufstanden.

Auf dem Heimweg nach Kilburn bemerkten wir, wie der nächtliche Himmel über London immer noch von dem großen Brand in der City erhellt wurde. Beunruhigt darüber, dass ich die Katastrophe in London angesichts meiner eigenen Erlebnisse kurzfristig vergessen hatte, wandte ich mich an Arlington.

»Wird das denn nie aufhören?«, fragte ich ihn besorgt.

»Sie sind schon dabei, das Feuer einzudämmen«, erklärte Giles ernst. »Leider können wir nichts weiter tun, als abzuwarten. Soweit ich es mitbekommen habe, ist es zumindest den meisten Menschen gelungen, sich in Sicherheit zu bringen.«

Beklommen blickte ich auf die erhellte Fläche. Arlington nahm mich tröstend in den Arm.

In seinem Haus angekommen, zeigte er dann nichts mehr von seiner vorherigen Zurückhaltung. Diesmal war er es, der mich mit seiner Leidenschaft überwältigte und mich in unserer ersten gemeinsamen Nacht von meiner Sorge um London ablenkte.

In den nächsten Tagen ließ Arlington permanent Erkundigungen über den Verlauf des Brandes und den Erfolg der Löscharbeiten einholen. Durch das Feuer waren unzählige Menschen obdachlos geworden und hatten sich in Moorfields, nördlich der Stadtmauer, in Sicherheit gebracht. Unter freiem Himmel war dort ein riesiges ungeordnetes Lager entstanden.

Arlington und ich verbrachten die Tage damit, die Menschen dort mit dem Nötigsten wie Brot und Wasser zu versorgen. Das Wasser stammte vom Fluss auf seinem Grundstück und das Brot ließ er in großen Karren aus den umliegenden Dörfern beschaffen. Nach drei Tagen erfuhren wir schließlich erleichtert, dass das Feuer größtenteils bekämpft war.

Ich wollte in die City gehen, um das Ausmaß der Schäden zu begutachten. Giles war dagegen, weil er ahnte, wie viel Kummer es mir bereiten würde. Doch ich wollte mit eigenen Augen sehen, wie viel von meiner Heimatstadt noch übrig geblieben war und so zogen wir los.

Entgegen Arlingtons Befürchtung war mein Haus am St. James's Square vom Feuer verschont geblieben, ebenso wie die nahegelegene Bank, in der ich meine Ersparnisse deponiert hatte. Aber das munterte mich nicht sonderlich auf, denn die City of London lag nach dem Brand praktisch komplett in Schutt und Asche. Nahezu alle Kirchen, darunter auch die St. Paul's Cathedral, waren zerstört, des Weiteren auch das Christ's Hospital, die Royal Exchange, das Zollhaus und drei Stadttore. Die Guildhall stand noch, war aber innen vollständig ausgebrannt. Der Tower war immerhin gerettet worden.

Den Berichten nach zufolge waren jedoch nur sechs Menschen in dem Feuer umgekommen, was angesichts des verheerenden Ausmaßes des Brandes schon an ein Wunder grenzte. Einen einzigen Vorteil hatte die Feuersbrunst darüber hinaus gehabt: Sie hatte offenbar die Pest endgültig gestoppt, da in den Flammen auch alle verseuchten Ratten und Flöhe mit verbrannt waren.

Giles nahm mich in den Arm, als ich meinen Blick deprimiert über die Ruinen der City gleiten ließ. »Sie werden es wieder aufbauen«, versprach er tröstend.

Arlington schlug mir vor, eine Zeitlang mit ihm nach Oxford zu gehen, damit ich auf andere Gedanken käme. Er besaß dort in Grandpont ein kleines Anwesen an der Themse, in dem wir logieren konnten, um am geselligen kulturellen Leben von Oxford teilzunehmen und von dort aus Ausflüge ins Umland zu machen.

Natürlich nahm ich sein Angebot an. Meine Anstellung und meine Wohnung zu kündigen, machte mir nichts aus, da ich ja ohnehin schon seit einiger Zeit das Bedürfnis nach einer Veränderung hatte. Außerdem war mir mittlerweile klargeworden, dass ich mich heillos in Arlington verliebt hatte.

FEINDLICH

Das »kleine Anwesen«, wie Arlington es nannte, offenbarte sich als imposantes Herrenhaus auf einem weitläufigen Grundstück, das an einer Seite an ein großes Waldgebiet grenzte und an der anderen Seite bis an die Themse reichte.

»Nun, an Geld scheint es dir offenbar nicht zu mangeln«, stellte ich beeindruckt fest, als ich das hochherrschaftliche Gebäude erblickte.

»Ach, weißt du, meine Familie hatte immer schon ein paar Besitztümer«, antwortete Giles grinsend, »und so sehr ich mich auch bemühe, mein Vermögen zu verjubeln, es bleibt immer noch genug davon übrig.«

Er hatte schon vor ein paar Tagen seine Dienerschaft vorausgeschickt, um das Haus auf Vordermann zu bringen und daher war alles in tadellosen Zustand, als er mich durch die Räumlichkeiten führte. Nachdem er mir einen eindrucksvollen Bankettsaal, mehrere elegante Salons und etliche luxuriöse Schlafgemächer gezeigt hatte, fragte ich ihn, wozu er denn all die Schlafzimmer brauchte.

Amüsiert zwinkerte er mir zu. »Aber man muss doch die Form wahren, was sollen denn sonst die Dienstboten denken? Von einem Mann meines Standes wird schließlich erwartet, dass er stets eine entsprechende Anzahl an Gästezimmern bereithält.«

Ich sah ihn argwöhnisch an. Sein Haus in Kilburn hatte ebenfalls mehrere komfortable Schlafgemächer, und ich konnte mir vorstellen, dass die »Gäste« hier wie dort vor allem weiblichen Geschlechts gewesen waren. Natürlich machte ich mir keine Illusion, dass Arlington vor mir ein keusches Leben geführt hätte, aber ihn mir mit anderen Frauen vorzustellen, erhitzte ärgerlicherweise doch ein wenig mein Gemüt.

Die unleidlichen Gedanken verschwanden aus meinem Kopf, als Giles auf mich zukam und mich an sich heranzog. »Gibt es denn irgendein Schlafzimmer, das du vielleicht gerne etwas näher in Augenschein nehmen möchtest?«, fragte er rau, während sich seine Lippen meinen näherten.

»Ach, warum probieren wir sie nicht einfach alle nacheinander aus?«, schlug ich mit unschuldigem Augenaufschlag vor.

Giles lachte laut auf. »Du bist ein schamloses Geschöpf, meine Teuerste!«

Dann hob er mich hoch und trug mich ins nächstgelegene Schlafzimmer.

Arlington hatte nicht zu viel versprochen. Das abwechslungsreiche Gesellschaftsleben in Oxford und die abwechslungsreichen Nächte in seinen diversen Schlafzimmern sorgten tatsächlich dafür, dass ich auf andere Gedanken kam und die bedrückende Zeit der Pestepidemie in London und die darauf folgende Brandkatastrophe mehr und mehr vergaß. Wenn wir durstig waren, jagten wir in Arlingtons Waldgebiet, und wenn es uns nach Amüsement und Gesellschaft verlangte, wohnten wir einem Match auf dem Oriel Square Tennis Court bei, besuchten Bälle oder gingen ins Theater.

Ich genoss es unendlich, in Giles' Begleitung auch endlich wieder als Frau in der Öffentlichkeit erscheinen zu können. Wie hatte ich es vermisst, schöne Kleider zu tragen und mir die Haare zurechtzumachen! Jahrzehntelang hatte ich mein langes blondes Haar zu Zöpfen gebunden oder unter Hüten versteckt. Nun trug ich es zu kunstvollen Frisuren aufgetürmt, wenn wir auf Bälle gingen, oder ließ es auf Ausflügen einfach frei über meine Schultern fließen. Mit offenem Haar gefiel ich Giles am besten und mir gefiel es wiederum, wenn er bewundernd seine Hände darin vergrub.

Überhaupt trugen Arlingtons Aufmerksamkeiten dazu bei, dass ich mich mehr denn je als Frau fühlte. In der Öffentlichkeit war er vollendet zuvorkommend zu mir, und wenn wir allein waren, kannte seine Leidenschaft keine Grenzen.

So vergingen einige sorglose Monate. Eines Abends sahen wir im Theater von unserer Loge aus einer nur mäßig gelungenen Inszenierung von Shakespeares Sommernachtstraum zu, als ich in der gegenüberliegenden Loge einen Mann bemerkte, der uns zu beobachten schien. Er war aufgrund seiner Größe und seines langen weißblonden Haares, das er offen nach hinten gekämmt trug, eine ungewöhnliche Erscheinung. Seine Kleidung war äußerst elegant, wenn auch ein wenig geckenhaft, was ebenso wie die teure Loge darauf schließen ließ, dass er wohlhabend und von vornehmer Herkunft war. Sein Blick ruhte so stechend auf uns, dass ich mich fragte, ob er möglicherweise auch ein Vampir war.

Ich wandte mich Arlington zu, der mit trägem Blick das stümperhafte Treiben auf der Bühne betrachtete. Als er meine Hand auf seinem Arm spürte, wandte er sich mir zu und schenkte mir dieses verführerische Lächeln, das mir immer ein wenig die Hitze in die Wangen trieb.

»Möchtest du gehen?«, fragte er. »Ich wüsste so viel interessantere Möglichkeiten, wie wir unseren Abend verbringen könnten.« Kurzfristig blieb mein Blick abgelenkt an seinen markanten Lippen hängen.

»Nein. Ich meine, wenn du willst, können wir gehen. Aber ich wollte dich etwas fragen«, antwortete ich etwas unzusammenhängend.

»Was möchtest du wissen?«, fragte er, ohne seinen glühenden Blick von mir abzuwenden und strich mir über die Wange.

Ich war kurz davor, die Fassung zu verlieren, und versuchte angestrengt, mich zu erinnern, was ich ihn fragen wollte. Es war ein wenig ärgerlich, dass er immer noch diese Wirkung auf mich hatte, obwohl wir nun doch schon einige Zeit miteinander verbracht hatten.

Giles fuhr mit seinen quälend sanften Berührungen fort und ließ seine Hand von meiner Wange über meinen Nacken und schließlich meinen Rücken hinunter gleiten. Ich schloss die Augen und gab mich dem Taumel der Gefühle hin, die seine Liebkosungen bei mir auslösten.

»Nun?«, hörte ich seine Stimme in weiter Ferne und öffnete verwirrt die Augen.

»Nun was?«, fragte ich ratlos.

Giles ließ sein leises kehliges Lachen hören. »Du wolltest mich etwas fragen.«

Ich sah ihn kurz nachdenklich an. Dann fiel es mir wieder ein. »Gegenüber sitzt ein Mann, der uns zu beobachten scheint«, sagte ich, ohne meinen Blick von Giles zu lösen.

Er runzelte die Stirn und blickte zur gegenüberliegenden Loge.

»Wen meinst du?«, fragte er leise.

Ich folgte seinem Blick und seufzte. Dummerweise war die gegenüberliegende Loge inzwischen leer.

In den nächsten Tagen überlegte ich, ob ich Giles noch mal auf den Fremden ansprechen sollte. Einerseits erschien es mir vielleicht doch ein wenig lächerlich, nur aufgrund eines stechenden Blickes auf einen Vampir zu schließen. Andererseits fiel mir auf, dass ich nach wie vor gar nicht sonderlich viel über unsere Spezies wusste, geschweige denn, wie viele es von uns gab. Ich kannte Arlington und Maddy, und ich hatte das zweifelhafte Vergnügen gehabt, die Bekanntschaft des Barons of Travisham zu machen. Aber ich hatte nicht den Hauch einer Ahnung, ob unter den Menschen nun viele oder nur wenige Vampire lebten. Arlington wusste mit Sicherheit mehr darüber und ich beschloss, ihn darauf anzusprechen.

Doch bevor ich dazu die Gelegenheit bekommen sollte, ereignete es sich, dass wir erneut auf den Unbekannten trafen, und diesmal sah Giles ihn auch.

Es geschah auf der St Giles' Fair, einem Jahrmarkt, der alljährlich auf dem Kirchhof der St Giles' Church stattfand. Fahrende Händler priesen dort ihre Waren an, Tavernen-Wirte schenkten an sich unter der schweren Last der Fässer biegenden Tischen ihr Bier aus, Kuchenbäcker boten Süßwaren feil, Akrobaten, Gaukler und Jongleure führten ihre Kunststückchen vor – es war ein buntes Treiben.

Giles und ich sahen gerade mit großem Vergnügen einem Taschenspieler zu, der seine Zuschauer narrte, in dem er ihnen unbemerkt Gegenstände wie Taschenuhren oder Geldbörsen entwendete und sie ihnen dann unter beträchtlichem Brimborium zurückreichte. Das Gelächter des Publikums schwoll mehrmals laut an, da das arme Opfer nie mitbekam, wann ihm was gestohlen wurde. Plötzlich erweckte etwas an der gegenüberliegenden Seite des Platzes meine Aufmerksamkeit. Dort stand wieder der weißblonde Unbekannte aus dem Theater und starrte zu uns herüber. Ich stieß Giles vorsichtig an. »Da ist er wieder«, sagte ich leise.

Arlington sah mich an und folgte meiner Blickrichtung. Sein Gesichtsausdruck verhärtete sich.

»Komm!«, sagt er dann barsch zu mir und zog mich mit sich. »Lass uns gehen.«

Erstaunt sah ich ihn an. Giles war noch nie unhöflich zu mir gewesen, doch im Moment schien er zu keiner Diskussion bereit.

»Du kennst den Mann.« Es war mehr eine Feststellung als eine Frage von mir, als ich neben Giles hereilte. Doch bevor er antworten konnte, tauchte der Weißblonde plötzlich vor uns auf und schnitt uns gewissermaßen den Weg ab. Zumindest hätten wir uns nicht ohne großes Aufsehen an ihm vorbeidrängen können.

»Arlington!«, begann der Weißblonde mit affektierter Stimme. »Welch unerwartete Überraschung, dich hier in Oxford anzutreffen! Willst du mich der Dame nicht vorstellen?« Er musterte mich neugierig.

»Ich glaube kaum, dass du der geeignete Umgang für die Dame bist«, erwiderte Giles grimmig.

»Tz, tz, wie unhöflich« Der Weißblonde tätschelte Giles tadelnd mit seinen Handschuhen. »Dabei bist du doch sonst für deine guten Manieren bekannt. Nun denn, dann darf ich mich wohl selbst vorstellen.« Er macht einen übertriebenen Kratzfuß vor mir. »Gestatten: Beauregard Monckton, siebter Viscount Whitfield.«

Ich öffnete den Mund, um ihm zu antworten, doch Giles schnitt mir das Wort ab. »Dennoch werde ich sie dir nicht vorstellen!«

»Aber Arlington!«, Whitfield kicherte amüsiert. »Als ob das nötig wäre. Natürlich haben wir über Miss Winwood schon unsere Erkundigungen eingezogen.«

Ich sah Whitfield verunsichert an.

»Es ist ziemlich egoistisch von dir, Miss Winwood ganz für dich alleine zu beanspruchen«, fuhr der Weißblonde mit einem vorwurfsvollen Lächeln fort. »Weiß sie überhaupt, welche Möglichkeiten sich ihr offenbaren würden, wenn sie sich uns anschließen würde? Aber sicherlich hast du sie gar nicht darüber informiert, sondern ihr von vorneherein deine Lebensart aufgezwungen.« Er schüttelte missbilligend den Kopf.

»Das brauchte ich gar nicht«, antwortete Giles gefährlich leise. »Sie hat sich aus freien Stücken so entschieden. Und nun würde ich dir empfehlen, ohne viel Aufhebens den Weg freizugeben!«

Whitfield gab kichernd den Weg frei. »Arlington, du bist immer noch der alte Spielverderber! Aber vielleicht kommen wir euch einmal besuchen, um Miss Winwood unsere Aufwartung zu machen! Denn du weißt ja, mein werter Arlington: Wer nicht für uns ist, ist gegen uns.«

Auf der Heimfahrt in der Kutsche starrte Giles mit düsterem Blick aus dem Fenster. Nach einer Weile durchbrach ich das Schweigen. »Wer ist dieser Whitfield?«, fragte ich drängend. »Warum hat er Erkundigungen über mich eingezogen? Und was meint er mit ›sich uns anschließen‹?«

Giles schloss kurz verbittert die Augen, dann antwortete er mir. »Ich hatte gehofft, dass ich dir das ersparen könnte. Aber ich hätte auch nicht gedacht, dass Whitfield sich in Oxford aufhält.« Giles wandte sich mir mit ernstem Gesicht zu und ich bemerkte seine angespannten Kiefermuskeln.

»Beauregard Monckton ist das Oberhaupt der englischen Sybarites de Sang, der ›Genießer des Blutes‹«, fuhr er dann fort, »Die Sybarites sind eine weltweit verbreitete Sekte von Vampiren, die ihren Ursprung in Frankreich hat. Die ganze Hingabe der Sybarites gilt einem luxuriösen Lebensstil und ihr ganzes Trachten dem Genuss menschlichen Blutes. Sie töten nicht einfach nur wahllos Menschen, wenn sie Durst haben. Es ist ihnen wichtig, vor allem junge und attraktive Opfer aufzutun und sie inszenieren den Tötungsakt als opulentes Schauspiel. In der Regel dauert es immer mehrere Tage, während derer sie im Rahmen einer makabren Orgie immer nur ein bisschen von ihren Opfern trinken und so deren Qual auf das grausamste verlängern, bis sie sie am Ende schließlich töten.«

Zum ersten Mal seit meinem Vampir-Dasein hatte ich das Gefühl, dass so etwas wie Übelkeit in mir hochstieg. Ich sah Giles gespannt an, als dieser fortfuhr. »Die Sybarites verachten die Menschen. Sie halten sie für eine minderwertige Rasse. Ebenso verachten sie uns, weil wir dem menschlichen Blut entsagen. Sie halten uns für Schwächlinge, etwas, das es auszumerzen gilt. Daher kommt es immer wieder zu Kämpfen zwischen den Sybarites und Vampiren wie uns. Wenn sie auf einen neuen Vampir treffen, bieten sie ihm an, sich ihnen anzuschließen. Lehnt er ab, versuchen sie, ihn zu vernichten.«

Ich sah ihn entsetzt an. »Sie wollten dich auch töten?«, fragte ich.

Giles lachte zynisch auf. »Sie haben es durchaus mehrfach versucht. Aber gelegentlich zahlt sich jahrhundertelange Kampferfahrung dann doch ein bisschen aus. Bisher war es mir gelungen, dich von den Sybarites fernzuhalten. Oxford ist ihnen normalerweise zu langweilig, daher hätte ich nicht gedacht, dass wir hier auf sie treffen würden.«

»Aber andererseits hast auch du bislang Whitfield nicht getötet. Warum nicht?«, verlangte ich zu wissen.

»Whitfield kämpft niemals selbst«, antwortete Giles verbittert. »Dabei soll er, nach allem, was ich über ihn weiß, ein hervorragender Kämpfer sein. Doch es ist das Gesetz der Sybarites, dass ihr jeweiliges Oberhaupt für die Annexions-Duelle, wie sie es nennen, tabu ist. Und einen anderen Vampir außerhalb eines Duells hinterrücks zu meucheln, ist leider nicht mein Stil. Dafür hatte ich wenigstens das Vergnügen, etlichen seiner Spießgesellen den Lebensfaden abzuschneiden.«

Mir fiel etwas ein. »Der Baron of Travisham war auch ein Sybarit, oder?«

»Ja, das war er«, antwortete Giles ruhig.

»Wie hast du ihn damals im Hafen dazu bekommen, von mir abzulassen?«

Giles sah wieder grimmig aus dem Fenster. »Ich hatte ihm zu verstehen gegeben, dass ich dich bereits vor ihm entdeckt und zu meiner Beute auserkoren hätte. Da er sich gute Geschäftskontakte zu mir erhoffte, verzichtete er daraufhin bereitwillig auf dich.«

Inzwischen waren wir bei Arlingtons Haus angekommen. »Pack deine Sachen!«, wies er mich an. »Wir reisen ab.«

»Warum?«, fragte ich ihn erstaunt.

Er drehte sich zu mir um und sah mich ernst an. »Gemma!«, sagte er eindringlich. »Whitfield hat uns seinen Besuch angekündigt. Er wird aus Höflichkeit ein paar Tage verstreichen lassen. Aber ich werde nicht hier bleiben und seelenruhig darauf warten, bis er oder einer seiner Schergen dich zum Kampf auffordert!«

Ich sah ihn nachdenklich an. »Aber nach allem, was du mir erzählt hast, wird ein Kampf früher oder später sowieso unvermeidlich sein. Und dann würde ich ihn lieber jetzt hinter mich bringen.«

Giles sah mich fassungslos an. »Das ist absurd!«, fuhr er mich dann an. »Du weißt ja nicht, worauf du dich da einlässt! Hast du jemals gegen einen Vampir gekämpft?«

»Nein, noch nie«, antwortete ich leise. »Deswegen hatte ich gehofft, dass du es mir beibringen würdest. Schließlich hast du selbst gesagt, dass wir noch ein paar Tage Zeit hätten.«

Er zog mich heftig in seine Arme. »Gemma«, erwiderte er mit leiser verzweifelter Stimme, »hast Du eigentlich eine Ahnung, was du da von mir verlangst?«

Ich blickte zu ihm hoch und gab ihm einen sanften Kuss auf die Lippen, den er hart und leidenschaftlich erwiderte. Nach einer Weile löste ich mich von ihm und sah ihn ernst an. »Und? Bringst du mir das Kämpfen bei?«

Resigniert schloss er die Augen. »Gut. Wir fangen morgen früh an.«

In dieser Nacht liebte mich Giles heftiger und leidenschaftlicher denn je. Im Morgengrauen löste er sein Versprechen ein und ich erhielt in seinem Park meine erste Lektion im Nahkampf.

»Du weißt natürlich, dass wir im herkömmlichen Sinne nicht so leicht zu töten sind«, begann Giles mit seinen Erläuterungen. »Dennoch sind wir nicht unverwundbar. Wenn ein Vampir zum Beispiel einen anderen beißt, bringt sein Gift den anderen zwar nicht um, aber es kann ihn schwächen, beziehungsweise auch starke Schmerzen verursachen, die während eines Kampfes eine gefährliche Ablenkung darstellen. Diese Ablenkung kann unter anderem dazu genutzt werden, einen Gegner zu enthaupten, was bislang noch die einzige wirkungsvolle

Methode ist, uns ins Jenseits zu befördern. Das sind die schlechten Nachrichten.« Giles sah mich nachdrücklich an.

Ich hielt seinem Blick ungerührt stand.

»Die gute Nachricht ist«, fuhr Giles fort, »dass diese Fakten Whitfield und sein Gefolge genauso betreffen wie dich.«

»Also kommt es nur darauf an, wer es schneller schafft, den anderen seines Kopfes zu entledigen?« warf ich scherzend ein.

Giles musterte mich scharf. »Glaub bloß nicht, dass das ein Kinderspiel wird«, antwortete er barsch. »Da Whitfield nicht selbst gegen dich kämpfen wird, wird er es einem seiner Gefolgsmänner überlassen. Aber jeder von ihnen hat dir jahrelange Kampferfahrung voraus.«

»Nun warum stehen wir dann noch hier herum und reden?«, konterte ich gereizt. »Bring mir bei, wie ich mich wehren kann!«

Giles kniff die Augen zusammen. »Greif mich an!«, forderte er mich unvermittelt auf.

Ich stürzte mich auf ihn. Und taumelte im nächsten Moment ins Leere, während Giles mich von hinten umfing. »Du bist schnell«, stellte er fest, »aber das sind wir alle. Deshalb bringt Schnelligkeit allein dich nicht zum Ziel. Wichtiger ist es, deinen Gegner zu durchschauen. Wenn du seinen Charakter kennst, weißt du auch, wie er kämpft.« Er ließ mich los.

»Du zum Beispiel, bist recht ungeduldig, meine Liebe«, erklärte er weiter, »darum greifst du immer frontal an. Das macht es ziemlich vorhersehbar.«

Ich begriff, was er meinte und drehte mich wieder zu ihm um. Diesmal ließ ich mir mehr Zeit. Während wir einander umkreisten, überlegte ich, welche seiner Charaktereigenschaften mir als Schwachstelle für einen Angriff dienlich sein könnte. Dann hatte ich einen Einfall: Giles war manchmal ein wenig selbstgefällig. Daher war er wahrscheinlich auch überzeugt davon, mich komplett zu durchschauen. Also musste ich mich nur etwas unberechenbarer verhalten.

Abrupt ließ ich meine Arme sinken und zog ein weinerliches Gesicht. »Nein! Ich schaffe das nicht!«, schluchzte ich. Dann rannte ich davon. Aus dem Augenwinkel sah ich, wie Giles mir verblüfft hinterher sah. Sofort hatte ich einen Haken geschlagen und ihn von hinten angefallen.

»Ist es das, was du meinst?«, fragte ich, während ich mich an seinen Nacken klammerte.

Giles zog mich lachend nach vorne. »Das ist schon nicht schlecht für den Anfang«, sagte er. »Das Prinzip des Überraschungsangriffs hast du schon mal begriffen. Obwohl du Whitfields Leute auf genau diese Weise wahrscheinlich nicht überrumpeln kannst, da sie dir weniger zugetan sind als ich.«

In denen nächsten Stunden entdeckten wir, dass ich Giles zwar in Sachen Schnelligkeit nicht nachstand, er mir jedoch kräftemäßig um einiges überlegen war. Da dies auch von den Sybarites zu befürchten war, brachte Giles mir einige Finten bei, mit Hilfe derer ich meine Schnelligkeit stärker zu meinem Vorteil ausbauen konnte.

Wir trainierten auch an den nächsten beiden Tagen weiter und Giles stellte anerkennend fest, dass ich recht schnell lernte. Binnen kurzer Zeit hatte ich eine Anzahl nützlicher Tritte, Wurf- und Hebeltechniken gelernt.

Zwei Tage später war es dann so weit: Der Viscount Whitfield machte uns gemeinsam mit zwei weiteren Sybariten, Sir Knowles und dem Baronet of Ancoats, seine Aufwartung.

»Arlington! Miss Winwood!«, begrüßte uns Whitfield freudestrahlend. »Wie überaus freundlich von euch, uns an einem so wundervollen Tag auf eurem bezaubernden Anwesen willkommen zu heißen!«

»Wer behauptet denn, dass ihr uns willkommen seid?«, spottete Giles.

»Arlington, du bist wie immer zu Scherzen aufgelegt«, antwortete Whitfield neckend, aber mit eiskaltem Blick, »aber ich kann dir einfach nicht böse sein! Natürlich lag es mir fern, so unvermittelt die Ruhe deines kleinen Liebesnestes zu stören, aber als ich Ancoats und Knowles von der atemberaubenden Schönheit Miss Winwoods erzählt hatte, bestanden sie auf einem Besuch.«

Whitfield musterte anzüglich meine Herren-Jagdtracht mit engen Beinkleidern, die ich angezogen hatte, um während der zu erwartenden Auseinandersetzung mehr Bewegungsspielraum zu haben. »Ein äußerst unkonventionelles Gewand tragt Ihr da, Ma Petite. Die Beinkleider bringen Eure exquisite Figur auf das vorteilhafteste zur Geltung.«

Ich deutete einen kleinen Knicks an, gerade unbemüht genug, um eher als Beleidigung, denn als höfliche Geste zu gelten. »Freut mich, wenn meine Kleidung Euch zusagt, Mylord, ich wählte sie ganz bewusst für den Anlass Eures Besuches aus«, antwortete ich kühl.

Whitfield lachte amüsiert auf. »Ihr seid erfrischend aufrichtig, Ma Petite! Oh, wir könnten so viel Spaß miteinander haben, wenn Ihr Euch unserem erlesenen kleinen Kreis anschließen wolltet. Ich nehme an, Arlington hat Euch mittlerweile über die Sybarites de Sang aufgeklärt?«, fragte er.

»Ja. Ich konnte mir ein grobes Bild über die Verderbtheit Eures Zirkels machen«, antwortete ich.

»Köstlich!«, Whitfield kicherte begeistert. »Eure Unverblümtheit ist höchst amüsant.« Jovial hakte er sich bei mir unter und führte mich den Park entlang. Ancoats, Knowles und Giles schlossen sich unserem Spaziergang an. »Aber selbstverständlich wird Arlington Euch ein stark verzerrtes Bild der Sybarites abgeliefert haben. Hättet Ihr nicht Lust an einem unserer geselligen Abende in den nächsten Tagen teilzunehmen, um Euch Eure eigene Meinung zu bilden?«, fragte Whitfield einladend.

»So verlockend Euer Angebot auch ist, Mylord«, entgegnete ich sarkastisch, »so muss ich es dennoch bedauerlicherweise ablehnen. Ich habe keinerlei Anlass, an dem Wahrheitsgehalt der Schilderungen Arlingtons zu zweifeln und fürchte daher aufrichtig, dass Eure sogenannten ›geselligen Abende‹ in mir nur die allergrößte Abscheu hervorrufen dürften.«

Whitfield seufzte bedauernd. »Das ist in der Tat jammerschade, Ma Petite. Zumal ich befürchte, dass unser teurer Baronet of Ancoats«, er blickte zu dem rechts hinter uns spazierenden Ancoats, »die Sache nicht einfach so auf sich beruhen lassen wird. Es beleidigt ihn zutiefst, wenn Ihr unser Ansinnen so rundheraus ablehnt.«

Ich warf einen Blick über meine rechte Schulter und nahm Ancoats in Augenschein. Dies war also der Auftakt. Ancoats würde mein Gegner sein.

Der Baronet war mindestens ebenso exaltiert gekleidet wie Whitfield, vielleicht sogar noch eine Spur aufgedonnerter. Er trug curryfarbene Beinkleider mit Spitzenbesatz, dazu ein bordeauxfarbenes Brokat-Wams, aus dem die Rüschen seines Hemdkragens in überbordenden Kaskaden hervorquollen. Auf dem Kopf trug er eine voluminöse Allongeperücke und er musterte mich mit blasiert-selbstgefälligem Blick.

Ich wandte mich wieder Whitfield zu, um auf seine Bemerkung einzugehen, da schloss Arlington zu uns auf und sprach Whitfield an.

»Nun ist uns allen hier ja das Prozedere der Sybarites bei abgelehnten ›Einladungen‹ hinlänglich bekannt«, begann Giles nachsichtig. »Allerdings frage ich mich, ob Ihr nicht vielleicht gewillt seid, von der üblichen Vorgehensweise abzuweichen, wenn sich Euch dafür die einmalige Gelegenheit bietet, Euch selbst einmal im Rahmen eines Duells zu behaupten. Gegen mich zum Beispiel.«

Stirnrunzelnd sah ich Giles an. Wir hatten nicht vereinbart, dass er an meiner statt kämpfte.

Whitfield beäugte Giles neugierig. »Ein Duell? Gegen Euch? Eigentlich solltet Ihr wissen, dass ich keine Annexions-Duelle durchführe.«

»Oh, es wäre kein Annexions-Duell«, erklärte Giles fröhlich, »schließlich steht meine Beteiligung bei den Sybarites nicht zur Debatte, sondern Gemmas. Es wäre mehr eine Art Wettkampf. Dem Sieger gebührt Gemma.«

Ich zog scharf den Atem ein.

Whitfield musterte mich nachdenklich. Dann wandte er sich wieder Arlington zu. »Ein Wettkampf bis in den Tod?«, fragte er.

»Selbstverständlich«, antwortete Giles gelassen.

»Nein!«, rief ich zornig und beide sahen mich an, Whitfield amüsiert und Giles warnend.

Kichernd drehte sich Whitfield wieder zu Giles um. »Ich würde mit Freuden Euer attraktives Angebot annehmen, aber in dem unwahrscheinlichen Fall, dass Ihr mich besiegen solltet, wird es Euch nur einen Aufschub der Entscheidung verschaffen. Denn bei den Sybarites ist die Nachfolge eindeutig geklärt, und sobald ich sterbe, wird mit sofortiger Wirkung mein Nachfolger meinen Posten einnehmen und die Einladung an unsere reizende Miss Winwood wiederholen.«

Giles' Gesicht verdüsterte sich vor Zorn. »Haltet Ihr das für angebracht?«, fragte er trügerisch ruhig.

»Es spielt gar keine Rolle, ob ich es für angebracht halte«, erwiderte Whitfield süffisant. »Die Regeln der Sybarites sind nun einmal so.«

»Lass es gut sein, Giles«, erklärte ich gereizt. »Ich werde mit Ancoats kämpfen.«

»Das ist fein!« Whitfield klatschte begeistert in die Hände. »Das wird bestimmt ein außerordentlich amüsantes Erlebnis!«

»Dann lasst uns vorab noch die Rahmenbedingungen klären!«, zischte Giles mit eiskalter Höflichkeit.

»Ich denke, die sind doch allgemein bekannt«, entgegnete Whitfield langmütig. »Sollte Miss Winwood unseren geschätzten Ancoats besiegen, so lassen wir sie in Ruhe – zumindest so lange, wie sie den Sybarites bis auf weiteres nicht in die Quere kommt. Ergibt sich die verehrte Miss Winwood dem Baronet, so verpflichtet sie sich damit, sich uns anzuschließen. Besiegt Ancoats hingegen Miss Winwood«, er kicherte vergnügt, »ist die Angelegenheit damit ebenfalls bereinigt.«

»Hm«, überlegte Giles bedächtig. »Was ist nun aber, wenn Ancoats' eventueller Sieg über Miss Winwood und Miss Winwoods zwangsläufig daraus resultierender Tod nun wiederum meine Ehre beleidigt? Immerhin befinden wir uns hier auf meinem Grund und Boden und Miss Winwood ist mein Gast.« Er betrachtete Whitfield mit gefährlich glitzernden Augen.

»Dann steht es Euch selbstverständlich frei, Ancoats zu Kampf herauszufordern«, antwortete Whitfield ungerührt.

»Und wenn das nicht ausreicht?«, fragte Giles unheilvoll. »Schließlich agiert Ancoats mit Eurer Befugnis.«

Whitfield lächelte ihn strahlend an. »Nun, dann dürft Ihr auch mich fordern.«

»Wenn dann jetzt alles geklärt wäre …?«, fragte ich kalt und wandte mich den beiden zu. Whitfield nickte erheitert. Giles sah mich nur stumm mit versteinertem Gesicht an. Schließlich schloss er ergeben die Augen und nickte ebenfalls.

»Gut.« Ich drehte mich zu Ancoats um und wir nahmen gegenüber voneinander Aufstellung. Ancoats betrachtete mich mit blasiertem Gesichtsausdruck. Ich erwiderte seinen Blick konzentriert.

Wir versuchten beide verschiedene Ausfälle, die jeweils ins Leere stießen. Ancoats' Blick wurde nun ein wenig aufmerksamer, als er bemerkte, mit welcher Geschwindigkeit ich seinen Attacken ausweichen konnte. Er startete einen erneuten Frontalangriff. Ich wich zur Seite aus und wischte ihm mit einer raschen Armbewegung seine Perücke vom Kopf. Seine darunter zum Vorschein kommende Haarpracht erwies sich als äußerst spärlich und stand grotesk von seinem Kopf ab.

Im Hintergrund ließ Whitfield ein vergnügtes Kichern hören. »Gebt es zu, Ancoats, Ihr habt es Euch einfacher vorgestellt!«, rief er fröhlich.

Ancoats ignorierte ihn und umkreiste mich mit verkniffenem Blick. Wachsam drehte ich mich mit und behielt ihn im Auge. Plötzlich sprang er aus dem Stand hoch und stürzte sich auf mich herab. Ich schaffte es nicht, komplett auszuweichen, und so erwischte er mich am Hemdsärmel, riss ihn mit einem Ruck ab und grub seine Reißzähne in meinen Arm. Ich versuchte, den sengenden Schmerz zu ignorieren, riss den Arm mit voller Kraft an mich heran und versetzte Ancoats gleichzeitig mit meinem anderen Arm einen Fausthieb ins Gesicht.

Ancoats taumelte wutschnaubend zurück und machte sofort wieder einen Schritt nach vorne, um mich erneut anzugreifen. Mit einer sichelförmigen Bewegung meines Beines fegte ich seinen Fuß vom Boden und brachte ihn so ins Straucheln. Doch leider hatte er sich blitzschnell wieder aufgerichtet, bevor ich mich auf ihn stürzen konnte.

So ging es eine Zeitlang weiter. Giles' Rat zufolge, den Charakter eines Gegners zu durchschauen, hatte ich mir Ancoats' Eitelkeit zunutze gemacht und nach dem Entfernen seiner Perücke auch seine Kostümierung derangiert. Dadurch hatte er einiges von seiner Gelassenheit eingebüßt und griff nun unüberlegter an. Nichtsdestotrotz war es ihm noch zwei weitere Male gelungen, seine Zähne in mein Fleisch zu graben. Die Bisse schmerzten nicht wenig und ich spürte, dass der Kampf langsam ein Ende finden würde. So oder so.

Da bemerkte ich, dass Ancoats erneut Anstalten machte, mich mit einem Sprung von oben zu attackieren. Ich rannte ihm entgegen, sprang in den Handstand, bekam seinen Hals zwischen meinen Beinen zu fassen und schleuderte ihn mit aller Kraft zu Boden. Sofort wirbelte ich hoch, sprang auf seinen Rücken und riss an seinem Kopf.

Es gab ein hässliches Knacken. Ich riss erneut, und die Sache war erledigt.

Ich hatte Ancoats enthauptet.

Ganz entfernt hörte ich von irgendwoher einen rhythmischen Applaus, der offenbar von Whitfield stammte. Ich ließ erschlafft meine Arme sinken und spürte, wie irgendjemand mir Ancoats Kopf aus den Fingern nahm und mich zu einer Bank am Fluss führte. Ich setzte mich hin und starrte mit blindem Blick auf das träge dahinfließende Wasser.

»Seid Ihr nun zufrieden?«, hörte ich Arlingtons Stimme leise im Hintergrund.

»Aber überaus, teurer Freund!«, antwortete Whitfield beglückt. »Wer hätte gedacht, dass unsere kleine Miss Winwood so ein außerordentliches Talent ist. Umso bedauerlicher ist es, dass sie keine Sybaritin sein möchte.«

Das Gespräch wurde fortgeführt, aber ich nahm den Sinn der Worte nicht mehr wahr. Eine eisige Kälte kroch in mir hoch, während ich weiterhin ins Leere starrte.

Ich hatte getötet.

Ich hatte nicht einfach nur meine Nahrung erlegt, sondern ich hatte ein denkendes und fühlendes Wesen getötet, jemanden von meiner Art. Ich hatte ihm den Kopf abgerissen.

Ich spürte einen unglaublichen Ekel in mir aufsteigen. Ekel vor mir selbst. Ich stand auf und verließ unbemerkt meinen Platz. Ich wollte einfach nur fort von hier. Fort von dem Ort, an dem dies alles geschehen war.

Ich lief in Arlingtons Wald, indem wir nun schon so oft gemeinsam gejagt hatten. Es war mir alles so vertraut, doch jetzt erschien es mir unerträglich. Gehetzt lief ich immer schneller, sah Büsche und Bäume nur noch verschwommen an mir vorbeirauschen. Der Wald endete schließlich, doch ich verlangsamte mein Tempo nicht und rannte weiter über die angrenzenden Wiesen und Felder. Irgendwann kam ich in ein neues Waldgebiet, das wahrscheinlich schon zu einem anderen Distrikt gehörte. Die Bäume hier waren höher und standen dichter beieinander, doch ich bemerkte es kaum.

Schließlich hörte ich weit entfernt jemanden meinen Namen rufen. »Gemma!«

Ich rannte weiter.

»Gemma, verdammt, bleib stehen!« Giles holte mich ein und umfing mich von hinten.

»Nein!« Ich versuchte mich loszureißen.

Giles zog mich an seine Brust und hielt mich fest. Meine Beine gaben nach und Giles sank mit mir auf die Knie, während plötzlich eine unbändige Tränenflut aus meinen Augen hervorströmte.

»Sch-sch …, es ist ja gut. Ich weiß, dass du das jetzt nicht glauben kannst, aber es wird alles wieder gut.« Giles hielt mich fest an sich gedrückt und wiegte mich sanft hin und her, während ich stumm an seiner Brust meinen Tränen freien Lauf ließ.

»Ich bin ein Monster!«, sagte ich verzweifelt, als ich meine Stimme wiederfand.

Giles hob mein Kinn an, um mir in die Augen zu sehen. »Nein, das bist du nicht!«, sagte er eindringlich. »Du weißt, dass du keine andere Wahl hattest.«

Verbittert schloss ich die Augen. »Wird es immer so sein?«, fragte ich. »Ist es das, was das Vampir-Dasein ausmacht: Töten oder getötet werden?«

Giles seufzte resigniert und zog mich fester in seine Arme. »Leider unterscheidet sich das Vampir-Dasein darin gar nicht so sehr vom menschlichen Dasein«, antwortete er leise.

Er wiegte mich eine Zeitlang weiter in seinen Armen, bis ich ein wenig ruhiger wurde. Um uns herum begann es zu dämmern, die Vögel verabschiedeten den Tag und die letzten Strahlen der untergehenden Sonne drangen durch das dichte Blattwerk. Es tat so gut, mich an Giles harte Brust zu lehnen. Es machte die Dinge nicht ungeschehen, aber es hatte dennoch etwas Tröstliches. Ich blickte zu ihm hoch und gab ihm dankbar einen zarten Kuss.

Giles erwiderte den Kuss behutsam und ich spürte, wie meine Verzweiflung schwand und stattdessen von einem anderen Gefühl abgelöst wurde. Mein Kuss wurde fordernder und ich presste mich enger an ihn. Giles bemerkte den Stimmungsumschwung und ging sofort auf ihn ein.

Ein heißes Gefühl durchströmte meine Lenden, als er seine Zunge zwischen meine Lippen schob und ich seine harten Oberschenkelmuskeln an meinen Schenkeln spürte. Ohne seine Lippen von meinen zu lösen, ließ er mich sanft auf den Boden gleiten und hatte mit einem Ruck mein Hemd geöffnet. Quälend zart glitten seine Finger meinen Hals entlang, fuhren über die Mulde in meinem Brustbein zu meinen Brüsten und umkreisten dann meine Brustwarzen, die sich mit sofortiger Wirkung aufrichteten.

Würde ich noch einen Puls besessen haben, dann hätte er in diesem Moment zu rasen begonnen. Ungeduldig nestelte ich an Giles' Wams und Hemd und riss schließlich beides hektisch beiseite, begierig darauf, endlich seine festen Muskeln unter meinen Fingern spüren zu können.

Währenddessen beugte sich Giles über meine Brust und begann verspielt an den Brustwarzen zu saugen. Gleichzeitig wanderten seine Hände an mein Gesäß und pressten mich enger an seine Hüften, so dass ich unmissverständlich und hart das Ausmaß seiner Begierde zu spüren bekam. Ich stöhnte auf und versuchte, seine Hose zu öffnen.

Giles zog sanft aber bestimmt meine Hand beiseite und begann einen weiteren zügellosen Zungenkuss. Dabei ließ er sich neben mich gleiten und verdammte mich gewissermaßen zur Tatenlosigkeit, indem er mich mit einem Arm umfing und meine Hände hinter meinem Rücken festhielt.

Mit seiner freien Hand entledigte er mich langsam meiner Beinkleider und ließ seine Finger dann zwischen meine Schenkel gleiten. Ich glaubte zu vergehen und stöhnte erneut. Giles ließ ein leises kehliges Lachen hören, vergrub seine Finger dann tiefer in das Zentrum meiner Begierde und begann, seine Finger rhythmisch zu bewegen. Zunächst so qualvoll langsam, dass mein Körper vor Anspannung fast schmerzte.

Allmählich steigerte er sein Tempo und die Lust übermannte mich in immer intensiveren Wellen, bis ich schließlich in einen Strudel furioser Ekstase versank und alles um mich herum komplett vergaß. Ich hörte einen wilden Schrei durch den Wald hallen und brauchte eine Weile, um zu begreifen, dass er meiner eigenen Kehle entrungen war.

Immer noch wie in Trance bemerkte ich, dass Giles inzwischen auch seine Hose losgeworden war, und stöhnte wollüstig auf, als er in mich eindrang. Er bewegte sich kraftvoll und immer schneller und entführte mich erneut in ungeahnte Höhen der Lust. Gemeinsam mit mir teilte er schließlich den letzten meiner unzähligen Höhepunkte und wir sanken ebenso erschöpft wie beglückt nebeneinander auf den moosigen Waldboden.

Giles zog mich an sich und zufrieden wie eine Katze schnurrend kuschelte ich mich an ihn. Er hatte mir nun schon so oft auf recht anschauliche Weise seine Leidenschaft demonstriert und man sollte meinen, dass ich mich inzwischen daran gewöhnt hatte, doch es war jedes Mal wieder ein überwältigendes Erlebnis.

Wir lagen noch eine Weile schweigend so da und lauschten den Geräuschen des Waldes, dann zogen wir uns wieder an und liefen zurück. Mir war etwas mulmig zumute, als wir Giles' Grundstück betraten, doch die Dienerschaft hatte inzwischen längst sämtliche Spuren des vormittäglichen Kampfes beseitigt, so dass nichts mehr auf unser blutiges Duell hinwies. Mir war klar, dass ich wohl kaum ebenso sauber die Erinnerung daran aus meinem Gedächtnis würde löschen können.

In den folgenden Wochen gingen wir wieder zu unserer gewohnten Tagesordnung über. Wir unternahmen ausgedehnte Ausflüge, gingen ins Theater, besuchten Bälle. Giles verhielt sich äußerst aufmerksam mir gegenüber und gab sich viel Mühe, mich abzulenken. Bei Nacht gelang ihm dies zwar meistens besser als am Tage, aber nichtsdestotrotz verblasste die Erinnerung an die Geschehnisse irgendwann zumindest insoweit, als dass sie mich nicht mehr unablässig quälte.

Die Sybarites hielten Wort und behelligten uns vorerst nicht mehr. Dennoch gingen sie mir nicht aus dem Sinn. Die Vorstellung, dass es eine so mächtige Vampir-Sekte gab, die im Prinzip ständig danach trachtete, sich unsere komplette Spezies einzuverleiben, beunruhigte mich zutiefst. Als ich feststellte, dass es mir keinen allzu großen Kloß mehr in der Kehle verursachte, darüber zu sprechen, sprach ich Giles erneut auf die Sybarites an.

Wir hatten mittlerweile unseren zweiten Winter in Oxford hinter uns gebracht und der Frühling zeigte uns mit zögerlichem Vogelgezwitscher und dem ersten, zarten Blattgrün an den Bäumen und Büschen seine ersten Vorboten. Wir spazierten die Themse entlang und genossen die frühen Anzeichen der wiederkehrenden Natur.

»Whitfield hat ja bislang zumindest Wort gehalten«, begann ich unvermittelt das Gespräch.

Giles sah mich prüfend an. Dann zog er seinen Arm fester um mich.

»Mach dir keine Sorgen«, antwortete er ernst. »Die Sybarites dürften schon vor etlichen Wochen Oxford verlassen haben. Wahrscheinlich gehen sie mittlerweile wieder in London ihren Vergnügungen nach.«

Ich runzelte die Stirn und blieb stehen. »Und das macht dir keine Sorgen?«, fragte ich ungläubig.

Er nahm seinen Arm von meinen Schultern und schaute mich überrascht an. »Wie meinst du das?«

»Ich frage mich, ob es dir völlig egal ist, dass die Sybarites überall ungehindert ihren Vergnügungen nachgehen, unzählige unschuldige Menschen quälen und töten und jeden Vampir zu vernichten versuchen, der es wagt, einen anderen Lebensweg zu beschreiten als den ihrigen?«, fragte ich gereizt.

»Natürlich nicht!«, erwiderte Giles kalt. »Aber was, denkst du, soll ich dagegen tun?«

»Es muss doch irgendeine Möglichkeit geben, die Sekte zu zerschlagen«, überlegte ich hilflos. »Whitfield ist doch zum Beispiel nur das Oberhaupt der englischen Sybarites. Es gibt doch sicherlich in der Hierarchie noch jemanden über ihm.«

»Selbstverständlich: Der Duc de Longueville in Frankreich«, entgegnete Giles grimmig. »Er ist das Oberhaupt aller Sybarites der ganzen Welt. Aber selbst wenn man an ihn herankäme, würde es genauso wenig etwas bringen, ihn umzubringen, wie es etwas nützen würde, Whitfield zu töten. Die Nachfolge des Ducs ist ebenso klar geregelt wie diejenige Whitfields. Wenn du also die Sybarites komplett ausrotten willst, musst du schon jedes Mitglied einzeln eliminieren.« Er sah mich erbittert an.

»Aber hat denn noch nie jemand versucht, die Sekte zu unterwandern?«, fragte ich verärgert. »Es gibt doch noch ein paar Vampire mehr, die so leben wie wir. Ich kenne zwar bislang nur dich und Maddy, aber du hast mir selbst erzählt, dass du einige kennst.«

»Unterwandern!« Giles schnaubte verächtlich aus. »Wie stellst du dir das vor? Weißt du, wie gefährlich so ein Unterfangen ist? Selbst wenn wir uns mit anderen Vampiren verbünden würden: Die Sybarites kennen schließlich jeden, der sich ihnen bereits einmal widersetzt hat, und würden jegliche Aktion in der Richtung schon im Keim ersticken. Das Einzige, was es uns allen einbringen würde, wäre der Tod!«

»Das heißt, du würdest es nicht einmal versuchen wollen?«, fragte ich wütend und enttäuscht.

»Mach dich nicht lächerlich!«, versetzte Giles aufgebracht. »So ein Vorhaben wäre völlig sinnlos. Außerdem weißt du genau, dass die meisten von uns eher Einzelgänger sind.«

»Nein, das wusste ich nicht«, erwiderte ich kühl. »Schließlich verbringen zum Beispiel wir beide schon ein kleine Weile unserer Zeit gemeinsam. Und nach alldem, was wir bisher erlebt haben, hätte ich vor allem nicht gedacht, dass du feige bist und dein persönliches Wohlbefinden in den Vordergrund stellst.«

Giles' Gesichtszüge verhärteten sich. »So siehst du das?«, fragte er eisig.

»So stellst du dich mir zumindest gerade dar«, antwortete ich reserviert.

»Wenn du dieses Bild von mir hast, frage ich mich, wie du dann überhaupt meine Gesellschaft erträgst«, entgegnete er sarkastisch, »das müsste doch deinen Prinzipien komplett zuwiderlaufen.«

»Stimmt. Vielleicht sollten wir dann erst einmal getrennte Wege gehen«, gab ich erbost zurück.

»Wenn du das für die beste Lösung hältst.« Er sah mich ausdruckslos an.

Ich nickte stumm.

So spektakulär es gewesen war, als Giles und ich uns bei dem Großen Brand von London wiedergetroffen hatten, so unspektakulär war nun unsere Trennung. Ich hatte recht schnell meine ganze Habe zusammengepackt und mir eine Mietkutsche nach London bestellt. Giles hatte sich nicht mehr blicken lassen und so waren wir ohne ein Wort des Abschieds auseinandergegangen.

Ich sah mit leerem Blick aus dem Fenster der Kutsche, die mich zurück nach London brachte. Irgendetwas in mir war zerbrochen. Mir wurde bewusst, dass ich den Mann, den ich zu lieben glaubte, nicht wirklich kannte. Ich hatte ihn immer für selbstlos und mutig gehalten, aber offenbar reichte sein Mut nur für die Erfüllung seiner persönlichen Wünsche und Ziele.

In London war der Wiederaufbau der City schon ein gutes Stück vorangeschritten, doch ich hatte keinen Blick dafür übrig. Aus Zweckmäßigkeit hatte ich wieder meine Identität als »Gerald Galveston« angenommen und mietete unter diesem Namen eine Zimmerflucht in einer Pension in Southwark am Südufer der Themse. Ich wusste noch nicht, was ich als Nächstes tun sollte, daher beschloss ich, am Abend erst einmal in Richmond Park jagen zu gehen, um den Kopf ein wenig frei zu bekommen.

Fast jeder Baum in Richmond Park erinnerte mich an Giles und das half nicht gerade, meinen Schmerz zu verdrängen. Mir wurde klar, dass London zurzeit kein geeigneter Aufenthaltsort für mich war.

Nun hatte ich ja bereits einmal überlegt, auf Reisen zu gehen, bevor damals in London die Pest ausgebrochen war. Vielleicht sollte ich diesen Plan jetzt in die Tat umsetzen. Vielleicht sollte ich wie Maddy in unsere Kolonien in Nordamerika reisen. Es war zwar ein tollkühner Plan, da unser Kolonialgebiet dort riesig war und inzwischen schon mehrere Territorien umfasste, aber ich könnte versuchen, mich auf die Suche nach Maddy zu machen.

Es war natürlich gut möglich, dass solch eine Suche eine halbe Ewigkeit dauern konnte, aber andererseits war meine Zeit ja schließlich nicht begrenzt. Und es war mir nur recht, wenn ich mich für längere Zeit mit etwas beschäftigen konnte, das mich von der Erinnerung an Giles ablenkte.

Bereits am nächsten Morgen packte ich erneut meine Sachen und mietete eine Kutsche nach Bristol. Vom dortigen Hafen legten die großen Segelschiffe nach Nordamerika ab.

SUCHEND

Ich mietete mich in Bristol in einer kleinen Pension in Hafennähe ein. Verglichen mit dem kleinen Binnenhafen in London war der Seehafen Bristols riesig. Große Kriegsschiffe und Fregatten legten hier ebenso ab wie die Frachtsegler, die für die großen Handelskompanien nach Ostindien, in die Karibik oder eben nach Nordamerika segelten. Tag und Nacht herrschte ein reges Treiben von Hafenarbeitern, die Frachten auf- oder entluden, Händlern, die die Verschiffung ihrer Waren beaufsichtigten, Handwerkern, die die Schiffe seetüchtig machten, und Seemännern, die gerade ankamen oder ablegten.

Maddy hatte damals als erstes Ziel Boston, eine von englischen Puritanern gegründete Stadt, anvisiert, darum erkundigte ich mich zunächst im Hafenamt, wann das nächste Schiff nach Boston auslief. Ich hatte Glück und erfuhr, dass ein Handelsschiff der Massachusetts Bay Company in drei Tagen mit dem Ziel Boston in See stechen sollte. Ich suchte das örtliche Büro der Massachusetts Bay Company auf und händigte dem dortigen Generalbevollmächtigten eine großzügige Summe aus, um mich als Passagier auf dem betreffenden Schiff einzukaufen.

Drei Tage später stach ich in See. Ich war noch nie zuvor auf einem großen Segelschiff gereist und die Vorfreude auf die nun vor mir liegende Reise linderte ein ganz klein wenig den Kummer, der mich seit meiner Trennung von Giles so eisern umklammerte.

Wind und Wetter waren uns wohlgesonnen und ich genoss jeden Tag aufs Neue den Anblick der sich im Wind blähenden Rahsegel. Oft stand ich bei voller Fahrt auf dem Vorderdeck, spürte die Gischt auf meinem Gesicht und träumte von der Neuen Welt. Irgendwo dort war Maddy und ich hatte den unerschütterlichen Optimismus, ihr eines Tages wiederzubegegnen. Die Alte Welt wollte ich zunächst einmal ebenso wie die Erinnerung an Giles für einige Zeit hinter mir lassen.

Natürlich gelang mir das nicht immer. Während der über zwei Monate dauernden Überfahrt hatte ich in so manch langer Nacht Zeit, über meine Gefühle für Giles, sowie unseren Streit und die Trennung nachzudenken. Zweifelsohne konnte ich nicht einfach so aufhören, ihn zu lieben. Aber seine unwiderrufliche Weigerung, etwas gegen die Sybarites zu unternehmen, hatte mich bitter enttäuscht. Einen Mann, der eine so offenkundige Feigheit an den Tag legte, konnte ich wiederum auch nicht achten. Daher war die Trennung die einzige Lösung, auch wenn sie mir das Herz zerriss.

Wenigstens blieb die Erinnerung an Giles die einzige Qual, die ich auf meiner Seereise erdulden musste. Die Reise selbst verlief ebenso angenehm wie reibungslos. Und damit der Durst mich nicht quälte, hatte ich gegen ein fürstliches Entgelt dafür sorgen lassen, dass die Gänse und Ziegen, die die Mannschaft zur eigenen Verpflegung mitführte, um ein paar Schweine und ein wenig Kleinwild aufgestockt wurden. So kam ich zumindest alle paar Nächte in den Genuss einer – wenn auch nicht sonderlich delikaten – dafür aber immerhin sättigenden Mahlzeit.

Nach zweieinhalb Monaten war es schließlich so weit: Die Küste von Massachusetts tauchte vor uns auf.

Boston war noch eine verhältnismäßig junge Stadt, gerade mal vor knapp vierzig Jahren gegründet. Dennoch war es inzwischen zu einer recht großen und ansehnlichen Gemeinde herangewachsen. Auch im Bostoner Hafen gab es natürlich ein Hafenamt und gegen einen kleinen Obolus durfte ich einen Blick in die dortigen Aufzeichnungen hinsichtlich früherer Einwanderer werfen.

Tatsächlich entdeckte ich in den Eintragungen von 1664 einen »Matthew Kingsbury«. Man erklärte mir, dass ich im Bostoner Rathaus möglicherweise mehr über Kingsburys – also Maddys – Aufenthaltsort herausfinden könne. Auch im Rathaus hatte ich keine Probleme, gegen ein entsprechendes Entgelt Akteneinsicht zu erhalten. Die puritanischen Siedler waren zwar offenbar gottesfürchtige Menschen, aber dennoch dem schnöden Mammon nicht abgeneigt. Nur leider führte die im Hafenamt frisch aufgenommene Spur hier im Rathaus vorerst ins Leere: Maddy, beziehungsweise Matthew Kingsbury war hier zwar als Einwanderer nicht jedoch als Einwohner gemeldet.

Daher mietete ich mir zunächst eine Suite in einer Pension im North End und beschloss, mich ein wenig in der Stadt umzusehen und umzuhören. Schon bald durfte ich feststellen, dass es in Boston weder Theater, noch Tavernen oder sonstige Vergnügungsstätten gab. Die Bostoner Gesellschaft lebte nach strengen moralischen Grundsätzen: Harte Arbeit, sittliche Bildung und religiöse Erziehung waren die Stützpfeiler ihrer Kultur. Mir war klar, dass sich Maddy in solch einer humorlosen Umgebung wohl kaum niedergelassen hätte.

Einige Tage später erfuhr ich, dass das erst vor wenigen Jahren von den Niederländern übernommene New York inzwischen auch ein beliebtes Anlaufziel für englische Einwanderer war. Ich entschied mich, dort einmal mein Glück zu versuchen.

Es gab schon eine ganz passable Postkutschenverbindung nach New York, und so reiste ich mit der Postkutsche dorthin, weil ich auf diese Weise mein Gepäck besser transportieren konnte.

Zwar besaßen auch in New York zurzeit die Puritaner die vorherrschende Macht, dennoch präsentierte sich mir hier bereits direkt bei meiner Ankunft ein abwechslungsreicheres Stadtbild als in Boston. New York zog Einwanderer aus den unterschiedlichsten Regionen an und war insofern von einer kulturellen Vielfalt geprägt.

Nachdem ich eine Zimmerflucht in einer Pension angemietet hatte, suchte ich als Erstes wieder das Rathaus auf, um in den dortigen Akten nach Maddy zu forschen. Leider erlebte ich eine herbe Enttäuschung: Weder ein Matthew noch eine Madeleine Kingsbury waren in New York als Einwohner gemeldet. Da mir die Stadt gefiel, beschloss ich, trotzdem erst einmal hier zu bleiben.

Etwas, das ich an der Neuen Welt besonders mochte, war die enorme Bereicherung meines Speiseplanes. Während mir in England für die Jagd nur Damhirsche, Rehe oder Kleinwild zur Verfügung standen, konnte ich hier in den umliegenden Wäldern auf Luchse, Pumas, Schwarzbären oder gelegentlich sogar Grizzlybären Jagd machen. Vielleicht kam es mir nur so vor, aber ich hatte den Eindruck, dass das Blut eines Pumas oder Grizzlys mir ganz andere Energieschübe verlieh, als das Blut eines Damhirschen es vermochte. Natürlich war ein Grizzly auch nicht so einfach zu erlegen wie ein Damhirsch, doch mit der Zeit hatte ich den Bogen raus und empfand auch die Jagd selbst als willkommenes Training.

Ich hatte inzwischen schon drei Wochen in New York verbracht und begann daher zu überlegen, ob ich mir nicht noch mehr von der Neuen Welt - zum Beispiel die südlicheren Kolonien - ansehen sollte. Doch eines Morgens hatte ich eine Begegnung, die mich veranlasste, meine Pläne zu ändern. Ich spazierte am Hafen entlang, weil ich immer wieder gerne dem geschäftigen Betrieb von an- und ablegenden Schiffen, der Verladung von Gütern und der Ankunft neuer Einwanderer zusah.

Am hinteren Ende eines Docks fiel mir eine elegant gekleidete Frau auf, die offenbar einige Hafenarbeiter bei der Verladung der Fracht beaufsichtigte. Sie stand mit dem Rücken zu mir und ihre Erscheinung war äußerst ungewöhnlich, nicht nur, weil man im Hafen überhaupt selten auf Frauen traf. Ihre Kleidung entsprach auch so gar nicht der strengen Tracht der Puritanerinnen. Sie trug ein exquisites Kleid aus violetter Seide mit einem fast riesigen Reifrock und auf dem Kopf hatte sie anstatt der sittsamen Puritanerinnen-Haube ein keckes Hütchen auf den rot geringelten Löckchen festgesteckt. Irgendetwas an dieser Erscheinung und an den Löckchen kam mir bekannt vor. Ich beschleunigte meinen Schritt und lief auf die Frau zu.

»Maddy?«, rief ich fragend.

Die Frau drehte sich um und auf ihrem Gesicht zeichnete sich zunächst Fassungslosigkeit und dann unbändige Freude aus. »Gem…«, begann sie und korrigierte dann ihren Ausruf mit einem raschen Blick auf meine Männertracht, »Gerald!« Freudestrahlend fielen wir einander in die Arme.

»Gerald«, fragte Maddy vergnügt zwinkernd, »was machst du denn hier?«

»Ach, das ist eine lange Geschichte«, antwortete ich lachend, »aber lass dich mal anschauen. Du siehst ja hervorragend aus!« Begeistert musterte ich ihre schicke Aufmachung.

Maddy lachte fröhlich auf. »Ich muss mich doch standesgemäß kleiden! Schließlich bin ich jetzt Madeleine Charlerois, die Marquise de Fontainebleau.« Sie machte einen koketten Knicks.

Ich starrte sie verblüfft an. »Du hast geheiratet?«, fragte ich. »Aber wie …? Ich meine, ist er auch …?«

Maddy schüttelte lächelnd den Kopf. »Nein. Er ist keiner von uns. Aber dennoch weiß er, was ich bin.«

Meine Augen wurden noch größer.

Maddy lachte über meinen entgeisterten Gesichtsausdruck. Dann zog sie mich mit sich. »Komm! Ich werde dir zu Hause alles erklären. Wir haben hier ein Stadthaus gemietet. Hast du schon eine Unterkunft?«

Ich erzählte ihr von meiner Pension.

»Dann holen wir zunächst deine Sachen. Selbstverständlich wohnst du jetzt bei uns!«, erklärte sie entschlossen. Ich hatte nichts dagegen einzuwenden.

Die Einrichtung in Maddys Stadthaus war ebenso erstklassig wie ihre Garderobe. Als ich sie darauf ansprach, winkte sie nur ab. »Ach, Alexandre hat dieses Haus ja nur vorübergehend gemietet, damit ich mich nicht in einer Pension einmieten muss, solange ich die Verschiffung unserer Waren beaufsichtige. Unser Haus in Québec ist eigentlich viel schöner.«

Sie forderte mich auf, auf einer gemütlichen Chaiselongue Platz zu nehmen und ich machte es mir bequem. »Also hast du einen französischen Marquis geheiratet und lebst inzwischen in Neufrankreich?«, fragte ich. England und Frankreich waren seit Anbeginn der Kolonialisierung praktisch ständig in einen Konkurrenzkampf um die Erschließung Nordamerikas verwickelt.

»Ja. Québec hat zwar auch einen Hafen, aber die großen Schiffe aus Europa steuern dann doch eher die Häfen von Boston und New York an. Boston lehnt es rigoros ab, mit den Franzosen zu kooperieren, also bringen wir die Waren zunächst hierher, bevor wir sie dann in die Alte Welt exportieren. Die Puritaner hier schätzen die Franzosen zwar auch nicht sonderlich, aber da wir die horrenden Hafengebühren klaglos zahlen, dulden sie uns zumindest«, erläuterte Maddy.

»›Uns‹?«, gluckste ich. »Maddy, du erklärst mir ja die geschäftlichen Beziehungen zwischen England und Frankreich recht anschaulich, aber viel brennender würde mich doch interessieren, wie es dazu kam, dass du nun eine französische Marquise bist?«

Maddy lachte auf. »Du hast recht. Ich zäume das Pferd gerade von hinten auf, nicht wahr? Also womit soll ich beginnen?«

»Wie wär's mit dem Anfang?«, schlug ich grinsend vor. »Also du bist 1664 zunächst in Boston angekommen …«

Maddy zwinkerte mir zu. »Das hast du also bereits herausgefunden? Nun dann hast du sicherlich auch festgestellt, dass Boston noch wesentlich puritanischer ist als New York, wahrscheinlich sogar noch puritanischer als ganz England damals unter Cromwell. Mir war sofort klar, dass ich mich dort nicht lange wohl gefühlt hätte«, begann sie mit ihrer Erzählung. »Nun hatte England ja, kurz bevor ich hier ankam, die Niederlande im Zweiten Seekrieg besiegt. Daraufhin hatte England dann auch New York – das bis dato ja noch Nieuw Amsterdam geheißen hatte – von den Niederländern übernommen. Also zog ich zunächst hierher. Es waren turbulente Zeiten. Die Stadt wuchs recht schnell und das Miteinander von Engländern, Niederländern und auch einigen Franzosen sorgte immer wieder für Zündstoff. Eines Abends ging ich in den umliegenden Wäldern auf die Jagd …«, sie unterbrach sich. »Die kulinarische Vielfalt des Wildbestandes hier ist dir sicherlich auch schon aufgefallen?«

Ich nickte nur begeistert.

»… also ich machte mich, wie gesagt, in den Wäldern auf die Suche nach einer passenden Mahlzeit«, nahm Maddy den Faden wieder auf, »da stieß ich in einer Lichtung auf einen Puma, der offensichtlich selbst gerade etwas erbeutet hatte. Der Kleidung nach zu urteilen, handelte es sich um einen französischen Edelmann, der allem Anschein nach auch auf die Jagd hatte gehen wollen, dabei aber wohl die Kraft und Schnelligkeit dieses schönen starken Tieres unterschätzt hatte.

Der Mann war mehr tot als lebendig und der Puma hatte nur deshalb noch nicht zum finalen Todesbiss angesetzt, weil er in typischer Katzenmanier noch ein wenig mit seiner Beute spielen wollte. Ich überwältigte rasch den Puma und wandte mich dann dem Mann zu. Trotz seiner schweren Verletzung hatte er das Bewusstsein noch nicht verloren und sah mich nun entsetzt an. Er hatte ungewöhnlich wache, hellblaue Augen und das brachte mich einen Moment aus dem Konzept. Ich erklärte ihm behutsam, dass er von mir nichts zu befürchten habe und dass ich ihm nur helfen wolle. Er nickte ruhig. Als ich ihn zu mir nach Hause trug, verlor er dann doch das Bewusstsein.

Er wachte auch in den nächsten zwei Tagen nicht auf, als ich seine Wunden versorgte und ihn pflegte. Kurz hatte ich überlegt, ob ich ihn verwandeln sollte, weil das Ausmaß seiner Verletzungen mir zu groß erschien, aber dann besserte sich sein Zustand doch.

Nach drei Tagen öffnete er die Augen und ich war erneut fasziniert von ihrem hellblauen Strahlen. In der Nacht im Wald hatte ich für die Jagd zwar eine Männertracht getragen, aber während ich ihn pflegte, trug ich Kleider und stand daher nun als Frau vor ihm. Da er sowieso schon mitbekommen hatte, dass ich kein menschliches Wesen war, hielt ich es für überflüssig, mein wahres Geschlecht vor ihm zu verbergen. Er stellte sich als Alexandre Charlerois, Marquis de Fontainebleau, vor und ich nannte ihm meinen Namen. Ich pflegte ihn gesund und wir verliebten uns ineinander. Vier Wochen später haben wir geheiratet.«

Ganz hingerissen von ihrer Erzählung sah ich Maddy an. »Und es stört ihn nicht, dass du ein Vampir bist?«

Maddy schüttelte den Kopf. »Nein. Unglaublich, nicht wahr? Er weiß, dass ich mich nur von Tieren ernähre und er sagt, meine Fähigkeiten machen mich für ihn nur umso bezaubernder. Franzosen sind anscheinend tatsächlich etwas exzentrisch.«

Sie begann zu lachen und ich stimmte mit ein.

Dann runzelte ich die Stirn. »Aber Maddy! Er wird mit der Zeit altern und du …«

Sie seufzte und sah auf ihre im Schoß gefalteten Hände. »… und ich nicht. Ich weiß. Ich habe darüber auch schon lange nachgedacht und ihn schließlich gefragt, ob er möchte, dass ich ihn verwandele, obwohl mir nicht wohl dabei war. Aber er lehnte ab. Er nahm mich in den Arm und erklärte mir, dass es besser sei, wenn er bleibt, was er ist.«

Ich setzte mich neben sie und legte ihr den Arm um die Schultern. »Kommst du damit zurecht?«, fragte ich leise.

Sie blickte auf und sah mich lächelnd an. »Aber natürlich. Ich liebe ihn über alles. Daran wird sich auch nichts ändern, wenn er alt und grau sein wird.«

»Aber jetzt haben wir genug von mir geplaudert!«, erklärte sie dann energisch. »Erzähl mal, wie es dir in den vergangenen Jahren ergangen ist! Wie war es in London? Hat sich dort viel verändert? Und was hat dich dann bewogen, hierher zu kommen?«

Es stellte sich heraus, dass Maddy bereits von anderen Einwanderern von der Großen Pestepidemie und dem Großen Brand in London gehört hatte und sie vernahm nun mit Bestürzung von mir, wie groß das Ausmaß der Zerstörung durch das Feuer in der City gewesen war. Ich erzählte ihr auch, wie ich Giles wiedergetroffen und mich in ihn verliebt hatte, und sie nickte erleichtert, als sie erfuhr, dass er nie wirklich mit Travisham gemeinsame Sache gemacht hatte. Dann berichtete ich Maddy von Oxford und meiner Begegnung mit den Sybarites und schließlich von meinem Zerwürfnis mit Giles, das dazu geführt hatte, dass ich in die Neue Welt aufgebrochen war.

Maddy sah mich teilnahmsvoll an, dann nahm sie mich tröstend in den Arm. »Ich hätte dir so sehr gegönnt, dass du mit Arlington dein Glück findest. Bist du sicher, dass du ihn nicht vielleicht ein wenig vorschnell verurteilst?«, fragte sie dann vorsichtig. »Ich bin den Sybarites auch bereits ein-, zweimal begegnet und ihre Mitglieder sind ebenso skrupellos, wie die Sekte mächtig ist.«

Konsterniert löste ich mich aus Maddys Umarmung. »Ist das dein Ernst? Gerade, wenn du ihnen schon begegnet bist, wenn du weißt, wie erbarmungslos sie vorgehen … wie kannst du da …?«, ich rang nach Worten, »… wie kannst du es da gutheißen, dass wir alle ihren Machenschaften ewig tatenlos zusehen?«

»Wer sagt denn, dass ich es gutheiße?«, erwiderte Maddy leise. »Ich gebe lediglich zu bedenken, dass es vielleicht nicht ganz so einfach ist, die Sybarites zu zerstören, wie du es dir vorstellst.«

»Ich stelle es mir ja gar nicht einfach vor«, antwortete ich erschöpft. »Ich will nur nicht … Ich kann nicht einfach so meine Augen vor dem verschließen, was die Sybarites tun!«

Maddy sah nachdenklich aus dem Fenster. »Ich kann dich verstehen. Der immense Vorteil der Sybarites ist es, dass sie als Gruppe organisiert und vernetzt sind, während wir anderen Vampire im Prinzip alle als Einzelgänger unser Dasein fristen. Sieh dir zum Beispiel mal uns beide an: Wir haben es nur ein paar Jahrzehnte miteinander ausgehalten.« Sie lächelte mich entschuldigend an. »Dann hast du Arlington gefunden und dich auch wieder von ihm getrennt«, fuhr Maddy fort. »Im Gegensatz zu den Sybarites verbünden wir uns nicht bis in alle Ewigkeit. Und ein Einzelner hat gegen diese mächtige Gruppe wohl kaum eine Chance.«

Entschlossen wandte sie sich mir zu. »Ich möchte dir etwas vorschlagen: Was hältst du davon mit mir nach Québec zu kommen, sobald ich unsere Geschäfte hier erledigt habe? Alexandre wäre entzückt, eine Freundin von mir kennenzulernen. Und wir beide überlegen uns in Ruhe, welche Möglichkeiten wir haben, einen Feldzug gegen die Sybarites zu starten.«

Ich umarmte sie begeistert. »Maddy, das wäre wundervoll!«

»Sei nicht zu euphorisch!«, warnte sie mich. »Du weißt, was für ein tollkühnes Unterfangen das ist. Wir werden nicht von heute auf morgen Erfolge erzielen können.«

»Ich weiß«, erwiderte ich unverzagt. »Aber wir haben ja ein wenig Zeit.«

Maddys Ehemann, der Marquis de Fontainebleau, war – wie sie mir erzählt hatte – vor einigen Jahren nach Neufrankreich ausgewandert und dort sehr erfolgreich in den Pelzhandel eingestiegen. Aufgrund seiner Herkunft besaß der Marquis hervorragende Kontakte zur französischen Krone, der die Provinz Neufrankreich unterstand. Und dank seiner Freundschaft zu Jean-Baptiste Talon, dem derzeitigen Superintendanten Québecs, erhielt er mühelos die erforderlichen Jagd- und Fellhandelsrechte.

Da Fontainebleau aufgrund verschiedener Geschäfte in Québec derzeit unabkömmlich war, hatte er die Verschiffung seiner Pelze von New York aus unbesorgt Maddy überlassen. Er wusste ja, wie fähig sie war und dass sie obendrein recht gut auf sich aufpassen konnte.

Nachdem Maddy wenige Tage später diese Aufgabe erledigt hatte, machten wir uns gemeinsam auf den Weg nach Québec. Mit unserem Gepäck auf dem Landweg zu reisen, wäre vergleichsweise umständlich gewesen, und darum mieteten wir ein Segelschiff samt Mannschaft, dass uns nordwärts die Küste entlang in den St. Lorenz Golf und schließlich bis nach Québec an der Flussmündung des St. Lorenz Stroms brachte. Die Reise verlief sehr ruhig, so dass wir nur eine knappe Woche dazu brauchten.

Québec offenbarte sich als eine wunderschöne Stadt mit sehr viel französischem Flair. Eng an einen Hügel gebaut, schmiegte sich die Stadt bis an das Mündungsufer des St. Lorenz Flusses. In der Basse-Ville, der Unterstadt, beherrschte die mächtige Kathedrale Basilique Notre-Dame-de-Québec das Stadtbild, umgeben von unzähligen kleinen Geschäften und Cafés. Ich vermutete, dass es einige Zeit dauern würde, bis ich mich in dem Gewirr der bezaubernden schmalen Gässchen zurechtfinden würde.

Wenngleich ich es nicht für möglich gehalten hätte, so war das Herrenhaus von Maddy und ihrem Gatten noch geschmackvoller eingerichtet als ihr in New York gemietetes Stadthaus. Maddy hatte mir erzählt, dass wir den Marquis wahrscheinlich überraschen würden, da er noch nicht so früh mit Maddys Rückkehr rechnete. Und tatsächlich saß Fontainebleau gerade ganz vertieft über ein paar Papieren, als Maddy mit mir sein riesiges Arbeitszimmer betrat. Etwas verlegen blieb ich in der Tür stehen und beobachtete, wie er überrascht und erfreut aufsprang, während Maddy ihm stürmisch in die Arme eilte. »Madeleine, mon amour! Du bist schon zurück?«, rief er begeistert aus und schwang sie einmal im Kreis herum.

Er war sehr groß gewachsen und sah stattlich aus und dennoch wirkte er jünger, als ich ihn mir vorgestellt hatte. Die zärtliche Wiedersehensfreude der beiden schnitt mir ein wenig ins Herz, da sie in mir Erinnerungen an Giles wach rief.

Maddy löste sich schließlich aus Fontainebleaus Umarmung. »Alexandre, wir vergessen unsere Manieren!«, sie zog ihn zu mir herüber. »Dies ist meine Freundin Gemma. Ich habe dir doch schon so viel von ihr erzählt. Und nun stell dir vor: Plötzlich habe ich sie in New York wiedergetroffen!«

Fontainebleau, der mich zuvor noch nicht bemerkt hatte, sah mich kurz verblüfft an und schenkte mir dann ein charmantes Lächeln sowie eine formvollendete Verbeugung. »Mademoiselle«, erklärte er, meine unkonventionelle Männerkleidung anmutig ignorierend, »es ist mir eine große Ehre und ein ebensolches Vergnügen, eine so enge Freundin meiner geliebten Madeleine in meinem Haus willkommen zu heißen.«

Erstaunt über sein nahezu akzentfreies Englisch, erwiderte ich die Verbeugung. »Mylord, das Vergnügen ist ganz auf meiner Seite.«

»Aber bitte sehr, meine Liebe«, rügte er mich sanft. »Ihr müsst Alexandre zu mir sagen.«

»Aber nur, wenn Ihr mich Gemma nennt«, entgegnete ich lächelnd.

Am nächsten Tag nahm Maddy mich als Erstes mit zu ihrer Schneiderin, damit ich mich wieder mit einer umfangreichen weiblichen Garderobe ausstatten konnte. Die Schneiderin, Madame Babillotte, war eine quirlige kleine Französin, die mich kurz prüfend musterte und dann sofort mit flinker Hand einige Entwürfe für ein paar exquisite Kleider skizzierte. Ich hatte an den Entwürfen nichts auszusetzen und nickte daher nur hingerissen.

Dann führte mich Madame Babillotte in ihr Lager, um mir ein paar Stoffmuster zu zeigen. Die Regale dort bogen sich nur so unter den erlesensten Stoffen aus Frankreich. Auf ihre Anweisung hin eilten ihre Gehilfinnen umher und zogen diverse Stoffballen hervor, während Madame mir die Stoffe prüfend anhielt, um zu testen, ob die Farben zu meinem Teint passten.

Ich warf einen erheiterten Blick zu Maddy, die schmunzelnd im Hintergrund stand. »Ist sie immer so bestimmend?«, flüsterte ich verstohlen. »Ja«, antwortete Maddy grinsend, »aber ihr Geschmack ist erstklassig. Ich vertraue ihr blind.«

»Dann tue ich das auch«, bekundete ich und beobachtete fasziniert, wie Madame Babillotte unwirsch ein paar Stoffe verwarf und energisch weitere Muster forderte.

Nach gut zwei Stunden verließen wir schließlich Madame Babillottes Geschäft und hatten diverse Tages- sowie Abend- und auch Ballkleider in Auftrag gegeben und außerdem ein paar raffinierte Reitkostüme, die sich durch Entfernen der separat befestigten Röcke in praktische Jagdtrachten mit engen Hosen verwandeln ließen. Maddy besaß bereits selbst ein paar dieser ungewöhnlichen Kleidungsstücke, die Madame Babillotte ihr, ohne irgendwelche Fragen zu stellen, angefertigt hatte.

Québec war so ganz anders als Boston oder selbst New York. Louis XIV., der französische König, hatte seit ein paar Jahren unzählige junge Französinnen, die sogenannten filles du roi, nach Neufrankreich entsandt, um den hiesigen Männerüberschuss auszugleichen. Daher hatte es in den letzten Jahren sehr viele Eheschließungen und Geburten gegeben und die Bevölkerung war rasant angestiegen. Dies kam auch dem kulturellen Leben in Québec zugute und so hatte ich mich recht schnell in dieser bezaubernden Stadt eingelebt. Da mir das Lernen nie schwergefallen war, hatte ich mit Maddys und Alexandres Hilfe auch schon bald Französisch gelernt.

Maddy und ich vermuteten, dass es mittlerweile wahrscheinlich auch in der Neuen Welt eine oder mehrere Gruppen der Sybarites de Sang gab und ich hatte meinen Plan, etwas gegen sie zu unternehmen, nicht aus den Augen verloren. Doch uns beiden war klar, dass wir hierzu auf die Hilfe anderer Vampire angewiesen sein würden, und diese überhaupt erst einmal zu finden und dann herauszufinden, ob sie den Sybarites wohlgesonnen waren oder nicht, würde kein leichtes Unterfangen werden.

Darum hatten Maddy und ich es uns zur Gewohnheit gemacht, nachts desöfteren durch Québec zu patrouillieren und nach ungewöhnlichen Vorkommnissen Ausschau zu halten.

Tatsächlich bemerkten wir eines Nachts auf der Straße eine auffallend große Gestalt in einem dunklen Umhang. Sie schien förmlich über dem Boden zu schweben und bewegte sich in einer für Menschen unerreichbaren Geschwindigkeit vor uns her.

Maddy und ich wechselten einen kurzen Blick und nahmen dann die Verfolgung auf. Schließlich bemerkten wir triumphierend, wie das Wesen in eine kleine Seitenstraße einbog, die – wie wir wussten – in einer Sackgasse endete. Wir schossen hinterher, bogen um die Ecke und stoppten dann abrupt. Die Gestalt war verschwunden. Wir sahen nach oben und suchten eilig die umstehenden Häuserwände ab, um zu überprüfen, ob das riesige Geschöpf vielleicht irgendwo hochgeklettert war. Doch es war weit und breit nichts zu entdecken.

Stattdessen war plötzlich ein ohrenbetäubendes Fauchen zu hören, dicht gefolgt von einem widerlich stechenden Aasgeruch. Rasch stiegen wir selbst an zwei gegenüberliegenden Häuserwänden hinauf, um uns einen größeren Überblick zu verschaffen, doch die Gestalt blieb spurlos verschwunden.

In den darauf folgenden Wochen begegneten wir dem Wesen noch zwei weitere Male, ohne mit Gewissheit sagen zu können, ob es tatsächlich ein und dasselbe Geschöpf war. Denn ebenso wie beim ersten Mal bekamen wir sein Gesicht nicht zu sehen, da es uns jedes Mal entwischte. Und jedes Mal hinterließ es diesen ekelerregenden Aasgeruch.

Während Maddy und ich mit unserer Suche nach Sybarites oder anderen Vampiren nur schwerlich vorankamen, hatte Maddys Ehemann mittlerweile mit ganz anderen Problemen zu kämpfen.

Bislang hatte Neufrankreich permanent einen schwungvollen wirtschaftlichen Aufstieg erfahren, weil die Franzosen im Prinzip ein Monopol auf den gesamten kanadischen Fellhandel hatten. Dies änderte sich nun allerdings, als England 1670 mit Gründung der Hudson's Bay Company Rechte an dem Gebiet rund um die Hudson Bay geltend machte. Damit hatte England nicht nur ein an Biberfellen reiches Territorium, sondern auch einen eigenen Handelsweg vom Inneren des Kontinents an die Atlantikküste für sich erschlossen und Frankreich somit die Kontrolle über die Atlantikverschiffung sämtlicher Felle aus den Händen genommen. Dies verschärfte natürlich den Konflikt zwischen England und Frankreich und führte auch zu einigen Disputen zwischen Maddy und Alexandre, die trotz ihrer Liebe zueinander doch auch beide patriotische Gefühle für ihr jeweiliges Heimatland hegten.

Vermehrt stahl ich mich nun abends unbehaglich davon, um auf die Jagd zu gehen, wenn ich Maddy und ihren Mann hitzig darüber debattieren hörte, wessen Land wen übervorteilt hätte. Allerdings waren die beiden am nächsten Morgen meistens wieder ein Herz und eine Seele, weswegen ich mir keine allzu großen Sorgen um ihre Beziehung machte.

Außer meinen nächtlichen Begegnungen mit jenem seltsamen, Aasgeruch verbreitenden Vampir-Wesen, war meine Suche nach anderen Vampiren nicht sonderlich von Erfolg gekrönt. Daher begann ich zu überlegen, dass ich wohl die anderen Kolonien Nordamerikas würde bereisen müssen, wenn ich mit meinen Plänen vorankommen wollte.

Andererseits fühlte ich mich trotz der Konflikte zwischen England und Frankreich mittlerweile in Québec und vor allem bei Maddy und Alexandre so wohl, dass meine Entschlossenheit ins Wanken geriet. Die beiden vermittelten mir so viel Geborgenheit und es tat so gut, wieder so etwas wie ein Zuhause zu haben, in dem ich mich obendrein nicht verstellen musste.

Als mir bewusst wurde, dass ich mein persönliches Glück meinen Plänen, die Sybarites zu bekämpfen, voranstellte, bekam ich ein schlechtes Gewissen. Es war mir zwar nach wie vor wichtig, etwas gegen die Sybarites zu unternehmen, doch die Dringlichkeit dieses Vorhabens schien anlässlich der enormen Hindernisse bei seiner Durchführung und in Anbetracht der Harmonie meiner derzeitigen Lebensumstände zu schwinden. Mir wurde schlagartig klar, dass ich mich gar nicht so sehr von Giles unterschied. Verbittert stellte ich fest, was ich damals in Oxford bei unserem Streit durch meine Selbstgerechtigkeit alles zerstört hatte.

Ungeachtet meines schlechten Gewissens blieb ich dennoch weiter bei Maddy und Alexandre. Maddy und ich führten unsere gelegentlichen nächtlichen Patrouillen fort, trafen jedoch in den nächsten Jahren vorerst nicht mehr auf die seltsamen Vampirwesen und bemerkten auch keine anderen ungewöhnlichen Vorkommnisse.

Erst einige Jahre später, Anno 1680 stießen wir erneut wiederholt auf die eigentümlich riesenhaften Wesen. Eines Nachts beobachteten wir, wie die Gestalt in einem Seitentrakt des Séminaire de Québec, der katholischen Priesterschule, verschwand. Wir liefen um das Gebäude herum und kletterten rasch an einer Seitenwand hoch, um durch die hohen sakralen Fenster einen Blick in das Innere des Gebäudes zu werfen. Wir sahen in einen großen Saal, der von unzähligen Kerzen erleuchtet wurde. Von der Gestalt, die wir verfolgt hatten, war zunächst nichts mehr zu sehen. Stattdessen saßen an sorgfältig aufgereihten Schulbänken etliche sehr elegant gekleidete Männer und Frauen und schienen mit großer Aufmerksamkeit jemanden im vorderen Saalbereich zu lauschen, der von unserer Perspektive aus hinter einer großen Säule verborgen war.

Maddy und ich kletterten weiter nach vorne, um durch eines der vorderen Fenster zu spähen. Und hier offenbarte sich uns nun, was die Aufmerksamkeit der Männer und Frauen beanspruchte: An einem prunkvollen Altar stand ein hochgewachsener, langgliedriger Vampir, dessen elegante Kleidung der des Viscount Whitfield nicht unähnlich war. Vor ihm auf dem Altar lag ein nacktes junges Mädchen, dem er bereits mehrere Bisswunden versetzt hatte und das ihn halb besinnungslos vor Angst anstarrte. Allem Anschein nach erklärte der Vampir seinen lerneifrigen Schülern anhand des Mädchens, wie man einen Menschen auf möglichst langsame und genussreiche Weise aussaugt. An einer Seite des Altars stand mit dem Rücken zu uns das riesenhafte Wesen, das wir verfolgt hatten, in seiner bodenlangen Kutte und fungierte als Wächter der ganzen Veranstaltung.

Mit großem Abscheu und Entsetzen registrierten Maddy und ich, dass wir Zeugen einer Zeremonie der Sybarites de Sang waren. Noch ehe wir überlegen konnten, wie wir uns nun verhalten sollten, schien der riesige Wächter etwas zu bemerken und drehte sich suchend in unsere Richtung. Anscheinend konnte er uns durch die verzierten Fenster nicht erkennen, denn sein Blick irrte weiterhin suchend umher. Es war gut, dass er uns nicht wahrnahm, denn ob seines Angesichts blieben wir beide zunächst vor Grauen wie erstarrt.

Was dort nur wenige Schritte entfernt suchend nach uns Ausschau hielt, konnte kein normaler Vampir sein: Seine gräuliche Haut schien halb verwest und schuppig, seine glutroten Augäpfel steckten ohne Lider oder Wimpern in seinem Gesicht und anstelle eines Mundes besaß er ein riesiges, lippenloses Haifischgebiss, das wortwörtlich von einem Ohr bis zum anderen reichte. Weder Maddy noch ich hatten jemals zuvor eine so grauenerregende Fratze gesehen. Nachdem wir uns aus unserer Erstarrung gelöst hatten, machten wir uns schleunigst davon.

Zu Hause hielten wir auf meinem Zimmer Lagebesprechung ab. Maddy saß auf meinem Bett, während ich ruhelos hin und her wanderte.

»So etwas Abstoßendes habe ich in meinem ganzen Leben noch nicht gesehen!«, begann ich aufgeregt.

»Ich auch nicht«, antwortete Maddy nachdenklich, »aber ich habe davon gehört.«

Verblüfft blieb ich stehen und sah sie fragend an.

»Naja, mir ist mal zu Ohren gekommen, dass die Sybarites Wächter haben, die sie angeblich aus dem Totenreich rekrutieren«, erklärte Maddy, »die sogenannten Mort-Vivants. Aber ich habe das für eine Legende gehalten.«

Ich setzte mich zu ihr aufs Bett. »Für die meisten Menschen sind wir Vampire wahrscheinlich auch eine Legende«, erwiderte ich. »Und wie soll so etwas ablaufen? Wie rekrutieren die Sybarites ihre Wächter?«

Maddy zuckte mit den Schultern. »So genau weiß ich das auch nicht. Angeblich graben sie sie direkt nach ihrem Begräbnis wieder aus und verwandeln sie dann.«

Ich sah sie schockiert an. »Man kann Menschen auch nach ihrem Tod noch verwandeln?«

»Bislang habe ich das ja auch nicht für möglich gehalten«, entgegnete Maddy, »aber nachdem ich diesen Wächter heute Nacht gesehen habe …«

»Du hast recht«, stimmte ich ihr mit düsterer Miene zu, »besonders frisch sah der wirklich nicht mehr aus.«

Dann sahen wir uns beide an und begannen plötzlich unbändig zu lachen.

»›Nicht frisch‹ ist gar kein Ausdruck!«, antwortete Maddy, während sie sich kichernd die Lachtränen aus den Augen wischte. »Ich habe schon mehrere Wochen alte Tierkadaver gesehen, die besser aussahen!«

Das Lachen löste ein wenig unsere Anspannung und wir berieten in Ruhe, wie wir nun weiter vorgehen sollten. Da wir keine Möglichkeit besaßen, dem armen Mädchen auf dem Altar noch in irgendeiner Form zu helfen, beschlossen wir zumindest, das Priesterseminar gleich am folgenden Morgen erneut aufzusuchen, um mehr über die Veranstaltung der Sybarites herauszufinden.

Wie schon zu befürchten war, gab es am nächsten Morgen am Séminaire de Québec kein Anzeichen mehr, das auf die nächtlichen Vorkommnisse hindeutete. Tagsüber war es ein ganz normales Seminar zur Ausbildung katholischer Priester. Also postierten wir uns in den folgenden Nächten auf einem gegenüberliegenden Gebäude, um zu beobachten, ob sich die Geschehnisse wiederholten. Doch weder ein Sybarit noch ein Mort-Vivant tauchte ein weiteres Mal dort auf. In den folgenden Wochen blieb die Priesterschule Nacht für Nacht leer und dunkel.

Also suchten wir in den nächsten Wochen nachts systematisch ganz Québec ab, um herauszufinden, ob die Sybarites einen anderen Versammlungsort gefunden hatten. Doch auch diese Suche blieb ohne Erfolg. Es schien, als ob sämtliche Sybarites Québec verlassen hätten.

Wenige Wochen später wurde uns von neuen Einwanderern aus Frankreich von Ereignissen aus Paris berichtet, die uns vermuten ließen, dass die Sybarites auch in der Alten Welt wieder verstärkt ihr Unwesen trieben. Im Rahmen der sogenannten *Affaire des Poisons* hatte es in Paris seit einiger Zeit zahlreiche spektakuläre Prozesse gegen eine Reihe von Wahrsagern und Alchemisten gegeben, denen man unter anderem vorwarf, satanische Sitzungen abgehalten und Gifte an höchste adlige Kreise bis hin zur französischen Krone verkauft zu haben. Da es in jenen Kreisen vermehrt zu mysteriösen Todesfällen gekommen war, war man auf jene Gruppe aufmerksam geworden, unter ihnen eine Catherine Monvoisin, die sich mit dem Verkauf von Zaubertränken und als Engelmacherin verdingte.

Monvoisins Fall war mit Abstand der grausamste, da man nach ihrer Verurteilung auf ihrem Grundstück die Überreste von über 2000 toten Säuglingen gefunden hatte, deren Blut von Monvoisin angeblich zur Zubereitung der Zaubertränke verwendet worden war. Im Februar 1680 war sie dann auf dem Scheiterhaufen verbrannt worden.

Maddy und ich waren überzeugt davon, dass die Sybarites bei dieser Affäre ihre Finger mit im Spiel hatten. Sie würden sich nicht an den Neugeborenen vergriffen haben, weil sie – ähnlich einem guten Wein – eine gewisse Reife des Blutes bevorzugten. Aber die Vielzahl an Todesfällen in adligen Kreisen ließ auf die Sybarites schließen, da diese Kreise ihr präferiertes Jagdrevier waren. Gut möglich, dass La Monvoisin in den Diensten der Sybarites stand oder sogar selbst eine Vampirin war. Da sie auf dem Scheiterhaufen verbrannt worden war, ließ sich das im Nachhinein ja nicht mehr feststellen.

Diese neue Qualität an Grausamkeit der Sybarites bedrückte Maddy und mich und ließen uns daran zweifeln, ob es je eine Chance gäbe, deren Sekte zu zerstören.

Mir war nun endgültig klar, dass ich mich zunächst einmal auf die Suche nach Vampiren machen musste, die Maddy und mich im Kampf gegen die Sybarites unterstützen konnten, bevor ich mir überhaupt erst vornehmen konnte, gegen diese skrupellose Organisation vorzugehen. Maddy und ich alleine hatten nicht den Hauch einer Chance.

Schweren Herzens nahm ich also von Maddy und Alexandre Abschied, um mich in den anderen Kolonien auf die Suche nach Gesinnungsgenossen zu machen. Da sich die Konflikte zwischen Neuengland und Neufrankreich weiterhin verschärften, beschlossen wir, dass Maddy in Québec bleiben sollte, um ihren Mann zu unterstützen. Außerdem hatten wir so die Gewissheit, uns nicht wieder aus den Augen zu verlieren, da Maddy versprach, in Québec auf mich zu warten, egal, wie lange ich für meine Reise brauchen würde.

Die englische Kolonie Massachusetts war zu puritanisch, als dass sich dort auch nur irgendein Vampir hätte wohl fühlen können, also fuhr ich zunächst mit dem Schiff nach New York, welches ich als Ausgangspunkt für meine weitere Reise wählte. Da es zweckmäßiger war, reiste ich nun natürlich wieder als Mann, und so war es neben Maddy und Alexandre auch meine ganze elegante Garderobe, von der ich nach über zehn Jahren unbeschwerten Lebens hatte Abschied nehmen müssen.

Ich hatte mir vorgenommen, zunächst alle britischen Kolonien Nordamerikas zu bereisen, deshalb war nach New York Pennsylvania meine nächste Station. Pennsylvania war erst vor wenigen Jahren von einigen Quäkern aus England besiedelt worden. Folglich begegnete ich in den Siedlungen unzähligen frommen Menschen, die mich freundlich willkommen hießen, aber natürlich keinen Vampiren.

In Maryland war ich ebenso wenig erfolgreich. In Virginia traf ich in Jamestown allerdings tatsächlich auf einen älteren Vampir, der mit dem Anbau und Export von Tabak ein Vermögen gemacht hatte und dadurch zu einem achtbaren Mitglied der Jamestowner Gesellschaft geworden war. Er genoss seine Stellung und sein Ansehen und wollte nicht, dass jemand erfuhr, was er war. Aus diesem Grund war er schon früh dazu übergegangen, sich von Tierblut zu ernähren. Wenn ich dem Mann nicht eines

Nachts zufällig bei der Jagd über den Weg gelaufen wäre, hätte ich insofern gar nicht bemerkt, dass in Jamestown ein Vampir lebt. Den Sybarites war er offenbar noch nie persönlich begegnet und wollte, als ich ihn daraufhin ansprach, auch nichts mit ihnen zu tun haben.

In unserer Kolonie Carolina wurde ich in Charlestown erstmalig mit der Unmenschlichkeit des Sklavenhandels, an dem auch die Engländer beteiligt waren, konfrontiert. Charlestown war ein großer Umschlagplatz für die schwarzafrikanischen Sklaven, die in Afrika entweder auf Sklavenmärkten gekauft oder direkt von den Sklavenhändlern gefangen und verschleppt und dann für die Zwangsarbeit auf Baumwoll-, Tabak- und Zuckerrohrplantagen in die Kolonien gebracht wurden.

Mit großem Abscheu beobachtete ich im Hafen von Charlestown, wie die großen Sklavenfrachter dort anlegten und die zuvor elendiglich zusammengepferchte menschliche »Fracht« mittels Prügeln und Peitschenschlägen an Land befördert wurde. Wenn schon die indianischen Ureinwohner der Neuen Welt von den europäischen Siedlern als »minderwertige Menschen« angesehen wurden, so sah man die schwarzen Sklaven offenbar gar nicht erst als Menschen an. Anders ließ sich diese menschenunwürdige Behandlung, die man ihnen zuteilwerden ließ, nicht erklären. Es erfüllte mich mit großer Wut und enormem Ekel, dass meine eigenen Landsleute sich in dieser Hinsicht genauso barbarisch verhielten wie die Franzosen und Spanier.

Auch in Charlestown spazierte ich nachts durch die Stadt, um mich nach möglicherweise hier lebenden Vampiren umzuschauen. Und tatsächlich hörte ich eines Nachts einen markerschütternden Schrei, als ich eine kleine Seitenstraße entlangging. Ich rannte in die Richtung, aus der der Schrei gekommen war, und stieß im Hinterhof eines Wirtshauses auf einen enorm großen und kräftigen schwarzen Mann, der einen der Sklavenhändler, die ich am

Vortag beobachtet hatte, an der Gurgel gepackt hatte. Obwohl der schwarze Mann bürgerliche Kleidung trug, wies ihn der eiserne Sklavenring um seinen Hals eindeutig als Sklave aus und er war offenkundig gerade dabei, dem Sklavenhändler das Blut auszusaugen.

»Lass ihn los!«, rief ich warnend und stellte mich kampfbereit auf.

Wütend schnellte der Schwarze herum, ohne dabei den Sklavenhändler loszulassen, der nun schlaff in seinen Armen hing. Seine Augen loderten feuerrot und sein rastloser Blick glich dem eines Wahnsinnigen. Sein weißes Hemd war besudelt mit dem Blut seines Opfers. So unkontrolliert, wie der Sklave sich bewegte, war er allem Anschein nach erst vor kurzem verwandelt worden.

Als er mich entdeckte, ließ er den Sklavenhändler zu Boden fallen und stürzte sich mit einem Wutschrei auf mich. Ich wich zur Seite aus und er knallte mit solcher Wucht in eine Hauswand, dass er darin eine Delle hinterließ. Er schüttelte sich kurz und wandte sich mir erneut zu. Bevor er sich ein zweites Mal auf mich stürzen konnte, ertönte plötzlich der laute herrische Ruf einer Stimme aus dem Schatten einer Häuserwand hervor: »Bastien! Ça suffit!«

Der Schwarze ließ ein unwilliges Knurren hören, hielt aber zögernd inne.

Neugierig drehte ich mich um und sah, wie sich aus dem Schatten eine großgewachsene, elegant gekleidete Gestalt löste und mit amüsiertem Gesichtsausdruck auf mich zukam. »Junger Freund! Ihr habt mein kleines Experiment gerade auf das empfindlichste gestört«, sagte er vorwurfsvoll lächelnd.

Für einen kurzen Augenblick hielt ich den Atem an. Vor mir stand der Vampir, den Maddy und ich im Séminaire de Québec bei der Schulung der Sybarites beobachtet hatten.

Scheinbar zerknirscht senkte ich die Lider. »Tut mir leid, Mylord! Das lag nicht in meiner Absicht!«, log ich.

Der Sybarit musterte mich interessiert. »Wer seid Ihr überhaupt? Und was macht Ihr zu so später Stunde auf der Straße?«

Ich machte eine kurze Verbeugung und stellte mich vor. »Sir Gerald Galveston. Vor kurzem aus England in Charlestown eingetroffen. Ich war gerade auf der Suche nach etwas Nahrung.«

Er erwiderte die Verbeugung. »Ich bin der Comte de Guilloncourt. Ich bin – wenn man so will – ein Forschungsreisender im Namen der Sybarites de Sang. Ich nehme an, Ihr habt bereits von uns gehört?«

»Flüchtig«, antwortete ich leichthin. »Worin bestand denn Euer Experiment?« Ich warf einen Seitenblick auf den großen Sklaven, der sich seit Beginn meiner Unterhaltung mit dem Comte nicht von der Stelle gerührt hatte.

Guilloncourt lächelte mich herablassend an. »Ihr seid recht neugierig, junger Freund! Aber nun gut, ich will es Euch verraten: Ich bin dabei zu untersuchen, inwieweit Rachsucht den Blutdurst eines Vampirs noch steigern kann. Mein Studienobjekt hier«, er tätschelte dem Sklaven nachlässig den Hinterkopf, was dieser stoisch hinnahm, »war gerade im Begriff, mir sehr anschaulich zu beweisen, dass der Hass auf seinen Peiniger ein geradezu vortrefflicher Antrieb ist. Kaum vorzustellen, wozu er noch imstande gewesen wäre, wenn Ihr ihn nicht unterbrochen hättet!«, fügte er vorwurfsvoll hinzu.

Erneut musterte ich nachdenklich den Sklaven. »Und Ihr habt ihm den Namen ›Bastien‹ gegeben?«, fragte ich.

»Ich habe ihn gekauft, verwandelt und abgerichtet, indem ich ihm deutlich gemacht habe, dass ich seine einzige Chance auf Rache bin«, antwortete Guilloncourt gelangweilt. »Seinen Gehorsam zu erzwingen ist einfacher, wenn man ihm einen Namen gibt.«

»Und was habt Ihr mit Bastien vor, wenn Euer Experiment beendet ist?«, fragte ich ohne den Blick von dem Sklaven zu wenden, dessen stilles Verharren die Wut und den Hass, welche in ihm loderten, nicht verbergen konnte.

»Was kümmert Euch das?«, fragte der Comte verblüfft. »Ich werde mich natürlich seiner entledigen. Wenn Ihr – wie Ihr sagt – bereits von den Sybarites gehört habt, solltet Ihr wissen, dass wir uns nie mit unnötigem Ballast abgeben. Und wo wir gerade dabei sind«, er betrachtete mich nun lauernd, »ist Euch eigentlich schon einmal nahegelegt worden, Euch den Sybarites anzuschließen?«

»Selbstverständlich«, entgegnete ich strahlend. »Ich hatte in England das ungewöhnliche Vergnügen, dem Viscount Whitfield zu begegnen und mit einem seiner Trabanten ein Annexions-Duell durchführen zu dürfen.«

»Ihr habt schon mal ein Annexions-Duell durchgeführt?« Guilloncourt verbarg geschickt seine Überraschung. »Nun denn, somit habt Ihr Eure Einstellung gegenüber unserer einträchtigen kleinen Gemeinschaft ja bereits einmal zum Ausdruck gebracht. Es wäre interessant, diese Einstellung eines Tages aufs Neue zu überprüfen.«

»Das wäre es sicherlich«, stimmte ich ihm freundlich zu. »Allerdings nehme ich an, dass Ihr momentan noch zu beschäftigt mit Euren Experimenten seid?«

»Das bin ich in der Tat«, bestätigte er bedauernd. »Jedoch wäre es mir ein Vergnügen, wenn wir ein entsprechendes Treffen bei Gelegenheit nachholen könnten.«

Er machte eine kleine Verbeugung zum Abschied, befahl Bastien, ihm zu folgen und verließ leichten Schrittes den Hinterhof. Nachdenklich sah ich ihm hinterher.

In dem komfortablen Zimmer, das ich in Charlestown gemietet hatte, zog ich eine Zwischenbilanz meiner bisherigen Reise durch die Kolonien. Die einzigen Vampire, denen ich bislang begegnet war, waren ein eigenbrötlerischer Plantagenbesitzer, ein Sybarit und ein Sklave, der Letzterem hörig war. Mit Bastien war ich obendrein auf eine weitere Kreatur gestoßen, die zum Opfer der

Sybarites wurde, ohne dass ich etwas dagegen unternehmen konnte. Bis dato war meine Suche nach Unterstützung gegen die Sybarites noch nicht sonderlich erfolgreich. Ich fragte mich, ob Guilloncourt wohl der einzige Sybarit war, der sich derzeit in Charlestown aufhielt und beschloss, mich in den nächsten Nächten unauffällig umzusehen.

Tatsächlich entdeckte ich in der übernächsten Nacht in einer kleinen Kapelle eine Versammlung der Sybarites. Ebenso wie in Québec bekam ich die Gelegenheit, die Veranstaltung unbemerkt durch ein Fenster zu beobachten und ebenso wie dort hatte anscheinend der Comte de Guilloncourt den Vorsitz bei der Versammlung. Mit gelassenem Gesichtsausdruck führte er Bastien den anderen Sybarites vor und referierte offenbar über dessen Fähigkeiten. Wissend, dass ich allein gegen diese Gruppe nicht ausrichten konnte, entfernte ich mich voller Verdrossenheit wieder von dem Schauplatz.

Nach ein paar weiteren Nächten, in denen ich Charlestown durchstreifte, erhielt ich die Gewissheit, dass diese Gruppe Sybarites derzeit die einzigen Vampire in der Stadt waren, und entschied daher, meine Reise fortzusetzen.

Ich reiste zunächst durch Georgia, zu diesem Zeitpunkt noch eine spanische Provinz mit dem Namen Santa Catalina. Allerdings hatten bereits erste englische Siedler von Carolina aus begonnen, das Land zu besetzen, wodurch es zwischen Spanien und England zum Streit um die Besitzansprüche dieser Kolonie gekommen war. Nahezu die ganze Provinz war von diesen Unruhen dominiert und ich konnte in keiner der Siedlungen einen Hinweis auf andere Vampire finden.

Ich zog weiter in die Spanische Kolonie Florida, bedacht darauf, in dieser Region nur nachts unterwegs zu sein. Auf Engländer war man hier nämlich nicht sonderlich gut zu sprechen, erst recht, seitdem Sir Francis Drake 1586 mit Billigung der englischen Königin St. Augustine, die damalige Hauptstadt der Provinz Florida, angegriffen und niedergebrannt hatte. Und erst vor wenigen Jahren hatte es erneut blutige Angriffe englischer Piraten auf die Stadt gegeben.

In St. Augustine begegnete ich eines Nachts Don Francisco de Alvarellos, einem spanischen Vampir mit dem Titel eines Marqués. Der Marqués war soeben im Begriff, sich hinter einer kleinen Friedhofskapelle eine Dienstmagd zu Gemüte zu führen, als ich ihn bei seiner Mahlzeit störte. Don Francisco erkannte anhand meiner Kleidung und meines blonden Haares sofort, dass er einen Engländer vor sich hatte, und ließ die Magd fallen, um sich mir zuzuwenden. Die Magd rappelt sich eilig auf und rannte in heller Panik davon.

Der Marqués betrachtete mich neugierig. Dann schnupperte er und zog ein enttäuschtes Gesicht. »Ihr seid ein Artgenosse!«, stellte er unwillig fest. »Und ich hatte schon gehofft, das fade Blut einer spanischen Magd gegen das eines englischen Edelmannes eintauschen zu können! Dennoch gebietet es die Höflichkeit, dass ich mich vorstelle.«

Er verbeugte sich und nannte seinen Namen. Ich tat es ihm gleich.

Er beäugte mich argwöhnisch. »Was macht ein englischer Vampir in St. Augustine? Haben Eure Piraten diese Stadt noch nicht genug ausgesaugt? Oder seid Ihr etwa ein Sybarit?«

Ich verneinte und gab die Frage zurück.

»Ich?« Don Francisco schnaubte verächtlich aus. »Ich habe weiß Gott genügend Annexions-Duelle mit diesen dekadenten kleinen Faroleros, diesen Angebern, hinter mir!«

Ich wurde hellhörig. Wenn er schon mehrere Annexions-Duelle durchgeführt hatte, war er vielleicht auch daran interessiert, etwas gegen die Sybarites zu unternehmen? Ich erzählte ihm, dass ich auf der Suche nach

Vampiren war, die bereit wären, mich im Kampf gegen die Sybarites zu unterstützen.

Don Francisco sah mich kurz ungläubig an, dann brach er in laut polterndes Gelächter aus. »Mein Kleiner, da habt Ihr Euch ja eine hervorragende Beschäftigung ausgesucht, um Eure Zeit zu verschwenden«, erklärte er lachend.

Etwas beleidigt reckte ich mein Kinn empor. Nun gut, der Marqués war über zwei Köpfe größer als ich, dennoch war dies kein Grund, mich nicht ernst zu nehmen.

»Die Sybarites sind nur deshalb so mächtig, weil es genügend Ignoranten wie Euch gibt!«, presste ich zwischen den Zähnen hervor. »Wenn wir anderen Vampire uns ebenso verbünden würden wie sie, könnte es durchaus reelle Chancen für einen ausgewogenen Kampf geben.«

Don Francisco musterte mich nachdenklich. »Ihr meint es tatsächlich ernst?«

»Selbstverständlich!« Ich reckte mein Kinn noch höher.

»Wie groß ist denn Eure Gruppe bislang?«, fragte er.

Ich räusperte mich. »Nun, derzeit besteht sie zunächst nur aus meiner Freund…, aus meinem Freund Matthew und mir«, gab ich zerknirscht zu. Er musste ja nicht auch noch erfahren, dass es obendrein zwei Frauen waren, die sich zum Kampf gegen die Sybarites entschlossen hatten.

Der Marqués sah aus, als ob er schon wieder zu lachen beginnen wollte, also fuhr ich eilig fort: »Aber das liegt ja auch hauptsächlich daran, dass es in der Neuen Welt sowieso noch nicht sonderlich viele Artgenossen von uns gibt, weder Sybarites noch andere Vampire. In der Alten Welt hingegen sieht dies ganz anders aus.«

»Also habt Ihr vor, eines Tages dorthin zurückzukehren?«, fragte Don Francisco.

»Ja, natürlich«, antwortete ich, erstaunt über mich selbst. Ich hatte noch nie mit Maddy darüber gesprochen, doch nun wurde mir mit einem Mal klar, dass ich schreckliches Heimweh nach Europa hatte und die Neue Welt für mich immer nur eine Zwischenstation war.

Der Marqués sah mich ruhig an. »Was lässt Euch aber in dem Glauben, dass ich ebensolche Pläne hätte? Wie Ihr eben selbst so schön bemerkt habt, gibt es in den Kolonien kaum Vampire. Folglich habe ich hier nahezu paradiesische Zustände: Ein enorm großes Jagdrevier und gute Aussichten, nur selten einem Sybarit über den Weg zu laufen.«

Nun war es an mir, ihn nachdenklich zu mustern. Er war nicht nur groß und breitschultrig, auch täuschte sein etwas nachlässiger Kleidungsstil nur schwer über das erlesene Material und den erstklassigen Schnitt seiner Garderobe hinweg.

»Euer Aufzug zeugt ebenso wie Euer Titel und Eure Manieren von Eurer vornehmen Herkunft«, erklärte ich. »Ich weiß zwar nicht, wann Ihr verwandelt wurdet, aber irgendetwas an Eurer Erscheinung lässt mich vermuten, dass Ihr schon seit geraumer Zeit dem Vampirdasein fristet. Vielleicht mag Euch ein gewisser Überdruss in die Neue Welt geführt haben, aber ich möchte schwören, dass sie bereits jetzt beginnt, Euch zu langweilen. Die Sybarites ein wenig zu ›ärgern‹, könnte da eine willkommene Abwechslung sein.«

Don Francisco begann wieder zu lachen, aber diesmal wohlwollend. »Ihr seid äußerst scharfsinnig, junger Freund. Ich hatte tatsächlich vor, in absehbarer Zeit nach Spanien zurückzukehren. Ich habe dort noch keine konkreten Pläne, insofern könnte es vielleicht ein ganz amüsanter Zeitvertrieb sein, mich nach Gesinnungsgenossen für Eure Sache umzusehen.«

Damit hatte er sich offiziell bereit erklärt, Maddy und mich als Verbündeter im Kampf gegen die Sybarites zu unterstützen. Hocherfreut dankte ich ihm und nannte ihm die Adresse von Maddys Ehemann in Québec. Im Gegenzug gab er mir eine Adresse in Spanien, unter der er jederzeit zu erreichen sei. Und so gingen wir auseinander.

KRIEGERISCH

Mittlerweile schrieben wir das Jahr 1689. Fast zehn Jahre waren vergangen, seit ich mich von Maddy in Québec verabschiedet hatte, um in anderen Kolonien nach weiteren Vampiren zu suchen. Zumindest konnte ich einen kleinen Erfolg verbuchen, da es mir gelungen war, Don Francisco de Alvarellos für unsere Sache zu interessieren, und ich die Erkenntnis gewonnen hatte, dass sich bisher wohl nicht allzu viele Sybarites in den Kolonien aufhielten. Ich beschloss daher, zunächst einmal zu Maddy zurückzukehren.

Ich erkundigte mich im Hafen nach Möglichkeiten, ein Segelschiff nach Neufrankreich zu mieten. Dank Maddy und Fontainebleau sprach ich inzwischen fast fließend französisch und hatte somit keine Schwierigkeiten, mich als französischer Edelmann auszugeben. Ich hatte Glück und erwischte einen Platz als Passagier auf einem Schiff, das in der nächsten Woche mit Kurs auf Neufrankreich ablegen wollte. Indem ich dem Kapitän eine großzügige Summe zukommen ließ, konnte ich es auch wieder arrangieren, ein paar Schweine zu meinem persönlichen Verzehr auf dem Schiff unterzubringen.

Fünf Tage später ging es schließlich los. Das Wetter war uns wohlgesonnen und eine ordentlich steife Brise ermöglichte es uns, in zügigem Tempo nordwärts zu segeln. Außer mir gab es noch ein paar weitere Passagiere, darunter ein älterer französischer Herr, Monsieur de Tiphaine, der einen jungen Burschen, offenbar seinen Diener, dabei hatte und diesen unaufhörlich herum scheuchte. Von morgens bis abends hörte man die gereizte Stimme des alten Mannes über Deck schallen: »Jean-Marc, viens ici! Jean-Marc, bring mir eine Decke, mir ist kalt!

Jean-Marc, du Faulpelz, beeil dich gefälligst!« Jean-Marc hier und Jean-Marc da, klaglos ertrug der Junge die barschen Befehle des alten Mannes.

Eines Nachts stand ich an Deck und genoss den unglaublich klaren Blick auf den funkelnden Sternenhimmel, da bemerkte ich neben mir eine Bewegung. Rasch sah ich mich um und entdeckte den jungen Jean-Marc neben mir, der fasziniert die Sterne betrachtete.

»Sie sind wunderschön!«, flüsterte er. »Und so unendlich weit!«

»Ist dies deine erste Seefahrt?«, fragte ich ihn.

»Es ist meine zweite«, antwortete Jean-Marc. »Wir sind auf der Rückreise nach Québec. Grand-Père hat mich mit nach St. Augustine genommen, weil er Geschäfte mit den Spaniern machen wollte.«

Überrascht zog ich die Augenbrauen hoch. »Monsieur de Tiphaine ist dein Großvater? Aber er behandelt dich wie einen Dienstboten! Wie alt bist du? Doch allerhöchstens sechzehn?«

Jean-Marc sah verlegen zu Boden. »Ich bin vierzehn, Made…, Monsieur. Und Ihr dürft es Grand-Père nicht übelnehmen. Meine Mutter war nur eine Dienstmagd und Großvater war sehr zornig, dass mein Vater starb, ohne ihm zuvor einen standesgemäßen Erben zu schenken. Ich muss sehr dankbar dafür sein, dass Grand-Père sich meiner annahm.«

Er sah mich Verständnis heischend an.

»Auch meine Mutter war nur eine Dienstmagd«, erklärte ich ihm, »doch gibt das niemandem das Recht, mich schlecht zu behandeln. Du solltest dir nicht einreden lassen, dass du wertlos bist!«

»Aber Großvater hat nur noch mich«, entgegnete Jean-Marc. »Er kann sich aufgrund seiner Gicht schon nicht mehr gut bewegen und ist auf mich angewiesen. Außerdem habe ich auch nur ihn«, fügte er verhalten hinzu.

»Es ist sehr edelmütig von dir, dass du dich so um deinen Großvater kümmerst«, antwortete ich ernst.

»Solltest du dennoch eines Tages in Québec mal Hilfe brauchen, kannst du dich gerne jederzeit an mich wenden.«

Ich gab ihm Fontainebleaus Adresse und Jean-Marc dankte mir und versprach, sie sich zu merken.

Dann betrachteten wir wieder eine Weile lang den Sternenhimmel. Schließlich wandte ich mich erneut mit einer Frage an den Jungen: »Sag mal, Jean-Marc, kann es sein, dass du mich soeben mit ›Mademoiselle‹ anstatt mit ›Monsieur‹ anreden wolltest?«

Er warf mir einen schelmischen Seitenblick zu. »Ihr müsst entschuldigen, Mademoiselle! Die Beinkleider stehen Euch hervorragend, aber ich bin überzeugt davon, dass ich der Einzige an Bord bin, der es gemerkt hat.«

Ich musste unwillkürlich loslachen. »Du hast einen sehr scharfen Blick. Aber versprich mir, dass dies unser kleines Geheimnis bleibt!«

Jean-Marc lächelte wieder schelmisch. »Ich verspreche, es niemandem zu verraten. Ebenso wenig, wie den Umstand, dass Ihr eigentlich Engländerin seid.«

Dann begannen wir beide zu kichern.

Schließlich erklärte Jean-Marc, dass er nun zu Bett gehen müsse, da sein Großvater am nächsten Morgen wieder früh nach ihm verlangen würde, und wir verabschiedeten uns voneinander.

Jean-Marc und ich trafen uns auch in den folgenden Nächten der drei Wochen dauernden Seereise noch gelegentlich an Deck, um gemeinsam in den Sternenhimmel zu schauen. Ich erfuhr, dass Jean-Marc bereits in Neufrankreich geboren war, aber immer davon träumte, einmal das Heimatland seines Vaters kennenzulernen. Sein Großvater war wie Fontainebleau Pelzhändler und sein Vater war durch einen Jagdunfall gestorben, als er für ihn auf der Pelzjagd war. Daraufhin hatte der Großvater Jean-Marc zu sich geholt und ihn für sich arbeiten lassen.

Der Junge war sehr großherzig und reif für sein Alter und es tat mir aufrichtig leid, dass er von seinem Großvater nur als Arbeitskraft ausgebeutet wurde.

Unser Schiff erreichte schließlich den St. Lorenz Golf und bald darauf kam auch der Hafen von Québec in Sicht. Ungeduldig stand ich an Deck und beobachtete, wie sich das Schiff dem Hafen näherte, da entdeckte ich am Pier eine elegant gekleidete Frau. Zuerst, dachte ich, es sei Maddy, dann schüttelte ich den Kopf. Unter dem schicken Hut der Frau quollen eisgraue Löckchen hervor, also konnte es unmöglich Maddy sein. Als das Schiff anlegte, kam die Frau uns entgegengelaufen und winkte aufgeregt. Verblüfft erkannte ich nun, dass es doch Maddy war, und sie strahlte über das ganze Gesicht, als wir uns zur Begrüßung in die Arme fielen.

»Maddy! Woher wusstest du, dass ich heute ankommen würde?«, fragte ich freudig überrascht.

Maddy zwinkerte mir vergnügt zu. »Du hattest doch vorletzten Monat geschrieben, dass du dich auf die Rückreise machen wolltest. Und seitdem bin ich immer mal wieder zum Hafen herunter spaziert, um zu schauen, ob ein Schiff aus dem Süden anlegt. Und wie du siehst, hatte ich heute den richtigen Riecher.«

»Aber deine Haare?«, fragte ich verwirrt mit Blick auf ihre einst feuerroten Locken. »Was ist damit passiert?«

»Die sind gepudert«, flüsterte sie mir verschwörerisch zu. »Alexandre ist inzwischen 54, und die Sorgen über das Geschäft und die politischen Unruhen haben sein Haar schon ganz grau werden lassen. Unseren Freunden würde es sehr komisch vorkommen, wenn ich so gar keine Anzeichen des Alterns zeigen würde.«

Schlagartig wurde mir bewusst, dass über zwanzig Jahre vergangen waren, seit ich zu Maddy und Alexandre nach Québec gezogen war. Bereits als ich Québec für meine lange Reise verlassen hatte, hatten sich bei Alexandre schon die ersten grauen Schläfen abgezeichnet, aber ich hatte nie so sehr darauf geachtet, weil er mir als Freund inzwischen fast ebenso vertraut war wie Maddy.

Wir wiesen ein paar Hafenarbeiter an, mein Gepäck zur Villa der Fontainebleaus zu bringen und ich sah mich suchend nach Monsieur de Tiphaine und seinem Enkel um. Ich entdeckte sie schließlich weiter unten am Pier. Jean-Marc sah mich ein wenig wehmütig an, während sein Großvater gerade ein paar Dienstboten anherrschte, etwas vorsichtiger mit seinem Gepäck umzugehen. Ich merkte, dass der Alte gegenwärtig abgelenkt war, und so nahm ich Jean-Marc kurz beiseite. »Du hast dir doch meine Adresse gemerkt?«, fragte ich.

Jean-Marc nickte.

»Und du versprichst mir, dass du dich meldest, wenn du einmal Hilfe brauchst?«

Er nickte erneut.

»… darüber hinaus«, fügte ich hinzu, und er sah mich neugierig an, »kannst du mich natürlich auch einfach so mal besuchen kommen, wenn du möchtest.«

Jean-Marc strahlte mich an. »Oh, ja, Made …, Monsieur! Sobald mir Grand-Père einmal freigibt, mache ich das bestimmt gerne!«

Ich grinste und verwuschelte ihm zum Abschied die Haare.

Als wir im Herrenhaus ankamen, lief Maddy sofort durch die Eingangshalle und rief nach ihrem Mann. »Alexandre! Sieh nur, wen ich heute vom Hafen mitgebracht habe!«

Alexandre steckte fragend den Kopf aus der Tür zu seinem Arbeitszimmer heraus, dann lächelte er, kam auf uns zu, gab Maddy einen Kuss und schloss mich erfreut in die Arme.

»Gemma! Schön, dass du endlich wieder da bist! Madeleine war all die Jahre ganz unausstehlich ohne deine Gesellschaft.«

Maddy stupste ihn empört in die Seite. »Er hat dich mindestens ebenso vermisst wie ich«, erklärte sie dann lachend.

Da Maddy mich ja bereits daran erinnert hatte, wie viel Zeit inzwischen vergangen war, konnte ich meine Überraschung darüber, wie sehr Alexandre gealtert war, recht gut verbergen. In seinem Gesicht zeichneten sich mittlerweile ein paar deutliche Sorgenfalten ab und entgegen Maddys Beschreibung erschien mir sein Haar nicht nur grau, sondern fast schon weiß. Gleichwohl hielt er sich nach wie vor kerzengerade und wirkte dadurch immer noch sehr groß und stattlich.

»Nun muss ich mich aber weiter um meine Geschäfte kümmern«, erklärte Alexandre dann. »Ihr zwei habt sowieso sicherlich sehr viel zu bereden.« Mit einem Augenzwinkern ging er zurück in sein Arbeitszimmer.

Maddy zog mich mit nach oben. »Vor allem möchtest du bestimmt erst einmal deine Reisekleidung ablegen«, bemerkte sie. »Ich habe bei Madame Babillotte ein paar exquisite neue Kleider für dich anfertigen lassen. Sie ist zwar schon fast siebzig, aber ihr Gespür für Mode ist immer noch unübertrefflich.«

Da ich Maddys tadellosen Geschmack kannte, war ich über die hochwertige Kleiderauswahl, die sie mir in meinem Zimmer präsentierte, kein bisschen überrascht. Begeistert probierte ich gleich ein paar davon an, während Maddy auf meinem Bett saß und mir grinsend dabei zusah. Schließlich wurde sie dann doch etwas ungeduldig. »Willst du mir denn gar nicht erzählen, was du auf deiner Reise alles erlebt hast?«, forderte sie leicht schmollend. »Ein bisschen was weiß ich zwar schon aus deinen Briefen, aber die waren ja nie sonderlich umfangreich.«

»Entschuldige bitte, Maddy!«, sagte ich und nahm sie in den Arm. »Aber ich war so hingerissen von den Kleidern und ich hatte doch nun so lange Zeit wieder ein Mann sein müssen.«

Ich setzte mich zu ihr aufs Bett. »Immerhin hat mich in all den Jahren niemand als Frau entlarvt. Außer Jean-Marc«, fügte ich schmunzelnd hinzu.

»Ist das der Junge, von dem du dich am Hafen verabschiedet hast?«, fragte Maddy interessiert. »Der scheint ja ein recht aufgewecktes Kerlchen zu sein.«

»Das ist er allerdings«, bestätigte ich und erzählte ihr, wie ich Jean-Marc auf meiner Rückreise kennengelernt hatte.

Als sie erfuhr, dass ich ihn eingeladen hatte, mich bei Gelegenheit zu besuchen, stimmte sie mir sofort zu. »Es wäre schön, wenn der Junge ab und zu mal Abwechslung von dem tristen Alltag bei seinem Großvater bekommt. Er ist uns hier jederzeit herzlich willkommen. Aber nun erzähl von der Reise! Hast du andere Vampire getroffen? Und bist du noch mal auf die Sybarites gestoßen?«

Ich bejahte zunächst beides und berichtete ihr dann von meinen Erlebnissen. Maddy schien ebenso wie ich halbwegs erleichtert darüber zu sein, dass es bislang wohl noch gar nicht sehr viele Vampire – und somit auch nicht viele Sybarites – in den Kolonien gab. Meine neuerliche Begegnung mit dem Comte de Guilloncourt und dessen Experimente mit dem schwarzen Sklaven Bastien beunruhigten sie jedoch ein wenig.

Als ich ihr dann von Don Francisco de Alvarellos und seinem Einverständnis, uns gegen die Sybarites zu unterstützen, erzählte, war sie hingegen angenehm überrascht. »Ein spanischer Marqués? Nicht schlecht! Dabei sind die Spanier zurzeit alles andere als gut auf uns zu sprechen.«

»Die internationalen Konflikte schienen ihn nicht zu stören. Allerdings weiß er bisher noch nicht, dass er sich zwei Frauen angeschlossen hat«, entgegnete ich schuldbewusst grinsend.

Maddy kicherte. »Na, mal sehen, ob er noch Interesse zeigt, wenn er es eines Tages erfährt. Wenn er – wie du sagst – demnächst nach Spanien zurückgeht, haben wir ja zumindest schon mal einen Gesinnungsgenossen in

Europa, während wir es hier in Nordamerika ja mit einer recht überschaubaren Anzahl an Sybarites zu tun haben.«

Ich sah etwas verlegen zu Boden. »Hast du je überlegt, eines Tages zurückzukehren?«, fragte ich leise.

Maddy begriff sofort. »Du hast Heimweh, nicht wahr?«

»Ein wenig schon«, gab ich zu.

»Das hab ich manchmal auch«, gestand sie, »aber Alexandre geht hier so in seiner Arbeit auf und er kämpft so verbissen um die französischen Handelsrechte. Ich glaube nicht, dass er zu einer Rückkehr nach Europa zu bewegen wäre.«

Nun erfuhr ich von Maddy, wie sich der koloniale Konflikt zwischen England und Frankreich in den letzten Jahren noch weiter zugespitzt hat. Bereits 1682 hatte Frankreich an der Hudson Bay einen eigenen Handelsposten errichtet. Dadurch hatte sich der Streit mit England um den rechtmäßigen Besitz der Territorien und die Fellhandelsrouten immer weiter verschärft. Da mittlerweile England und Frankreich auch in Europa aneinandergeraten waren, war es gut möglich, dass die Konflikte in absehbarer Zeit gleichfalls zu einer militärischen Auseinandersetzung in den Kolonien führen konnten. Natürlich belastete es Maddy und Alexandre schwer, dass ihre beiden Heimatländer Krieg gegeneinander führen wollten.

Im Kontext dieser Querelen hatte es in den letzten Jahren auch immer wieder Angriffe der Irokesen auf Québec und andere große Siedlungen Neufrankreichs gegeben. Die Irokesen waren einst ein Verbündeter der französischen Kolonialmächte gewesen. Als Neufrankreich jedoch begann, ihre Feinde, die Huronen, zu unterstützen, hatten sich die Irokesen auf die Seite der Engländer geschlagen. Und nun bemühten sie sich nach allen Kräften, die französischen Eindringlinge zu vertreiben.

Das Anwesen Fontainebleaus war bislang immer von Irokesen-Angriffen verschont geblieben, doch in der Unterstadt war es bereits zu etlichen blutigen Auseinandersetzungen gekommen, bei der nicht wenige Siedler ihr Leben gelassen hatten.

Was das bedeutete, bekam ich in den nächsten Wochen selbst hautnah mit. Immer wieder kam es zu Überfällen der Irokesen auf Québec. Und obwohl es Alexandre überhaupt nicht zusagte, entschlossen Maddy und ich uns, die Siedler im Kampf zu unterstützen. Also begannen wir wieder, in den Nächten in der Stadt zu patrouillieren. So konnten wir im Falle eines Angriffs schnell einschreiten, verrieten uns in der Dunkelheit aber nicht durch unsere übermenschlichen Kräfte.

Eines Tages erhielt ich während einer Nachmittagsgesellschaft die Kunde, dass die Irokesen gerade einen Stadtteil überfielen, in dem – wie ich inzwischen wusste – Jean-Marc mit seinem Großvater lebte. Ich sah entsetzt zu Maddy herüber, die am anderen Ende des Raumes stand. Aufgrund ihres feinen Gehörs hatte sie die Nachricht natürlich mitbekommen und nickte mir zu. Sie warf einen raschen Seitenblick auf Alexandre, der in ein Gespräch vertieft war. »Geh!«, flüsterte sie mir dann fast tonlos zu, »Alexandre wird es nicht gutheißen, aber du wirst schon weg sein, ehe er es merkt.«

Ich nickte dankbar und rannte in mein Zimmer rauf, um dort mein Kleid gegen Hemd, Wams und Hosen meiner Jagdtracht zu tauschen. Dann raste ich in die Stadt.

Schon von weitem vernahm ich die Kampfgeräusche und abgehackten Schreie. Einmal mehr offenbarte sich mir dann der grausame Anblick des Kampfes. Die Irokesen waren sehr wendige Kämpfer und verrichteten ihr blutiges Werk kompromisslos und in rasantem Tempo. Schon etliche Menschen lagen skalpiert und mit tödlichen Wunden am Boden, als ich schließlich zu Monsieur de Tiphaines Haus vordrang. Ich hörte Schreie hinter dem Haus und rannte dorthin. Ich erblickte eine Gruppe Irokesen im Kampf mit den Dienstboten Monsieur de Tiphaines. Einer von ihnen war gerade im Begriff, Jean-

Marcs Großvater sein Tomahawk in die Seite zu schlagen. Mit einem lauten Fauchen sprang ich dazwischen und riss den Irokesen beiseite und entledigte ihn mit einer fließenden Bewegung seines Schlagarmes. Der Irokese sank ohnmächtig zu Boden. Ich behielt seinen Arm mit dem nach wie vor starr umklammerten Tomahawk in der Hand und wandte mich damit blitzartig seinen Stammesbrüdern zu. Diese hatten leider mit den Dienstboten schon kurzen Prozess gemacht und starrten mich jetzt wachsam an.

Im Augenwinkel bemerkte ich, wie von der Seite einer von ihnen auf mich zugerannt kam und hochsprang. Mit einer jähen Bewegung schwang ich den Arm mit dem Tomahawk durch die Luft und spaltete seinen Körper. Ich hatte mich schon wieder zu den anderen umgedreht, als die beiden Hälften hinter mir mit einem dumpfen Geräusch zu Boden knallten.

Nun standen noch fünf Irokesen vor mir, die ihre Position nicht verändert hatten und mich immer noch anstarrten.

Schließlich ließen sie alle ihre Waffen fallen und ihre Arme sinken. Vier von ihnen senkten den Kopf, während der fünfte, offenbar ihr Anführer, mir ruhig zunickte.

»Diese Leute stehen unter meinem Schutz«, erklärte ich ihm eindringlich, »also wird euer Stamm dieses Viertel in Ruhe lassen.«

Er nickte erneut und die fünf verschwanden lautlos.

Ich drehte mich rasch um und wandte mich dem am Boden liegenden Monsieur de Tiphaine zu. Er starrte mich mit diffusem Blick an. »Wer zum Teufel seid Ihr?«, flüsterte er kraftlos.

»Wo ist Jean-Marc?«, fragte ich ihn.

Er blickte an mir vorbei, dann fielen ihm die Augen zu und sein Kopf sank nach hinten. Er war tot.

Suchend schaute ich in die Richtung, in die sein letzter Blick gegangen war, und erblickte Jean-Marc, schwer verletzt an eine Gartenmauer gelehnt. Er starrte mich mit vor

Entsetzen aufgerissenen Augen an. Mit einem Satz war ich bei ihm und untersuchte seine Verletzungen, während sein geschockter Blick weiterhin auf mir ruhte.

Ich seufzte und schloss einen kurzen Augenblick die Lider. Die Brutalität meines Vorgehens überraschte mich ja selbst, wie sollte ich da Jean-Marc erklären, was soeben vor seinen Augen geschehen war? Aber die Irokesen hatten mir keine Wahl gelassen, ich hatte schnell handeln müssen. Schnell und effizient.

Ich sah Jean-Marc eindringlich an. »Hör zu!«, begann ich sanft aber bestimmt. »Ich weiß, dass ich dir einen Schreck eingejagt habe und ich werde dir auch baldmöglichst alles erklären, aber zuerst müssen wir uns um deine Verletzungen kümmern. Vertraust du mir?«

Seine Augen waren immer noch riesengroß, aber er nickte zögernd.

Und so nahm ich ihn vorsichtig auf die Arme und brachte ihn zu uns nach Hause.

Ich trug Jean-Marc unbemerkt über die Dienstboten-Treppe auf mein Zimmer, legte ihn auf mein Bett und holte rasch Maddy, da sie sich in der Heilkunde immer noch bei weitem besser auskannte als ich. Maddy warf einen schnellen Blick auf Jean-Marcs Verletzungen und wies dann die Dienerschaft an, ihr frisches Verbandsmaterial und etwas zum Reinigen der Wunden zu besorgen. Der Reinigungsvorgang schien ihm Schmerzen zu bereiten, aber er biss die Zähne zusammen. Ich strich ihm tröstend durch das Haar. Als Maddy Jean-Marcs Wunden so weit versorgt hatte, nahm ich sie kurz beiseite.

»Wie sieht es aus?«, fragte ich sie.

Maddy warf einen zögernden Blick auf Jean-Marc, dann sah sie mich an. »Er hat nicht gerade wenig Blut verloren, aber er ist jung und zäh«, erklärte sie. »Wir müssen einfach die nächsten Tage abwarten. Das Wichtigste ist, dass sich keine Wunde entzündet und er kein Fieber bekommt. Was ist mit seinem Großvater?«

»Tot«, antwortete ich knapp, »ebenso wie alle Dienstboten. Die Irokesen haben ganze Arbeit geleistet.«

Maddys Gesicht verdüsterte sich. »Konntest du einen von ihnen erwischen?«

»Zwei«, erwiderte ich. »Die restlichen haben, denke ich, begriffen, dass es ihrer Gesundheit nicht zuträglich ist, sich meinen Zorn zuzuziehen. Ich habe ihnen gesagt, dass das Viertel unter meinem Schutz steht.«

»Hat dich sonst irgendjemand beim Kampf gesehen?«, fragte Maddy vorsichtig.

»Niemand, der jetzt noch lebt«, entgegnete ich grimmig.

Maddy verließ den Raum und ich wandte mich wieder Jean-Marc zu, der mich erschöpft ansah. »Hast du Durst?«, fragte ich ihn.

Er nickte und ich hielt ihm ein Glas Wasser an die Lippen, aus dem er in unbeholfenen Schlucken trank. Dann lehnte er sich stöhnend in die Kissen zurück.

»Du solltest jetzt versuchen, etwas zu schlafen, damit du dich erholen kannst!«, wies ich ihn an.

Er sah mich flehend an. »Bleibt Ihr bei mir?«

»Wenn du es möchtest.« Ich zog mir einen Sessel heran und setzte mich zu ihm ans Bett.

Er lächelte schwach und schloss dann die Lider. Schon bald war er in einen unruhigen Schlaf gesunken.

Nach einer Stunde kam Maddy leise ins Zimmer. »Willst du dir denn nicht mal frische Kleidung anziehen?«, fragte sie flüsternd.

Ich blickte an meiner blutbesudelten Jagdtracht herab. »Ich habe versprochen, bei ihm zu bleiben«, gab ich lautlos zurück.

»Ich bleibe solange bei ihm«, erklärte Maddy bestimmt, »damit er nicht alleine ist, falls er aufwacht. Obwohl ich nicht glaube, dass er in den nächsten Stunden wach wird.«

Ich ging nach nebenan in mein Ankleidezimmer, wusch mich dort ausgiebig und zog ein frisches Hauskleid an. Dann stopfte ich die Jagdtracht in den Kamin und sah zu, wie sie verbrannte. Wenn ich auf der Jagd versehentlich

Tierblut darauf gekleckert hatte, hatte ich die Tracht immer reinigen lassen. Die Spuren des heutigen Kampfes hingegen wollte ich endgültig löschen.

Zurück in meinem Zimmer erkannte ich, dass Maddy natürlich recht gehabt hatte: Jean-Marc schlief immer noch tief und fest und inzwischen auch Gott sei Dank etwas ruhiger als zuvor.

Jean-Marc schlief auch in den nächsten drei Tagen fast ununterbrochen. Zwischendurch bekam er von Maddy stärkende Brühe verabreicht, sowie Quittenkompott und einen Tee aus Andorn und Isländisch Moos zur Blutbildung. Am zweiten Tag hatte er leichtes Fieber bekommen, welches zu unserer Erleichterung am dritten Tag jedoch wieder verschwunden war.

Alexandre war natürlich in der Zwischenzeit von Maddy über die Vorfälle aufgeklärt worden. Auch wenn er es für leichtsinnig hielt, dass ich am helllichten Tag in der Stadt gekämpft hatte, so konnte er mein Handeln dennoch nachvollziehen und schaute immer mal wieder in meinem Zimmer vorbei, um nach Jean-Marc zu sehen.

Am vierten Tag sah der Junge schon deutlich kräftiger und weniger blass aus und fragte mich vorsichtig mit bescheidener Stimme, ob er denn eventuell etwas deftigere Nahrung erhalten könne, als die bisher verabreichte Suppe. Glücklich darüber, dass sein Appetit seine voranschreitende Genesung bezeugte, lachte ich erheitert auf und ging in die Küche herunter, um einen Rinderbraten für Jean-Marc zu bestellen.

In dem Moment kam mir auf der Treppe ein Dienstmädchen in heller Panik entgegen und berichtete, dass draußen vor dem Eingang vier Irokesen stünden. Ich rannte in die Eingangshalle herunter und stieß dort auf Alexandre, dem der unerwartete Besuch offenbar ebenfalls bereits mitgeteilt worden war. Er hatte ein Gewehr im Anschlag und war im Begriff, vor die Tür zu treten.

Er zögerte kurz, als er mich die Treppe herunterkommen sah. »Lass mich das regeln«, bat er mich dann. »Es könnte zu viel Aufsehen geben, wenn du oder Maddy euch auf einen Kampf mit ihnen einlasst.«

»In Ordnung«, versprach ich ihm. »Aber lass mich dennoch mit rauskommen.«

Er nickte und wir traten beide vor die Tür.

Ein paar Schritte vor uns standen die vier Irokesen in einer Reihe nebeneinander. Sie alle trugen aus Lederhäuten gewickelte Hosen, die sie mit gefärbten Lederbändern zusammenhielten, und waren mit verschiedenen Jagdtrophäen und gefärbten Federn geschmückt. Einer von ihnen trug einen metallenen Ring durch die Nase, einen anderen erkannte ich als den Anführer der Gruppe wieder, gegen die ich hinter Monsieur de Tiphaines Haus gekämpft hatte. Alle vier waren offensichtlich unbewaffnet.

Dennoch hielt Alexandre weiterhin sein Gewehr im Anschlag, während er mit fester Stimme fragte: »Was wollt ihr?«

Der Irokese mit dem Nasenring begann zu sprechen. »Fontainebleau, wir haben dein Haus bisher immer verschont. Dies wird auch so bleiben, du hast nichts von uns zu befürchten. Wir sind hier, um mit den beiden Geisterfrauen zu sprechen, die in deinem Haus wohnen.« Dabei wies er auf mich.

»Auf keinen Fall!«, presste Alexandre zwischen den Zähnen hervor.

Ich legte die Hand vorsichtig auf sein Gewehr und sah ihn ernst an. »Es wird keinen Kampf geben. Bitte schick Maddy heraus!«

Er sah mich kurz verärgert an, dann seufzte er und ließ das Gewehr sinken. »In Ordnung.« Er ging ins Haus und kam kurz darauf mit Maddy zurück, das Gewehr immer noch in der Hand.

Maddy warf einen kurzen prüfenden Blick auf mein Gesicht, dann forderte sie Alexandre auf, zurück ins Haus zu gehen.

»Non!«, stieß er hervor. »Jamais!«

Maddy sah ihn nur bittend an, während die Irokesen immer noch stumm vor uns verharrten.

Schließlich fügte sich Alexandre fluchend Maddys Bitte und verschwand ins Haus.

Maddy und ich wandten uns wieder den Irokesen zu.

Erneut begann der mit dem Nasenring zu sprechen, während die anderen still dabei standen. »Wir respektieren die Macht der Geisterfrauen und bedauern daher die Geschehnisse vor vier Tagen. Wir hatten kein Wissen davon, dass die Stadt unter eurem Schutz steht. Es wird hier keine weiteren Angriffe von uns geben. Wenn es euer Wunsch ist, könnt ihr meinen unwissenden Bruder für seine Vermessenheit bestrafen.« Auf sein Geheiß trat der Irokese, gegen den ich vor vier Tagen gekämpft hatte, einen Schritt hervor, sank auf die Knie und senkte seinen Kopf.

Maddy und ich wechselten einen raschen Blick. Dann sprach Maddy mit fester Stimme: »Uns liegt nicht daran, ihn zu bestrafen. Wichtig ist, dass ihr verstanden habt, dass unser Zorn fürchterlich sein wird, wenn ihr noch einmal versuchen werdet, einem Menschen dieser Stadt Schaden zuzufügen.«

»Wir haben verstanden«, antwortete der Irokese und nickte uns ruhig zu. »Keiner meiner Stammesbrüder wird je wieder einen Fuß in diese Stadt setzen.«

Sie drehten sich um und gingen.

Maddy und ich ließen uns erleichtert auf die Treppe vor der Eingangstür sinken. Hinter uns öffnete Alexandre, der offenbar die ganze Zeit mit seinem Gewehr hinter der Tür verharrt hatte, die Tür und setzte sich zu uns.

»Glaubst du, sie halten sich daran?«, brach Maddy schließlich nach einer Weile das Schweigen.

»Ich denke schon«, antwortete ich nachdenklich. »Aus irgendeinem mir unerklärlichen Grund wissen die Irokesen, was wir sind und scheinen tatsächlich Respekt vor uns zu haben.«

»In dem Fall«, erklärte Maddy daraufhin, »ist es wohl gut so, dass die Irokesen so denken, wenn es bedeutet, dass die Siedler hier dadurch in Zukunft vor ihnen verschont bleiben.«

Die Irokesen hielten Wort und es gab von ihrer Seite keine weiteren Angriffe auf Québec. Jean-Marc erholte sich jeden Tag zusehends von seinen Verletzungen und konnte inzwischen auch schon häufiger das Bett verlassen. Ich wollte nunmehr endlich mein Versprechen einlösen und ihm erklären, was ich war. Ich hatte mich mit Maddy darüber beraten und ihr erklärt, dass Jean-Marc meiner Ansicht nach ein für sein Alter erstaunlich umsichtiger und reifer junger Mann war. Sie stimmte mir daher zu, dass er in der Lage wäre, die Wahrheit zu verkraften.

Maddy hatte Jean-Marc inzwischen ein eigenes Zimmer herrichten lassen und ich holte ihn dort ab, um mit ihm ein wenig durch den Garten zu spazieren. Er sah mich erwartungsvoll an. Der Umstand, dass er bislang noch nicht einmal versucht hatte, mich über die Vorfälle im Haus seines Großvaters auszufragen, bewies erneut sein Vertrauen in mich. Ich wollte dieses Vertrauen auf keinen Fall erschüttern, daher wusste ich zunächst nicht so recht, wie ich beginnen sollte und wir gingen eine Zeitlang schweigend nebeneinander her.

»Morgen wird die Beerdigung deines Großvaters stattfinden«, begann ich schließlich. »Vermisst du ihn sehr?«

Jean-Marc sah etwas verlegen zu Boden. »Naja, Mademoiselle, Ihr habt ihn ja kennengelernt … Aber er war mein einziger Verwandter, ich habe keine Ahnung, wohin ich jetzt gehen soll.«

»Darum mach dir mal keine Sorgen«, beruhigte ich ihn rasch. »Du kannst bei uns so lange bleiben, wie du möchtest.«

Er lächelte mich zunächst erfreut an, dann senkte er wieder traurig den Kopf. »Mademoiselle, Ihr seid sehr großzügig, aber das kann ich nicht annehmen. … außer vielleicht …«, ein neuer Einfall erhellte sein Gesicht und er sah mich begeistert an, »… wenn Ihr mich für Euch arbeiten lasst. Ich könnte Euer Diener sein!«

»Auf keinen Fall!«, fuhr ich auf und Jean-Marc zuckte erschrocken zusammen.

»Entschuldige«, setzte ich dann ruhiger hinterher. »Aber ich brauche keinen Diener. Und du solltest dein Potential auch nicht weiterhin damit verschwenden, für andere zu dienen.«

»Aber es würde mir wirklich große Freude bereiten«, erwiderte er nachdrücklich und sah mich bittend an.

Ich blieb stehen und seufzte. Dann sah ich ihn ernst an. »Du hast mich hinter dem Haus deines Großvaters kämpfen sehen«, stellte ich fest.

Jean-Marc nickte zögernd.

»Und was du gesehen hast, hat dir einen großen Schrecken eingejagt«, fuhr ich fort. »Versuch gar nicht erst, es zu leugnen, denn dein Blick sprach Bände.«

Er nickte erneut und ich seufzte wieder. »Also hast du dich doch sicherlich schon gefragt, was das alles zu bedeuten hat, oder? Du hast dich gefragt, wer oder was ich bin?«

Jean-Marc räusperte sich und entgegnete dann leise: »Nun, mir ist klar, dass Ihr wohl kein normaler Mensch seid.«

»Und das macht dir keine Angst?«, fragte ich forschend.

Er schüttelte energisch den Kopf. »Nein, Mademoiselle.«

»Du bist ein erstaunlicher junger Mann!«

Er sah mich hoffnungsvoll an und ich erwiderte seinen Blick ernst. »Ich bin tatsächlich kein normaler Mensch, ich bin ein Vampir.«

Nun blickte er etwas ratlos drein. »Was ist ein Vampir?«, fragte er vorsichtig.

Ich sah ihn deprimiert an und atmete dann tief durch. Dieses Gespräch gestaltete sich noch wesentlich schwieriger, als ich es erwartet hätte. Inzwischen waren wir bei

Maddys Rosengarten angelangt und ich setzte mich dort mit Jean-Marc auf eine Bank.

Dann erklärte ich ihm, was Vampire waren. Ich erzählte ihm meine ganze Geschichte, angefangen von meiner Verwandlung bis zu dem Kampf gegen die Irokesen im Haus seines Großvaters. Anschließend erzählte ich ihm auch Maddys Geschichte und erklärte ihm, dass sie und ich uns gegen den Genuss menschlichen Blutes entschieden hatten. Ich unterrichtete ihn auch darüber, dass aber bei weitem nicht alle Vampire so lebten wie wir und dass es einige, wie die Sybarites, gab, die dem Genuss menschlichen Blutes sogar mit größtem Vergnügen nachkamen und ihn regelrecht zur Kunstform stilisierten.

Jean-Marc hörte mir schweigend und aufmerksam zu. »Also gibt es gute Vampire und böse Vampire, so wie es gute und böse Menschen gibt?«, fragte er, nachdem ich geendet hatte.

»Wenn man so will …«, antwortete ich zögernd.

Er lächelte mich aufrichtig an. »Warum sollte ich dann also Angst vor Euch haben, wo mir doch schon von Anfang an klar war, zu welcher Seite Ihr gehört.«

»Aber so einfach ist es nun auch wieder nicht!«, beharrte ich. »Es gibt auch ›gute‹ Vampire, die sich zu bösen Taten hinreißen lassen. Und vielleicht tut ein ›böser‹ Vampir auch hin und wieder mal etwas Gutes.«

»Aber das ist doch bei den Menschen nicht anders«, widersprach Jean-Marc freundlich. »So ist nun mal unsere widersprüchliche Welt und wir alle müssen uns irgendwie in ihr zurechtfinden.«

Jetzt musste ich auch lächeln. »Für einen Burschen deines Alters hast du mehr Weitsicht, als dir vielleicht gut tut«, gab ich mit widerwilliger Bewunderung zu.

»Dann darf ich also für Euch als Diener arbeiten?«, fragte er drängend.

Ich wurde wieder ernst. »Unter einer Bedingung«, erwiderte ich und er sah mich gespannt an. »Wie sieht es mit deiner Schulbildung aus?«, fragte ich.

»Mein Vater brachte mir Lesen und Schreiben bei und auch ein wenig Rechnen. Als ich zehn Jahre alt war, kam ich dann zu Großvater und er meinte, das sei genug Bildung.«

»Nun, für mich ist es nicht genug«, entgegnete ich streng und er schaute mich ängstlich an. »Du kannst nachmittags für mich arbeiten, aber nur, wenn du bereit bist, dich vormittags von einem Lehrer unterrichten zu lassen, den ich dir besorge. Und du wirst einen angemessenen Lohn erhalten und hast pro Woche einen Tag frei.«

Jean-Marc begann zu strahlen. »Oh, Mademoiselle …«.

»Einverstanden?«, unterbrach ich ihn lächelnd.

»Einverstanden!«

Am nächsten Tag gingen wir auf die Beerdigung Monsieur de Tiphaines. Es war nur eine kleine Gruppe von Nachbarn und ehemaligen Geschäftspartnern Monsieur de Tiphaines anwesend und die Zeremonie war schnell vorbei. Im Anschluss trat ein Mann auf uns zu, der sich als der Notar von Jean-Marcs Großvater vorstellte. Er erklärte uns, dass Monsieur de Tiphaine aufgrund schlecht gehender Geschäfte ein nur noch sehr bescheidenes Vermögen hinterließ, welches Jean-Marc als einzig hinterbliebenem Angehörigen zustand.

Daraufhin fragte ich Jean-Marc, ob er sich nicht doch lieber mit dem Geld eine eigene Existenz aufbauen wolle, anstatt für mich zu arbeiten. Doch er bat mich inständig, unser besprochenes Arrangement aufrechtzuerhalten und sein Erbe für ihn in Verwahrung zu nehmen. Ich versprach es ihm unter der Bedingung, dass er sich jederzeit an mich wenden sollte, wenn er das Geld eines Tages benötigte.

Wenngleich es nun zwar keine Irokesen-Angriffe mehr auf Québec gab, so hatten sich doch die kolonialen Konflikte in den letzten Wochen so zugespitzt, dass inzwischen der befürchtete Krieg zwischen England und Frankreich, der sogenannte *King William's War*, ausgebrochen war. Von den Engländern unterstützt, hatten die Irokesen über 200 französische Siedler entlang des St. Lawrence Rivers getötet, die Existenz Neufrankreichs wurde mehr und mehr durch die Übergriffe bedroht. Daher hatte man aus Frankreich Louis de Buade, den Comte de Frontenac, zurück in die Kolonie geschickt, um den Krieg gegen die Engländer und Irokesen anzuführen. Der Comte de Frontenac war bereits 1672 einmal Gouverneur von Neufrankreich gewesen, war jedoch 1682 nach Frankreich zurückberufen worden, da er sich während seiner Amtszeit viele Feinde gemacht hatte. Als Gouverneur zurückgekehrt, gelang es ihm schon bald, sowohl den Briten als auch den Irokesen empfindliche Niederlagen zuzufügen.

Obwohl der Krieg allgegenwärtig schien, war er im Haus von Maddy und Alexandre ein Tabuthema. Die beiden litten unsäglich darunter, dass sie nun von ihrer Herkunft her eigentlich Feinde sein sollten.

1690 nahmen die Engländer unter dem Kommandeur Sir William Phips erfolgreich Port Royal ein und bald darauf stand die britische Flotte schließlich auch vor Québec.

Nachdem die englischen Schlachtschiffe Québec schussbereit belagert hatten, schickte Phips einen Gesandten zu Frontenac, der von ihm die Kapitulation forderte. Der wutentbrannte Comte konnte gerade noch davon abgehalten werden, den Gesandten vor den Augen der englischen Flotte hängen zu lassen und schrie diesem nur ins Gesicht: »Geh und sage deinem Herrn, dass wir ihm durch die Mündungen unserer Kanonen antworten werden.«

Daraufhin kommandierte Phips einen Teil seiner Flotte ab, den Saint Charles River hinaufzufahren, um Québec vom Nordosten her anzugreifen, während die restlichen Schlachtschiffe begannen, Québec zu bombardieren.

Zu Maddys großem Kummer ließ sich Alexandre nicht davon abhalten, die französischen Streitkräfte in den Wäldern am Saint Charles River zu unterstützen. Er erklärte ihr mit verbittertem Gesicht, dass er sich selbst wie ein Feigling vorkäme, wenn er seinen Landsleuten nicht beistehen würde.

Maddy verstand ihn. Dennoch war sie weiß vor Angst und Sorge, als sie sich mit einem leidenschaftlichen Kuss von ihm verabschiedete.

Erst fünf Tage später sah sie ihn wieder.

Als man ihn tödlich verwundet in ihr Haus trug.

Die französischen Truppen hatten den Angriff der Engländer mit großem Erfolg niedergeschlagen und Phips' Flotte musste zurück nach Boston abziehen. Québec war siegreich aus der Schlacht hervorgegangen, aber unser Haus war nur von Trauer erfüllt.

Man hatte Alexandres Leiche in einen der kleineren Salons getragen und sie hatte verkündet, dass sie eine Weile mit ihm alleine sein wollte und die Tür hinter sich abgeschlossen.

Ich respektierte das. Als sie jedoch nach drei Tagen immer noch nicht wieder herauskam, wurde ich etwas unruhig und klopfte an die Tür.

»Maddy?«, rief ich vorsichtig.

»Geh weg!«, rief sie durch die verschlossene Tür. »Ich sagte doch, dass ich mit ihm alleine sein will!«

Ich blickte unentschlossen auf die Tür. Wir alle trauerten um Alexandre und ich ahnte, wie unendlich groß Maddys Kummer sein musste, trotzdem konnte es nicht gut für sie sein, wenn sie sich so abschottete. Darüber hinaus musste seine Leiche beerdigt werden.

»Maddy!«, rief ich noch mal entschlossener. »Lass mich endlich rein! Du weißt, dass ich die Tür genauso gut auch aufbrechen könnte.«

Ich hörte, wie sie die Tür aufschloss, und öffnete sie vorsichtig. Sie sah mich mit eisigem Blick an. Dann ging sie ans Fenster und starrte leer hinaus.

Zögernd ging ich zu ihr. Ich hatte noch nie erlebt, dass sie eine derartige Kälte ausstrahlte.

»Maddy«, begann ich behutsam, »wahrscheinlich kann sich niemand von uns vorstellen, wie unermesslich dein Kummer sein muss …«.

»Kummer?«, unterbrach sie mich zischend. »Ich empfinde nur Hass für ihn!«

Schockiert sah ich sie an.

»Ich hasse ihn, weil er mich verlassen hat!«, stieß sie hervor. »Ich hätte ihn verwandeln können, aber er wollte es nie! Er hätte noch bei mir sein können, aber er zog es vor, sterblich zu bleiben und nun liegt er dort!«

Sie fing an zu schluchzen und die Tränen quollen aus ihren Augen hervor. Ich zog sie in meine Arme und wiegte sie langsam, stumm mit ihr mitleidend. Maddy war immer die fröhlichere von uns beiden gewesen und sie so unglücklich zu sehen, machte mich abgrundtief traurig.

So, wie ich sie jetzt in meinen Armen wiegte, hatte mich Giles einst in seinen Armen gehalten. Ich hatte ihn durch meine Selbstgerechtigkeit verloren, aber zumindest konnte ich davon ausgehen, dass er noch lebte. Die Vorstellung seines Todes durchzog mich mit einer so eisigen Kälte, dass ich mir annähernd ausmalen konnte, wie es Maddy gerade zumute sein musste.

Nach einer ganzen Weile wurde ihr Schluchzen verhaltener, und als es schließlich ganz verstummte, sprach ich sie leise an.

»Wir werden ihn beerdigen müssen, Maddy.«

Sie blickte mich gequält an. »Ich weiß. Er hat vor einiger Zeit sein Testament gemacht und es mir gezeigt. Er möchte, dass seine …«, sie schloss die Augen, aus denen erneut die Tränen hervorquollen, »… seine sterblichen Überreste verbrannt werden und die Asche auf dem Landgut seiner Familie in Frankreich verstreut wird.« Sie sah mich etwas fester an. »Ich möchte ihm diesen letzten Wunsch auf jeden Fall erfüllen. Wirst du mit mir mitkommen? Du wolltest doch ohnehin gerne nach Europa zurück.«

Ich nahm sie erneut in den Arm. »Aber selbstverständlich komme ich mit, Maddy.«

Am nächsten Tag wurde Alexandres Leiche verbrannt und seine Asche in eine Urne gefüllt, die man Maddy übergab. Das nächste große Segelschiff, das Kurs auf Europa nahm, sollte erst im Frühjahr ablegen. So blieb Maddy und mir genug Zeit, unsere Angelegenheiten in Québec zu erledigen. Sie übertrug Alexandres Geschäfte seinen Kompagnons, zahlte seine Angestellten und die Dienstboten aus und verkaufte das Haus. Wir holten unser Vermögen von der Bank und packten die wenigen Dinge ein, die wir nach Europa mitnehmen wollten.

Zumindest einer war trotz aller Trauer angesichts der bevorstehenden Reise freudig erregt: Jean-Marc konnte es gar nicht fassen, dass er nunmehr die Chance bekommen sollte, das Heimatland seines Vaters kennenzulernen.

Anfang Februar 1691 war es schließlich so weit und wir bestiegen das Schiff Richtung Alte Welt.

ARISTOKRATISCH

Die Seefahrt nach Frankreich war aufgrund einiger Frühjahrsstürme wesentlich unruhiger als meine damalige Reise von Bristol nach Boston. Jean-Marc, dem das starke Schaukeln des Schiffes nicht sehr gut bekam, verbrachte die meiste Zeit unter Deck. Maddy hingegen wollte sich von ihrer Trauer nicht erneut erdrücken lassen und leistete mir daher oft an Deck Gesellschaft, wo wir schweigend den tobenden Elementen der Natur zusahen und uns den kalten Wind um die Nase blasen ließen.

Obwohl ich auch ein wenig Heimweh nach England hatte, war ich sehr neugierig auf Frankreich. Ich hatte ja in Neufrankreich schon einiges von der französischen Lebensart mitbekommen und fand vieles davon sehr unterhaltsam. Auch blickte ich dem Umstand, in das Ursprungsland der Sybarites zu reisen, mit einer Mischung aus Aufregung, Unbehagen und Spannung entgegen. Kurz vor unserer Abreise hatte ich noch einen Brief von Don Francisco de Alvarellos erhalten, in dem dieser mir mitteilte, dass er inzwischen nach Spanien zurückgekehrt sei und sich nunmehr nach Weggefährten im Feldzug gegen die Sybarites umschauen wolle. Obgleich wir nun gerade mal zu dritt waren, erfüllte es mich dennoch mit einer gewissen Zuversicht, in ihm einen Verbündeten für meine Pläne gefunden zu haben.

Nach zwei Monaten lief unser Schiff Le Havre in Frankreich an. Von hier aus war es nur noch eine relativ kurze Reise nach Fontainebleau in der Provinz Gâtinais Français, wo Alexandres Familie ihren Stammsitz hatte.

Alexandres einzige lebende Verwandte, sein Cousin Pierre-Antoine mit seiner Frau Cyrielle und seinen drei erwachsenen Kindern, empfingen uns recht frostig. Sie verwalteten den hochherrschaftlichen Besitz, seit Alexandre nach Neufrankreich gegangen war, und befürchteten, dass sie jetzt eventuell ausziehen müssten, da Maddy als rechtmäßige Erbin Alexandres hier aufgetaucht war. Darüber hinaus waren sie auch nicht gut auf den Umstand zu sprechen, dass wir Engländerinnen waren.

Jean-Marc hingegen bestaunte alles mit großen Augen. Bereits auf der Reise von Le Havre nach Fontainebleau hatte er fast ständig den Kopf aus dem Fenster der Kutsche gestreckt und fasziniert die Unterschiede zwischen der zentralfranzösischen Landschaft und der in Nordamerika festgestellt. Der beginnende Frühling ließ ihm hier alles nur umso lieblicher erscheinen. Überall spross das Grün und die ersten frühen Blumen zeigten ihre zarten Knospen. Vom prächtigen Anblick des Gutes Fontainebleau war Jean-Marc schließlich so beeindruckt, dass er gar nicht verstand, warum Alexandre einst von hier fortgezogen war. Doch schon bald kamen wir dahinter, dass auch in Fontainebleau nicht alles Gold war, was glänzte.

Nachdem Cyrielle uns missmutig unsere Zimmer gezeigt hatte, richteten wir uns zunächst ein und erkundeten dann die Umgebung. Das Gut Fontainebleau bestand aus einem nahezu palastähnlichen Herrenhaus und riesigen Ländereien, von denen etliche Acres an Lehnsleute verpachtet worden waren. Unweit des malerischen Städtchens Fontainebleau befand sich der gleichnamige Wald, ein ebenso großes wie romantisches Gebiet mit dichtem Eichen- und Kiefern-Bestand sowie zahlreichen, bizarr geformten Sandsteinfelsen. Für Maddys und meinen Speiseplan hielt das Waldgebiet von Fontainebleau eine reichhaltige Palette an Hirschen, Rehen, Füchsen und Wildschweinen nebst etlichem Kleinwild parat.

Einer der Sandsteinfelsen wurde von den Bewohnern der Region »L'Éléphant« genannt, weil er genau die Form eines stehenden Elefanten hatte. Diesen Felsen hatte Alexandre in seinem Testament als den Ort angegeben, an dem seine Asche verstreut werden sollte, weil er in seiner Jugend so gerne durch diesen Wald gewandert war.

Also suchten Maddy, Jean-Marc und ich diesen Ort in der Dämmerung mit Alexandres Urne auf und verstreuten dort feierlich seine Asche. Jean-Marc sprach auf Maddys Bitte hin ein französisches Gebet und dann nahmen wir alle still und endgültig Abschied von Alexandre.

Am nächsten Morgen bat Maddy mich, sie zu der geschäftlichen Unterredung zu begleiten, zu der Pierre-Antoine sie gebeten hatte, und ich willigte ein. Pierre-Antoine sah einigermaßen verdrießlich drein, als ich mit Maddy das Arbeitszimmer betrat, nickte dann aber mürrisch, als ich erklärte, lediglich als stille Beobachterin mitgekommen zu sein.

Maddy ging mit ihm alle Geschäftspapiere sowie Alexandres Testament durch. Pierre-Antoines Gesichtsausdruck erhellte sich, als Maddy ihm klarmachte, dass sie beabsichtigte, ihn auch weiterhin als Verwalter des Gutes und aller dazugehörigen Ländereien zu beschäftigen. Er verdüsterte sich allerdings wieder, als sie hinzufügte, dass sie dies nur unter der Voraussetzung tun würde, dass er die Geschäfte auch in Alexandres Sinn führte, wovon sie sich in den nächsten Tagen bei den Pächtern selbst einen Eindruck verschaffen wollte.

Pierre-Antoine beharrte, dass dies überflüssig wäre, da es immer Lehnsmänner gab, die an ihm etwas auszusetzen hätten, aber Maddy ließ sich nicht von ihrem Vorhaben abbringen.

Und so kam es, dass wir am Nachmittag zunächst ins Städtchen Fontainebleau gingen, um einen Hauslehrer für Jean-Marc zu engagieren und anschließend mit unseren Besuchen bei den Pächtern begannen.

Es stellte sich heraus, dass Pierre-Antoine geringfügig untertrieben hatte. Es waren nicht nur ein paar der Lehnsleute, die etwas an seiner Geschäftspolitik auszusetzen hatten, es waren nahezu alle. Fast immer mussten wir feststellen, dass Alexandres Cousin viel zu hohe Abgaben von seinen Pächtern verlangte und auch unablässig Dienste von ihnen und ihren Familien forderte, die regelrecht an Sklaverei grenzten.

»Jacques hat dem Herrn so viel beim Pflügen helfen müssen, dass er kaum dazu gekommen ist, unsere eigenen Felder zu bestellen«, berichtete uns eine Pächtersfrau schüchtern. »Zudem hatte er sich bei der Arbeit schwer verletzt, aber der Herr hat ihn nur ausgeschimpft.«

Maddy war mehr als erbost über diese Zustände und die nächste Unterredung, die sie zwei Abende später mit Pierre-Antoine daraufhin abhielt, fand zwar ohne mein Beisein statt, verlief dafür aber so lautstark, dass ich dennoch fast jedes Wort mitbekam. Maddy forderte von ihm, mit sofortiger Wirkung seine Pachtbedingungen zu ändern, da sie ihn und seine Familie andernfalls postwendend vor die Tür setzen würde. Wie sie mir dann anschließend mitteilte, war er wohl eingeschüchtert genug, um tatsächlich eilig alle entsprechenden Verträge zu korrigieren.

Darum zogen wir am nächsten Morgen erneut los, um allen Pächtern diese frohe Kunde mitzuteilen, auch jenen in den etwas entfernteren Ländereien, die wir bislang noch nicht aufgesucht hatten. Dabei stießen wir zu unserer Verwunderung auf ein kleines Grundstück, auf dem ein verfallenes Herrenhaus stand. Es bestand kein Zweifel, dass wir uns nach wie vor auf Fontainebleaus Besitz befanden, doch ähnelte dieses Haus trotz seines katastrophalen Zustands nicht im Geringsten den üblichen Bauernhäuschen seiner sonstigen Pächter.

Gespannt betätigten wir den voluminösen Türklopfer und wollten gerade schon wieder gehen, weil wir das Haus für verlassen hielten, da öffnete sich knarrend die Tür. Uns gegenüber stand eine winzige alte Frau in Dienstmädchentracht, deren aschgraue Haarsträhnen wirr aus ihrem

Häubchen hervor lugten. »S'il vous plaît? Sie wünschen bitte?«, fragte sie leise krächzend.

Maddy stellte sich als die Witwe Alexandre de Fontainebleaus und mich als ihre Freundin vor und fragte, wer denn in diesem Haus wohne.

Das Gesicht der alten Frau erhellte sich freudig. »Der junge Monsieur Alexandre!« Dann trübte sich ihr Blick wieder. »Aber Madame sagt, er ist bereits tot? Pauvre Alexandre! Das wird den Marquis sehr betrüben.«

Maddy und ich wechselten einen Blick. Die Alte schien schon ein wenig verwirrt.

Doch dann begann sie wieder zu sprechen. »Aber wo habe ich nur meine Manieren? Kommen Sie doch bitte herein, Mesdames! Ich werde dem Marquis melden, dass Besuch für ihn da ist.«

Sie führte uns in einen Salon, der einst sehr elegant und farbenfroh eingerichtet gewesen sein muss. Inzwischen konnte man die Farben jedoch nur noch erahnen, da sämtliche Möbel, Vorhänge und Gegenstände von einer fast fingerdicken grauen Staubschicht bedeckt waren. Maddy und ich wagten nicht, uns irgendwo hinzusetzen, also schauten wir uns nur an und fragten uns, wo wir da hineingeraten waren.

Schließlich betrat das greise Dienstmädchen erneut den Raum, gefolgt von einem womöglich noch älteren Mann mit zerfurchtem Gesicht und schlohweißem Haar, das er sorgfältig nach hinten gekämmt hatte. Er ging an einem eleganten Stock mit Elfenbeingriff und trug ein Wams und Beinkleider, welche wohl im vorigen Jahrhundert modern gewesen waren, allem Anschein nach jedoch noch von irgendjemandem liebevoll in Schuss gehalten wurden.

Das Dienstmädchen machte einen kleinen Knicks. »Wenn ich vorstellen darf: der Marquis de Larchant!« Der Marquis schloss sich ihr mit einer für sein Alter erstaunlich graziösen Verbeugung an.

Dann kam er lächelnd auf uns zu. »Aber bitte, Mesdames, nehmen Sie doch Platz!«

Abwartend blieb er vor uns stehen.

Maddy und ich blickten skeptisch auf die staubbedeckte Sitzbank und setzten uns dann vorsichtig auf die äußerste Kante.

Daraufhin nahm er schwungvoll auf dem gegenüberstehenden Sessel Platz und verschwand kurzfristig in einer Staubwolke. Als er daraus hervortauchte, lächelte er uns freundlich an. »Arlette sagte mir, dass Ihr die Witwe des jungen Alexandre de Fontainebleau seid?«, fragte er.

Maddy setzte gerade an, ihm zu antworten, da schien ihm etwas einzufallen und er drehte sich um und brüllte: »Arlette!«

Entschuldigend wandte er sich uns wieder zu. »Excusez-moi, Mesdames, aber sie ist ein bisschen schwerhörig.«

Das Dienstmädchen erschien etwas missmutig wieder im Salon und blickte den Marquis fragend an. »Arlette, bereite uns doch bitte einen Tee zu«, bat Larchant und Arlette schlurfte neuerlich davon.

»Ihr Engländerinnen trinkt ja schließlich lieber Tee, n'est-ce pas?«, fragte er uns augenzwinkernd.

»Woher wisst Ihr, dass wir aus England stammen?«, fragte Maddy schmunzelnd.

Nun sah der Marquis fast schon empört aus. »Madame, ich bin zwar alt, aber nicht blind! Darum ist es mir auch nicht verborgen geblieben, dass mein junger Freund Alexandre in der Neuen Welt in Ihnen offenbar eine ganz außergewöhnlich attraktive Gattin gefunden hat. Allerdings steht Ihnen auch Ihre Freundin an Charme und Liebreiz in nichts nach.« Er bedachte mich mit einem bewundernden Blick, der davon zeugte, dass er trotz seines hohen Alters noch Talent zum Flirten besaß. Dann jedoch wich sein Lächeln einem traurigen Ausdruck. »Arlette sagte mir aber auch, dass Alexandre bereits tot ist. Wie ist das passiert?«

Maddy berichtete ihm von der Schlacht um Québec und wie Alexandre im Kampf den Tod fand.

Der Marquis lauschte ihr betrübt und seine Augen bekamen einen glasigen Schimmer. »Aber er war doch noch so jung«, murmelte er leise.

Für einen Greis wie ihn war wohl selbst ein mittlerweile 54-jähriger Mann noch jugendlich.

Schließlich riss sich Larchant zusammen und ergriff wieder das Wort. »Aber Madame, nun verratet mir doch, was Euch hierher führt? Ich nehme an, Ihr seid in Fontainebleau, um das Erbe Eures Gatten in Anspruch zu nehmen?«

»Nur bedingt«, antwortet Maddy zögernd, »ich beabsichtige eigentlich, Pierre-Antoine de Fontainebleau auch weiterhin die Verwaltung des Besitzes zu überlassen.«

Das Gesicht des Marquis verfinsterte sich.

»Allerdings wird es einige Änderungen geben«, fügte Maddy hinzu. »Ich habe veranlasst, dass der Pachtzins zugunsten der Pächter geändert wurde, und werde in nächster Zeit darauf achten, dass Cousin Pierre-Antoine sich auch an meine Auflagen hält und die Geschäfte im Sinne Alexandres führt. Darum besuchen wir momentan alle Pächter, um sie davon zu unterrichten. Und so sind wir auf Euer Grundstück gestoßen. Es befindet sich innerhalb der Grenzen Fontainebleaus, aber ich kann mir kaum vorstellen, dass Ihr auch ein Pächter seid?« Maddy sah den Marquis, dessen Gesicht sich bei der Nachricht von den veränderten Pachtbedingungen wieder erhellt hatte, nun fragend an.

Dieser lehnte sich genüsslich lächelnd zurück, was erneut eine kleine Staubexplosion verursachte. »Dies ist eine etwas längere Geschichte, Ma Chère, aber ich werde sie Euch mit Vergnügen erzählen.«

Der Marquis berichtete, dass sich das kleine Stück Land, auf dem wir uns aufhielten, tatsächlich so etwas wie eine »Insel« innerhalb der Ländereien Fontainebleaus darstellte und sich seit geraumer Zeit im Besitz der Familie Larchant befand. Ursprünglich war das Land der Larchants wesentlich größer gewesen und grenzte direkt an das der

Fontainebleaus. Beide Familien hatten immer in einträchtiger Nachbarschaft gelebt. »Schon Alexandres Urgroßvater war mit meinem Großvater befreundet«, erklärte der Marquis die Generationen währende Freundschaft der Familien.

Er selbst, der Marquis, sei jedoch immer das schwarze Schaf seiner Familie gewesen, von jeher mehr an den Frauen und an dem Glücksspiel als an dem Erhalt seiner Ländereien interessiert. Und so kam es, dass er nach dem Tod seiner Eltern nahezu seinen ganzen Besitz verspielt hatte. Daraufhin hatte Alexandres Vater das Land aufgekauft und dem Marquis auf dem kleinen Grundstück ein lebenslanges Besitz- und Wohnrecht für ihn und seine Nachkommen zugesichert, sofern er sich daran hielt, dem Glücksspiel abzuschwören und eine Familie zu gründen.

»Alexandres Vater tat dies aufgrund der langjährigen Freundschaft unserer Familien«, erzählte Larchant gerührt, »und ich erkannte, dass dies meine letzte Chance war, ein anständiges Leben zu führen. Es fiel mir gar nicht schwer, mit dem Spielen aufzuhören und bald darauf traf ich auch auf eine junge Frau, die mir das unfassbare Glück zuteilwerden ließ, meine Gemahlin werden zu wollen. Wir heirateten und ich konnte mein Glück gar nicht fassen, dass dieses bezaubernde Geschöpf tatsächlich mir lasterhaftem Kerl ihre Gunst schenken wollte. Leider wurde sie bald darauf krank und starb, noch ehe sie mir einen Erben schenken konnte. Ich habe nie wieder geheiratet. Sie war meine große Liebe gewesen, wie hätte ich mich da nach ihr einer anderen zuwenden können?«

Maddy und ich nickten verständnisvoll.

»Deshalb habe ich also keine Nachkommen«, fuhr der Marquis fort, »und so wird nach meinem Tod mein Titel verfallen und dieses Grundstück in den Besitz Fontainebleaus übergehen. Meine Existenz ist Pierre-Antoine schon lange ein Dorn im Auge, daher kann er mein baldiges Ableben gar nicht abwarten.«

Maddy schnaubte nur empört. »Pierre-Antoine nimmt sich eindeutig zu viel heraus!«

Der Marquis lächelte nur leise und bald darauf verabschiedeten wir uns von ihm mit dem Versprechen, ihn beizeiten wieder zu besuchen.

Wir blieben noch ein paar weitere Monate in Fontainebleau, da Maddy Pierre-Antoine noch eine Zeitlang bei seinen Obliegenheiten auf die Finger schauen wollte. Da Alexandre sie in seinem Testament gebeten hatte, dafür zu sorgen, dass die Geschäfte in Fontainebleau in seinem Sinne geführt wurden, betrachtete sie dies als notwendige Maßnahme, ihm seinen letzten Willen zu erfüllen.

Ich nutzte die Zeit, die umliegende Landschaft zu erkunden, deren urwüchsige Schönheit mich immer wieder erfreute, und Jean-Marcs Hauslehrer bei dessen Unterricht zu unterstützen. Schon in Neufrankreich hatte ich festgestellt, dass Jean-Marc annähernd genauso lerneifrig war, wie ich seinerzeit, und aufgrund seiner schnellen Auffassungsgabe rasante Fortschritte machte. Inzwischen beherrschte er bereits die höhere Mathematik, sprach fast fließend Englisch und zeigte sich auch in den Fächern Geschichte und Geographie recht wissbegierig. Die Werke in der umfassenden Bibliothek auf Gut Fontainebleau verschlang er geradezu.

Ich besuchte auch immer wieder den Marquis de Larchant. Tat ich es anfänglich aus einem gewissen Mitgefühl heraus, so genoss ich doch schon bald diese Besuche, da der Marquis ein amüsanter Gesellschafter war. Weil er jedoch mindestens ebenso gut zuhören wie erzählen konnte, musste ich höllisch aufpassen, ihm nicht allzu viel von meinem inzwischen schon recht lange währendem Leben zu berichten.

Eines Tages erwartete mich Larchant in seinem Salon in feierlicher Stimmung. Ein wenig erstaunt registrierte ich, dass der Raum fast vollständig von seinem Staub befreit war, so dass man ahnen konnte, in welchem Glanz er einst wohl erstrahlt war. Auch der Marquis selbst hatte sich mit seiner Garderobe ganz offensichtlich mehr Mühe denn je gegeben und lächelte mich erwartungsvoll an, als ich eintrat.

»Schön, dass Ihr da seid, Ma Chère! Setzt Euch doch! Ich habe Euch einen Vorschlag zu unterbreiten.«

Ich setzte mich mit einem fragenden Lächeln und der Marquis kam direkt zur Sache. »Sowohl Ihr als auch Eure liebe Freundin Madeleine habt mich nun schon so oft mit Euren Besuchen beehrt. Und ich kam bei den Gesprächen, die wir führten, nicht umhin, zu bemerken, dass unser guter Pierre-Antoine de Fontainebleau Euer Herz allem Anschein nach mit ebenso wenig Sympathie erfüllt wie meines.«

Ich nickte schmunzelnd und fragte mich, worauf er hinaus wollte.

»Darum habe ich mir überlegt, ob Ihr eventuell Freude daran finden könntet, ihm gemeinsam mit mir ein kleines Schnippchen zu schlagen, indem Ihr Euch von mir adoptieren lasst?«

Nun war ich doch einigermaßen verblüfft und bemühte mich, meinen Unterkiefer nicht herunterklappen zu lassen.

Der Marquis sah mir meine Irritation an und beeilte sich daher, seinen Plan etwas ausführlicher zu erklären. »Ma Chère, Ihr wisst, dass ich keine Nachkommen habe und dass Gut Larchant nach meinem Tod in den Besitz von Fontainebleau übergehen wird. Wenn Ihr Euch dazu durchringen könntet, meine offizielle Nachfahrin und Erbin zu werden, könnte dies verhindert werden. Ihr würdet Gut Larchant erben, welches zwar nicht sonderlich wertvoll aber immerhin frei von Schulden ist, und Ihr würdet den Titel der Marquise de Larchant erhalten. Und ganz nebenbei würde es Pierre-Antoine maßlos ärgern«, fügte er mit einem betont harmlosen Lächeln hinzu.

Ich lachte laut auf. »Monsieur, dies ist ein überaus großherziges und verlockendes Angebot, aber ich möchte doch hoffen, dass Euch noch ein recht langes Leben vergönnt ist.«

Er machte eine unwirsche Handbewegung. »Ach, Papperlapapp! Ihr wisst ebenso gut wie ich, dass meine Tage gezählt sind. Immerhin bin ich bereits 87 Jahre alt. Aber ich habe das unbestimmte Gefühl, dass Ihr und Eure teure Freundin Madeleine noch ziemlich viel Zeit vor Euch habt, vielleicht sogar unendlich viel Zeit …«

Ich kniff die Augen zusammen und sah ihn prüfend an. »Was wisst Ihr über uns?«, fragte ich ihn ruhig.

»Nichts«, antwortete er gelassen. »Ich habe nur ein scharfes Auge und ein gutes Gespür für Stimmungen. Und das sagt mir, dass Ihr beide etwas Besonderes seid. Letztendlich spielt das aber auch überhaupt keine Rolle. Ihr seid mir als Mensch und Freundin wertvoll geworden und deswegen würde es mich freuen, wenn Ihr meinen Vorschlag in Betracht ziehen würdet.«

Ich sah ihn eine Weile nachdenklich an und kam schließlich zu dem Schluss, dass er es zweifelsohne ernst meinte.

»Monsieur, ich werde mir Euer Angebot überlegen«, sagte ich dann. »Bitte habt aber auch Verständnis, dass ich zunächst mit Madeleine darüber beraten möchte. Immerhin betrifft es auch ihren Besitz.«

»Selbstverständlich, Ma Chère, ich hätte auch nichts anderes von Euch erwartet.«

Damit war die Angelegenheit für das Erste geklärt und wir plauderten genüsslich über den neuesten Klatsch aus der Stadt, bis ich mich schließlich von ihm verabschiedete.

Am Abend erzählte ich auf meinem Zimmer Maddy von dem Vorschlag des Marquis. Als ich geendet hatte, klatschte sie vergnügt in die Hände. »Na, das wäre doch lustig! Dann würden wir beide den Titel einer Marquise führen.«

»Es macht dir nichts aus?«, fragte ich vorsichtig. »Immerhin würde ja normalerweise Larchants Grundstück nach seinem Tode wieder in deinen Besitz übergehen.«

»Warum sollte es mir etwas ausmachen?«, erwiderte Maddy verwundert. »Du weißt, dass mein Besitz wahrlich groß genug ist. Und wenn ein kleiner Teil davon meiner besten Freundin gehören würde, wäre mir das nur recht. Außerdem wird Pierre-Antoine toben, wenn er es erfährt!« Sie kicherte vergnügt.

Es war das erste Mal seit Alexandres Tod, dass ich sie wieder lachen sah. Wenn es Maddy also Vergnügen bereitete, wenn ich eine Marquise und überdies ihre Nachbarin wurde, dann würde ich mich von Herzen gern adoptieren lassen.

Und so besuchten wir ein paar Tage später erneut den Marquis, um ihm meinen Entschluss mitzuteilen. Larchant ließ daraufhin sofort nach seinem Notar schicken, der die notwendigen Papiere schon vorbereitet hatte. Wir unterschrieben beide und nun war ich offiziell Gemma Winwood-Gendille de Larchant, die Tochter von Honoré Gendille, dem fünften Marquis de Larchant.

Er bestand darauf, dass ich ihn von nun an mit Honoré ansprach, da die Anrede »Papa« ja doch ein wenig absurd wäre. Zur Feier des Tages stieß er mit uns mit einem Gläschen seines besten Portweins an, der von Arlette mühselig aus dem Keller hochgeschleppt und von Maddy und mir mit Todesverachtung runtergekippt wurde.

Honoré schien ernsthaft erfreut darüber, doch noch eine Nachfahrin bekommen zu haben, wobei der Umstand, Pierre-Antoine de Fontainebleau eins auszuwischen, anscheinend nur eine untergeordnete Rolle spielte. Letztendlich machte es ihn wohl vor allem glücklich, dass sein Familienname nun doch seinen Tod überdauern würde.

Wie nicht anders erwartet, tobte Pierre-Antoine, als erfuhr, dass Gut Larchant nach dem Tod des Marquis in meinen Besitz übergehen sollte. Als er sich mit zornesrotem Gesicht aufplustern wollte, schnitt Maddy ihm das Wort ab und erklärte ihm, dass Fontainebleau immer noch ihr gehöre und sie mit diesem Arrangement mehr als zufrieden sei.

Drei Wochen später erhielten wir die Kunde, dass der Marquis de Larchant mit einer schlimmen Lungenentzündung darniederlag. Ich suchte ihn sofort auf.

So blass und schwach, wie er in seinem riesigen schweren Bett lag, wirkte er fast noch winziger als sonst. Doch seine Augen leuchteten erfreut auf, als er mich das Zimmer betreten sah. »Honoré!«, schalt ich ihn leise. »Ihr hattet mir doch versprochen, ein bisschen besser auf Euch achtzugeben.«

Er lächelte mich erschöpft, aber mit einem verschmitzten Funkeln in seinen Augen an. »Ach, ma chère fille, der Herr wusste schon lange, dass es für mich Zeit war zu gehen. Ich war nur bislang zu stur, um auf ihn zu hören. Aber nun, wo ich eine Tochter wie dich gefunden habe, kann ich ihm ruhigen Gewissens gegenübertreten. Ihr werdet meinen Namen und mein Erbe mit Stolz aufrechterhalten.«

»Wer spricht denn hier von Sterben?«, rügte ich ihn sanft. »Wir werden Euch schon wieder aufpäppeln. Und dann könnt Ihr Euren Namen selbst noch eine ganze Weile aufrechterhalten.«

Er lächelte mich nur nachsichtig an.

Doch er sollte schließlich recht behalten.

Vier Tage später schlummerte er friedlich ein und ich wurde offiziell zur Marquise de Larchant.

Ich organisierte ein ehrenvolles Begräbnis für Honoré und stattete Arlette mit einer großzügigen Rente aus, mittels derer sie zu ihren Verwandten nach Südfrankreich ziehen und dort ihren Lebensabend sorgenfrei verbringen konnte. Dann engagierte ich ein paar Handwerker, die das Herrenhaus von Larchant renovierten, bis es wieder in altem Glanz erstrahlte, und stellte in der Stadt einen zuverlässigen Verwalter ein, der sich in meiner Abwesenheit um Haus und Grundstück kümmern würde.

Im Frühjahr 1692 beschlossen Maddy und ich schließlich, dass es Zeit war, weiterzuziehen. Sie hatte sich hinreichend davon überzeugt, dass Pierre-Antoine die Geschäfte auf Fontainebleau in ihrem und Alexandres Sinne weiterführen und die Pächter nicht mehr ausbeuten würde. Und ich hatte Gut Larchant auch in einem zufriedenstellenden Zustand hinterlassen und in die Hände des Verwalters übergeben. Jean-Marc war inzwischen ein ansehnlicher junger Mann von fast siebzehn Jahren, dessen Gelehrigkeit sowohl mich als auch seinen Hauslehrer immer wieder überraschte.

Ich hatte einstweilen auch einige weitere Briefe von Don Francisco erhalten und in dem neuesten teilte er mir mit, dass er tatsächlich einen weiteren Verbündeten gegen die Sybarites namens Don Miguel de Horcajo aufgetan hatte.

Daher entschieden wir, nun nach Paris zu ziehen. Wir wollten Jean-Marc dort zum Studium an die Université Sorbonne schicken, um sein Talent weiter zu fördern, und konnten uns selbst darum kümmern, mehr über die Sybarites herauszufinden. Denn immerhin war in Paris sozusagen die Keimzelle dieser Organisation.

Und so zogen die Marquise de Fontainebleau und die Marquise de Larchant in ein luxuriös ausgestattetes Stadthaus am Place des Victoires in Paris. Da Jean-Marc als legitimer Nachfahre seines Großvaters den Adelstitel Monsieur de Tiphaine übernommen hatte, konnten wir ihm ohne Schwierigkeiten einen Studienplatz an der Sorbonne besorgen. Obwohl ihn die Chance zu studieren begeisterte, sträubte er sich zunächst ein wenig, das Studiengeld von mir anzunehmen, da er durch das Studium weniger Zeit hätte, mir zu Diensten zu sein. Doch ich überzeugte ihn schließlich, indem ich behauptete, dass ich angesichts meines neuen Standes nur einen entsprechend gebildeten Diener akzeptieren könne.

Ich genoss es unendlich, wieder in einer großen eleganten Stadt zu wohnen, auch wenn es nicht mein geliebtes London war. Dafür präsentierte Paris mit all seinen prachtvollen Straßen, Alleen und Plätzen sowie den extravaganten Palästen und Bauten, die der »Sonnenkönig« Louis XIV. und seine Vorgänger errichten ließen, ein regelrecht spektakuläres Stadtbild.

Obendrein stand uns im nahegelegenen Forêt du Rouvre ein riesiges Jagdgebiet zur Verfügung, welches uns sogar eine abwechslungsreichere Speisekarte präsentierte, als der Richmond Park in London.

Durch Paris zu spazieren, war jedes Mal ein Erlebnis, weil es dort so viel zu entdecken gab. Nicht weit von unserem Haus befand sich zum Beispiel das *Quartier des Halles*, der Pariser Großmarkt, auf dem Händler aus dem ganzen Land ihre Waren in großen Markthallen feilboten. Bereits in den frühesten Morgenstunden herrschte hier ein entsprechend geschäftiges Treiben. In der Weinhalle priesen die Winzer aus dem Rhônetal, aus Bordeaux, Burgund und der Champagne ihre erlesenen Tropfen an. Weber und Tuchhändler stellten ihre exquisiten Stoffe aus. Um die Lebensmittel-Hallen, in denen man Getreide, Brot, Käse und Fleisch kaufen konnte, machte ich aufgrund der mir eher unangenehmen Mannigfaltigkeit an Gerüchen lieber einen großen Bogen. Dafür liebte ich die Hallen, die den Blumen-, Obst- und Gemüsemarkt beherbergten. Noch nie zuvor hatte ich eine so faszinierende Vielfalt an Düften, Farben und Formen erlebt. Daher ließ ich es mir auch nicht nehmen, dort fast täglich frische Schnittblumen für unser Haus zu besorgen.

Nur ein paar Straßen weiter südwärts vom *Quartier des Halles* gelangte man an die Seine und die kleine Binneninsel Île de la Cité. Darauf befand sich der aus mehreren Gebäuden bestehende Palais de la Cité, der bis zum 14. Jahrhundert die Residenz der französischen Könige gewesen war, sowie die Kathedrale Notre-Dame de Paris, ein beeindruckendes gotisches Bauwerk, dessen kolossale Silhouette schon von weitem auszumachen war.

Spazierte man an der Seine entlang weiter westlich, so kam man am Palais du Louvre und früheren Stadtschloss Louis XIV., dem Palais des Tuileries sowie dem dazugehörigen Schlosspark Jardin des Tuileries, einer großartigen Gartenanlage im barocken Stil vorbei.

Überhaupt liebte ich es fast genauso, an der Seine entlang spazieren zu gehen, wie ich in London meine Spaziergänge an der Themse genossen hatte. Ein großer Fluss durch eine Stadt verkörperte für mich den Wandel der Zeit auf eine ebenso melancholische wie poetische Weise.

In Paris konnten Maddy und ich auch endlich wieder ein abwechslungsreiches kulturelles Leben genießen. Wir besuchten Ballettaufführungen in der *Académie Royale de Musique*, sahen uns die Theaterstücke von Molière in der *Comédie-Française* an und amüsierten uns königlich bei den Vorführungen der Artisten, Pantomimen und Marionettenspieler auf den Jahrmärkten wie Saint-Germain und Saint-Laurent. Zu vielen dieser Veranstaltungen ließen wir uns von Jean-Marc begleiten, was in der adligen Gesellschaft von Paris zunächst für einiges Aufsehen sorgte, uns aber alsbald einen im Grand Siècle recht populären Ruf als Exzentrikerinnen einbrachte.

Da wir hofften, über die entsprechenden Kontakte zu hohen und extravaganten Adelskreisen wieder etwas über die Sybarites in Erfahrung zu bringen, pflegten wir diesen Ruf auch weiterhin. Zum Beispiel, indem wir uns eine ziemlich ausgefallene Garderobe zulegten. So waren wir beispielsweise die Ersten, die anstelle eines gewöhnlichen Reifrockes einen sogenannten Cul de Paris unter unseren Kleidern trugen. Während der Reifrock das Volumen eines Rockes rundherum vergrößerte, bauschte das Polster des Cul de Paris nur das Hinterteil enorm auf. Als Maddy und ich ihn auf einem Ball in dem prunkvollen Stadtpalast Hôtel Lambert erstmalig trugen, verursachte dies fast einen kleinen Skandal und stand am nächsten Tag im Mercure Galant, der damals stilprägenden Zeitschrift von Paris.

Binnen eines Jahres waren wir in der gehobenen Pariser Gesellschaft derart en vogue, dass das kleine Tischchen in unserer Empfangshalle unter den täglich hereinflatternden Einladungen zu Konzerten, Soiréen und Bällen fast zusammenbrach.

Dies erforderte von uns natürlich einen entsprechend kostspieligen Lebensstil, der von uns unter anderem dadurch finanziert wurde, indem wir Jean-Marc in unserem Namen Geschäfte an der Börse erledigen ließen, wobei er ein außerordentliches Geschick bewies.

Angesichts unserer Beliebtheit blieb es nicht aus, dass Maddy und ich auch bald zahlreiche Verehrer hatten. Zu ihnen zählten unter anderem der Vicomte de Châteaudun, der Comte de Boulogne, der Comte de Saint-Pol, der Marquis de la Garnache und der Marquis de Villarceaux. Sie alle machten uns regelmäßig ihre Aufwartung und ließen unsere Eingangshalle aufgrund all der zugesandten Bouquets beinahe schon wie ein Blumengeschäft aussehen. Maddy und ich unterstellten allerdings kaum einem von ihnen ernsthafte Absichten und lächelten über ihre scherzhaften Flirtversuche und vermeintlichen Rivalitäten untereinander.

So eiferten zum Beispiel der Comte de Saint-Pol und der Marquis de Villarceaux auf dem Ball der Marquise de Montespan mal wieder spielerisch darum, wer von ihnen beiden nun mehr Tänze mit mir bestreiten dürfe, als sich plötzlich ein dritter Edelmann einschaltete, den ich bereits auf mehreren Bällen gesehen hatte, ohne bislang seinen Namen zu erfahren.

Er hatte sein Haar nur schwach mit einer leichten Fliedernote gepudert, trug einen burgunderfarbenen Überrock mit Goldbrokat und diamantbesetzten Knöpfen zu Kniebundhosen aus nachtblauem Samt und näherte sich unserer debattierenden kleinen Gruppe mit den Worten:

»Aber Messieurs! Sich um eine Dame zu streiten, ist zwar sehr ehrenhaft, es aber in ihrem Beisein zu tun, ist äußerst albern!«

Kaum dass er vor uns stand, konnte der ihn umgebende Fliederduft für mich unschwer verbergen, dass es sich bei ihm um einen Vampir handelte. An seinen sich blähenden Nasenflügeln und seinen interessiert aufflackernden Augen merkte ich, dass auch er in mir die Artgenossin erkannt hatte.

Er beugte sich mit einem amüsierten Schmunzeln über meine ihm dargereichte Hand und hauchte einen Handkuss darauf. »Mademoiselle de Larchant, Euer Ruf eilt Euch voraus. Gestattet, dass ich mich selbst vorstelle: Armand Rossignol, Marquis de Momboisse.«

Dann wandte er sich wieder Saint-Pol und Villarceaux zu. »Die Messieurs werden einsehen, dass ich Mademoiselle de Larchant unmöglich weiterhin Ihrem unleidlichen Geplänkel aussetzen kann und sie daher selbst zur Tanzfläche führen werde.«

Und so führte er mich zu dem nun einsetzenden Menuett auf die Tanzfläche, indes Saint-Pol und Villarceaux uns verdattert hinterher starrten.

Momboisse musterte mich höchst interessiert, während wir den Schritten des Menuetts folgten. »Wie gefällt Euch der Ball, Monsieur?«, fragte ich mit einem koketten Augenaufschlag.

»Ach, er ist ganz nett«, antwortete er blasiert, »Françoise hat sich an Dekoration und Flair mal wieder selbst übertroffen.« Françoise-Athénaïs de Rochechouart de Mortemart, Marquise de Montespan, war eine der Mätressen des Königs und bekannt dafür, die pompösesten Bälle in ganz Paris zu veranstalten.

»Doch Tanzvergnügen dieser Art langweilen mich«, fuhr Momboisse mit einem Glitzern in den Augen fort. »Ich besuche sie nur, um meinen gesellschaftlichen Verpflichtungen nachzukommen. Lasst uns viel lieber von Euch sprechen.«

»Oh, ich bin doch nur ein bescheidenes Mädchen vom Lande, Monsieur!«, erwiderte ich kichernd.

Momboisse lachte kurz auf. »Bezaubernd, wie schamlos Ihr lügen könnt! Ich habe schon desöfteren mit großem Vergnügen im Mercure Galant von den kapriziösen Eskapaden der Marquise de Larchant und ihrer Freundin, der Marquise de Fontainebleau, gelesen. Und dass Ihr Euch nun auch noch als Artgenossin offenbart, vergrößert mein Entzücken umso mehr! Ist Eure Freundin heute Abend auch hier?«

Da ich wusste, dass er Maddy ohnehin schnell aufspüren konnte, wies ich zum anderen Ende des Ballsaals, wo Maddy in heitere Plaudereien mit einer Schar Verehrer vertieft war.

Momboisse sah interessiert in die Richtung, in die ich gezeigt hatte. »Ich nehme an, sie ist auch eine Artgenossin?«, fragte er beiläufig.

»Ja, Monsieur«, antwortete ich lächelnd, da er es sowieso herausfinden würde.

»Und was verschlägt zwei so charmante junge Damen in unsere sündige Hauptstadt?«, wollte er leichthin wissen.

Ich ahnte schon, dass er auf etwas Bestimmtes hinaus wollte, daher schenkte ich ihm ein strahlendes Lächeln und antwortete auf die Art und Weise, die ich nach unserer Ankunft in Paris mit Maddy besprochen hatte: »Das Vergnügen natürlich, Monsieur! Denn wer könnte der Sünde widerstehen, wenn sie sich in so einer verlockenden Vielfalt an Versuchungen präsentiert?«

Momboisse zeigte mir ebenfalls ein breites Lächeln, welches seine Augen jedoch nicht erreichte. »Sagt an, Mademoiselle, wie lange seid Ihr und Madame de Fontainebleau eigentlich schon Artgenossinnen von uns und wie kam es dazu?«

Nun kam er also zur Sache. »Oh, knapp ein Jahr Monsieur«, log ich. »Wir lebten damals noch in Fontainebleau, als ein vorbeireisender Unbekannter uns beide in seinen Bann schlug. Wir hatten beide ja noch nichts von der Welt gesehen, wie konnten wir da seinem Charme widerstehen? Als er uns dann die betörenden Möglichkeiten der Unsterblichkeit eröffnete, war es um uns beide geschehen. Ihr seht ein, dass von da an Fontainebleau ein wenig zu klein für uns war. Und so zogen wir nach Paris.«

Momboisse sah mich stirnrunzelnd an. »Und dieser Reisende hat Euch nie seinen Namen verraten?«

»Nein, nie«, antwortete ich. »Das machte ihn ja so geheimnisvoll.« Dann kicherte ich naiv. Es konnte nicht schaden, wenn Momboisse mich für ein wenig einfältig hielt.

Und wie erwartet brachte er nunmehr endlich zur Sprache, was ich, sobald ich ihn sah, vermutet hatte: »Wenn Ihr und Madame de Fontainebleau also noch gar nicht allzu lange das Vergnügen unserer Artgenossenschaft teilt, habt Ihr da eigentlich schon einmal etwas von den *Sybarites de Sang* gehört?«

Ich sah ihn ahnungslos an. »Den ... wie? Ich fürchte nicht.« Dann klopfte ich ihm schelmisch mit meinem Fächer auf den Arm und begann wieder zu kichern. »Monsieur, das ist doch bestimmt sicher etwas ganz Verdorbenes!«

Da das Menuett zu Ende war, beugte er sich formvollendet zu einem Handkuss über meine Hand und sah mich mit durchdringendem Blick an. »Mademoiselle, es wird Eure kühnsten Erwartungen übertreffen.«

Er führte mich an meinen Platz zurück und verabschiedete sich mit dem Versprechen, Maddy und mich demnächst aufzusuchen und uns mehr über die *Sybarites de Sang* zu verraten.

Nachdem er in der Menge verschwunden war, sah ich mich suchend nach Maddy um. Sie hatte mich offenbar die ganze Zeit unauffällig beobachtet und machte sich daher, als sie meinen Blick auffing, von ihren Verehrern los und schlenderte zu mir herüber.

Wir setzten uns auf eine Ottomane nahe der Musikkapelle und gaben vor, die Tanzenden zu beobachten, während wir uns für die anderen unhörbar unterhielten.

»Es war einer von ihnen, nicht wahr?«, eröffnete Maddy das Gespräch.

»Ja«, antwortete ich ruhig. Wir beide hatten damit gerechnet, dass es nur eine Frage der Zeit sein würde, bis wir in Paris auf Sybarites stoßen und diese mit uns Kontakt aufnehmen würden.

»Was hast du ihm erzählt?«, fragte Maddy.

»Das, was wir abgesprochen haben«, entgegnete ich.

Maddy lächelte zufrieden. »Er hält uns also für unbedarfte Frischlinge?«

»Allem Anschein nach. Er wird uns dann wohl in den nächsten Tagen besuchen und uns auffordern, uns ihnen anzuschließen.«

Sie sah mich ernst an. »Bist du bereit, dich darauf einzulassen?«

Ich nickte grimmig. »Uns wird nichts anderes übrigbleiben, als uns zu Schein mit ihnen einzulassen. Wir brauchen mehr Informationen, wenn wir etwas gegen sie unternehmen wollen. Und die erhalten wir nur, wenn wir uns ihnen anschließen.«

Inzwischen war uns beiden die Lust an dem Ball vergangen und so verabschiedeten wir uns von unseren Begleitern und fuhren nach Hause.

Die nächsten zwei Wochen verliefen recht ruhig, und noch ehe der Marquis de Momboisse uns mit seinem Besuch beehrte, stellte sich bei uns am Place des Victoires ein anderer und bisher unerwarteter Gast ein. Ich war gerade dabei, im Grünen Salon ein Blumenbouquet neu zu arrangieren und Maddy war auf ihrer Lieblings-Chaiselongue in ein Buch vertieft, als Jean-Marc eintrat und uns einen Besucher meldete, der mit einem Begleiter unten in der Eingangshalle wartete: Don Francisco de Alvarellos.

Maddy sah mich nervös an. »Hast du ihm inzwischen geschrieben, dass wir keine Edel-*Männer* sind?«

Zerknirscht schüttelte ich den Kopf. »Ich habe ihm nur mitgeteilt, dass er Gerald Galveston unter dieser Adresse erreicht, damit wir uns nicht aus den Augen verlieren.«

»Na, schön«, Maddy stand entschlossen auf und legte ihr Buch beiseite. »Dann müssen wir da jetzt halt durch.«

»Nein. Bitte warte nebenan und lass mich erst alleine mit ihm sprechen«, bat ich sie, »schließlich bin ich es, die ihn sozusagen ›rekrutiert‹ hat.«

»Gut«, willigte Maddy zögernd ein, »aber ich bin in Hörweite, also ruf, wenn du mich brauchst!«

Sie verschwand im Nachbarsalon und ich wandte mich an den wartenden Jean-Marc. »Hat der Begleiter von Don Francisco seinen Namen auch genannt?«

»Er sagte, sein Name sei Don Miguel de Horcajo.«

Ich atmete tief durch. Der zweite Mitstreiter. Ich würde meine Worte mit Bedacht wählen müssen, um die beiden nicht zu vergraulen. »Gut. Schick die beiden bitte herauf!«, bat ich Jean-Marc. Dann stellte ich mich ans Fenster und sah nachdenklich heraus.

Kurz darauf hörte ich, wie die Tür geöffnet wurde, und vernahm die sonore Stimme Don Franciscos. »Ähm, Verzeihung, Mademoiselle, wir wollten eigentlich zu Monsieur Galveston. Ist er Euer Hausgast?«

Ich drehte mich langsam um und erblickte Don Francisco, der mich zunächst irritiert, dann verblüfft und schließlich zornig ansah.

»Aber das ist doch …! Ihr seid es selbst! Was soll diese Charade? Ihr habt mich arglistig getäuscht!«, fuhr er mich an.

Einen kurzen Moment betrachtete ich ihn abgelenkt. Ich hatte vergessen, wie groß und breitschultrig er war. Entgegen der aktuellen Mode trug er sein fast schwarzes Haar zu einem nachlässigen Zopf gebunden, von dem ihm eine verwegene kleine Strähne in die Stirn fiel. Seine Garderobe zeugte von einer unaufdringlichen Eleganz, war aber zweifelsohne von einem sehr begabten Schneider angefertigt worden. Seine Gesichtszüge waren kantig und markant und wirkten angesichts seines derzeitigen Zornes fast ein wenig einschüchternd.

»Ihr irrt Euch, Don Francisco«, antwortete ich schließlich gefasst. »Es stand nie in meiner Absicht, Euch zu täuschen. Jedoch werdet Ihr einsehen, dass ich seinerzeit in den Kolonien jene Reise wohl kaum als Frau hätte unternehmen können. Und hättet Ihr Euch mein Anliegen überhaupt angehört, wenn damals eine Dame vor Euch gestanden hätte?«

»Wohl kaum!«, entgegnete er geringschätzig. »Was versteht eine Frau schon vom Kampf? Selbst wenn sie einen Gefährten gefunden hat, der sie in ihren absurden Plänen unterstützt. Oder war dieser Freund, von dem Ihr mir damals erzähltet, auch nur erfunden?«

Ich spürte, wie seine Arroganz mich langsam verärgerte. »Nein, war ›er‹ nicht!«, antwortete ich leise. »Maddy! Kommst du bitte herein?«, rief ich dann.

Maddy kam in den Salon und stellte sich schweigend neben mich. Es stand außer Frage, dass sie jedes Wort des bisherigen Gespräches mitbekommen hatte.

Don Francisco schnaubte verächtlich aus. »Noch ein Weib! Das hätte ich mir ja denken können! Was wollen denn bitteschön zwei Frauen alleine gegen die Sybarites ausrichten?«

»Bis heute hatte ich eigentlich angenommen, wir wären gar nicht alleine«, erwiderte ich trügerisch ruhig. »Aber wenn Ihr Euch allen Ernstes getäuscht fühlt, werde ich Euch gerne von Eurem Versprechen, Euch uns anzuschließen, entbinden. Möglicherweise habt Ihr aber auch einfach nur Angst?«

Don Francisco sah mich verblüfft an. »Wovor sollte ich Angst haben?«

»Nun, zum Beispiel davor, dass sich eine Frau tatsächlich des Kampfes fähig erweisen könnte. Das könnte Euer ganzes Weltbild über den Haufen werfen«, entgegnete ich sarkastisch.

»Macht Euch nicht lächerlich!«, antwortete er. »Wollt Ihr Euch etwa mit mir messen?«

Ich lächelte ihn herausfordernd an. »Ein interessanter Vorschlag, Don Francisco. Was haltet Ihr davon, wenn wir uns im Morgengrauen im Bois de Vincennes auf ein kleines Kämpfchen treffen? Falls Ihr siegt, seid Ihr Eurer Versprechen entbunden und könnt Eures Weges ziehen. Siege hingegen ich, unterstützt Ihr uns gegen die Sybarites.«

»Ich kämpfe nicht gegen Frauen!«, blaffte er. »So etwas ist unehrenhaft! Und damit, Mademoiselle, ist diese Unterredung für mich beendet!« Mit diesen Worten drehte er sich um und verließ, Don Miguel in seinem Schlepptau, den Raum.

Entrüstet ließ ich mich auf ein nahestehendes Kanapee sinken und rang nach Worten. »Dieser … dieser aufgeblasene Wichtigtuer!«

Maddy sah nachdenklich auf die Tür, hinter der die beiden verschwunden waren. »Aber dieser Don Miguel sah nicht unattraktiv aus, fandest du nicht?«

Ich starrte sie nur ungläubig an.

»Naja«, fügte Maddy verlegen hinzu, »er war so groß und schlank und schweigsam. Eine ganz interessante Erscheinung …«

»Vor allem schweigsam!«, entgegnete ich mürrisch. »Wahrscheinlich frisst er Don Francisco aus der Hand.«

»Das glaube ich nicht«, überlegte Maddy. »Er wirkte eigentlich recht selbstbewusst.«

»Keine Ahnung!«, antwortete ich genervt. »Ich habe ihn kaum wahrgenommen. Zumindest können wir auf die beiden nun wohl verzichten.«

Allerdings stellte sich am nächsten Tag heraus, dass ich mich geirrt hatte, denn Don Francisco und Don Miguel statteten uns erneut einen Besuch ab. Diesmal erwarteten Maddy und ich die beiden gemeinsam im Blauen Salon.

»Nun, Don Francisco«, fragte ich kühl, »was verschafft uns so rasch erneut die fragwürdige Ehre Eures Besuches?«

Ich sah, wie sich eine schwache Zornesfalte auf seiner Stirn zu bilden begann, registrierte dann aber mit Erstaunen, wie diese sich wieder glättete, als Don Miguel ihm beruhigend eine Hand auf den Arm legte. Meinen leichten Affront ignorierend, kam er gleich zur Sache: »Don Miguel hat mich überredet, hinsichtlich Eurer Pläne noch einmal das Gespräch mit Euch zu suchen.«

Nun war ich ernsthaft überrascht und nahm Don Miguel erstmalig näher in Augenschein. Er war tatsächlich eine recht stattliche Erscheinung, obgleich er nicht ganz so groß war wie Don Francisco. Dafür strahlte er im Gegensatz zu diesem eine anmutige Ruhe aus, die mich ahnen ließ, was Maddy auf ihn aufmerksam gemacht hat.

Ich wandte mich wieder Don Francisco zu, der nun fortfuhr. »Don Miguel hat mir zu bedenken gegeben, dass der Umstand, dass wir schließlich alle Vampire sind, dem Umstand der natürlichen Unterlegenheit der Frau gegenüber dem Mann bei weitem überwiegt.« Ich zog hörbar verärgert den Atem ein, da mir Don Franciscos Einstellung immer noch reichlich missfiel, und er sah mich fragend an. Jetzt legte Maddy ihrerseits mir beruhigend die Hand auf den Arm und bedeutete mir so, Don Francisco erst einmal ausreden zu lassen.

»Aus diesem Grund«, nahm Don Francisco den Faden wieder auf, »sind wir gekommen, um Euch auch weiterhin unserer Unterstützung zu versichern und mit Euch konkrete Maßnahmen zu besprechen.« Der letzte Teil von Don Franciscos Rede klang ein wenig gestelzt, und als Don Miguel ihm anerkennend zunickte, bestätigte dies meine Vermutung, dass er ihm jene Worte eingegeben hatte.

Auch Maddy und ich wechselten einen kurzen Blick und ich las die Zuversicht in ihren Augen, den beiden Spaniern Vertrauen zu schenken.

Seufzend bat ich die beiden, endlich Platz zu nehmen. Alvarellos Arroganz gefiel mir zwar nach wie vor nicht, aber da die beiden bislang unsere einzigen Verbündeten waren, durfte ich wohl nicht sehr wählerisch sein.

Und so berichteten Maddy und ich, wie wir über den Marquis de Momboisse einen ersten Kontakt zu den Pariser Sybarites aufgenommen hatten, und erläuterten unseren Plan, uns zum Schein in ihre Gemeinschaft aufnehmen zu lassen. An dieser Stelle zeigte Don Francisco wieder sein aufbrausendes Temperament, indem er erregt aufstand und unseren Plan ein »groteskes Wagnis« nannte.

»Ach ja?«, fragte ich abschätzig. »Meines Wissens hattet Ihr selbst schon genügend Begegnungen mit den Sybarites, um zu wissen, dass man diese Organisation nur von innen heraus zerschlagen kann. Ihr wisst selbst, dass sie eine gut strukturierte und eingeschworene Gemeinschaft sind, die sich jedem Zugriff von außen entzieht.«

»Aber es ist zu gefährlich!«, widersprach Don Francisco. »Was ist, wenn Ihr auffliegt?«

»Dann wird es wohl zu einem Kampf kommen«, entgegnete ich ruhig.

»Eben!« ereiferte sich Alvarellos.

»Und Eurer Ansicht nach sind Frauen ja außerstande zu kämpfen«, ergänzte ich zynisch.

Don Francisco presste die Lippen zusammen und nickte nur grimmig.

Nun war es an mir, wütend aufzustehen. »Setzt Euch!«, bat ich eindringlich, obwohl es fast schon wie ein Befehl klang. Nach einem kurzen Blickduell setzte sich Alvarellos widerstrebend und ich klingelte nach Jean-Marc, der kurz drauf erschien.

»Jean-Marc«, bat ich ihn schließlich zögernd, »ich bitte dich nur ungern darum, weil ich weiß, wie leidvoll es für dich ist, aber würdest du bitte unseren Gästen die Geschehnisse schildern, die sich 1689 bei dem Irokesenangriff im Haus deines Großvaters abspielten?«

Jean-Marc nickte mir gefasst zu. Er hatte bedingungsloses Vertrauen zu mir und wusste, dass ich ihn um nichts bat, was ich nicht für wichtig erachtete. Daher erzählte er mit ruhiger Stimme, wie die Irokesen damals das Haus seines Großvaters überfallen und diesen ebenso wie alle Dienstboten niedergemetzelt hatten. Er berichtete, wie ich dann schließlich eingeschritten war und auf welche Weise ich zwei der Irokesen getötet und die anderen verjagt hatte. Alvarellos und Horcajo hörten Jean-Marcs Schilderungen aufmerksam und interessiert zu und gelegentlich warf mir Don Francisco zwischendurch einen kurzen Blick zu, wobei ich so etwas wie widerstrebende Anerkennung in seinen Augen aufblitzen sah.

Als Jean-Marc geendet hatte, dankte ich ihm und er verließ das Zimmer.

»Schön und gut«, ergriff Don Francisco wieder das Wort und lächelte mich herablassend an, »Ihr seid also im Kampf gegen Menschen nicht ungeübt. Aber habt Ihr auch schon gegen Vampire gekämpft?«

»Nun, ich kann mich zwar nicht rühmen, so viele Annexions-Duelle wie Ihr hinter mich gebracht zu haben …«, begann ich und bemerkte, wie sich ein triumphierendes Grinsen auf Alvarellos Gesicht stahl, »aber doch wenigstens eines habe ich wohl ganz annehmbar durchgeführt.«

Don Francisco zog überrascht die Augenbrauen hoch. »Ihr hattet ein Annexions-Duell? Wann? Und gegen wen?«

»1667. Gegen den Baron of Ancoats«, antwortete ich gelassen. »Er gehörte zum Zirkel des Viscount Whitfield.«

»Ich weiß, ich weiß.« Alvarellos runzelte die Stirn. »Ich habe damals davon gehört. Also Ihr wart das?«

Ich sah ihn langmütig an. »Und? Ändert das Eure Meinung?«

»Ganz und gar nicht!« Erneut stand er aufgebracht auf. »Wenn Ihr bereits Kontakt mit den Sybarites hattet, ist die

Gefahr, dass man Euch erkennt oder Eure Absichten aufdeckt, umso größer.«

Nun platzte mir der Kragen und ich stand ebenfalls auf. »Ihr seid wirklich der sturste Vampir, der mir je begegnet ist!«

Wütend starrten wir einander minutenlang an.

Dann begann Maddy schließlich zu kichern. »Gemma, es sieht ganz so aus, als hättest du deinen Meister gefunden«, erklärte sie lachend.

Erbost sah ich zu ihr herüber, wie sie sich schamlos vor Lachen auf dem Kanapee kringelte. Offenbar versuchte auch Don Miguel krampfhaft, ein Lachen zu unterdrücken.

Schließlich gaben Don Francisco und ich auf und stimmten in ihr Lachen mit ein.

»Allem Anschein nach haben wir hier eine Patt-Situation«, nahm daraufhin Don Miguel das Gespräch wieder auf, nachdem wir uns alle ein wenig beruhigt hatten. Seine Stimme hatte ein nicht ganz so tiefes Timbre wie die Don Franciscos aber dennoch einen beruhigenden Klang. »Es steht außer Frage, dass es nahezu unabdingbar ist, der Gemeinschaft der Sybarites beizutreten, wenn man etwas gegen sie unternehmen will«, fuhr Don Miguel fort. »Nichtsdestoweniger stimme ich Don Francisco zu, dass es nicht anzuraten wäre, Euch beide dieses Wagnis alleine eingehen zu lassen. Daher werden wir uns Euch anschließen.«

»Aber wie wollt Ihr das bewerkstelligen?«, protestierte ich. »Allein Don Francisco hat bereits so viele Annexions-Duelle hinter sich, dass er bestimmt auch für die hiesigen Sybarites kein unbeschriebenes Blatt ist. Sie werden es ihm schwerlich abkaufen, dass er auf einmal gewillt ist, sich ihnen anzuschließen.«

Don Miguel lächelte mich an. »Aus diesem Grund werden wir ein kleines Täuschungsmanöver durchführen. Wir werden den Eindruck erwecken, dass Don Francisco und Ihr Euch unsterblich ineinander verliebt habt. Und dass er daher fortan überall dort hingehen wird, wohin auch Ihr geht.«

Alvarellos und ich sahen uns entsetzt an. »Lächerlich!« presste ich hervor.

»Absolut unrealistisch!«, stimmte er mir zu.

Maddy hingegen war sofort Feuer und Flamme. »Wie genau stellt Ihr Euch das vor?«, fragte sie Horcajo interessiert.

Don Miguel schenkte ihr ein charmantes Lächeln, welches Maddy verlegen erwiderte. Hätte ich es nicht besser gewusst, so hätte ich geschworen, dass sie leicht errötete.

»Na, das ist ganz einfach«, erklärte er dann. »Der Marquis de Momboisse hat Euch bislang noch nicht aufgesucht und allzu schnell ist wohl mit seinem Besuch auch nicht zu rechnen. Nach allem, was ich über die Sybarites weiß, bauen sie gerne ein wenig die Spannung auf, wenn sie sich des Interesses eines neu anzuwerbenden Mitgliedes erst einmal sicher sind. So bleibt uns etwas Zeit, die Pariser Gesellschaft von der aufkeimenden Romanze zwischen Don Francisco de Alvarellos und Mademoiselle de Larchant zu überzeugen, indem wir die beiden möglichst oft in der Öffentlichkeit als verliebtes Pärchen präsentieren. Wenn es Euch recht ist, Madame de Fontainebleau, werde ich mich hingegen als der Eurige Verehrer ausgeben.«

Daraufhin kicherte Maddy wie ein verschämtes Schulmädchen und ich fragte mich, ob sie denn komplett den Verstand verloren hätte.

Genau dieselbe Frage richtete Don Francisco laut an Don Miguel, während er erneut erregt aufstand. »Du verlangst von uns, dass wir solch ein aberwitziges Schmierentheater veranstalten?«, ereiferte er sich. »Niemand wird uns so etwas glauben.«

»Ja!«, pflichtete ich ihm empört bei. »Schließlich sind wir keine Schauspieler.«

Don Miguel lächelte uns beide nur besonnen an. »Wenn Ihr Euch das schon nicht zutraut, wie wollt Ihr dann den Sybarites vormachen, dass Ihr ernsthaft interessiert wäret, ihrer Gemeinschaft beizutreten?«, fragte er freundlich.

Ernüchtert setzte sich Don Francisco wieder hin und wir schwiegen beide verlegen.

Maddy kicherte erneut, diesmal allerdings leicht triumphierend.

»Komm schon, Gemma!«, sagte sie grinsend. »Sieh es als eine Art Generalprobe an. Wenn du das hinkriegst, schaffst du es auch, die Sybarites zu täuschen.«

Ich warf ihr einen verärgerten Blick zu. Danach sah ich Don Francisco an, der ebenso wenig begeistert aussah wie ich. Dann zuckte er mit den Schultern.

»Na, schön«, willigte ich schließlich murrend ein. »Wir können es ja mal versuchen.«

Von da an tauchten also Maddy und ich bei allen öffentlichen Anlässen nur noch in Begleitung von Don Francisco und Don Miguel auf. Es stellte sich heraus, dass Don Francisco durchaus ein charmanter und aufmerksamer Gesellschafter sein konnte, wenn er sich entsprechend Mühe gab. Er konnte amüsant plaudern und offenbarte dennoch Tiefe bei ernsthaften Gesprächen. Da er danach gefragt hatte, hatte ich ihm mittlerweile auch schon von den Umständen meiner Verwandlung erzählt, ohne dabei jedoch auf meine spätere Beziehung zu Giles weiter einzugehen. Als wir an einem sonnigen Nachmittag im Jardin des Tuileries spazieren gingen, fragte ich ihn daher nach seiner Verwandlung. Daraufhin erzählte er mir seine Geschichte.

Don Francisco de Alvarellos war einer der Anführer der Almogàvers genannten christlichen Soldaten, die im Zuge der Reconquista im Jahre 1235 die Stadt Córdoba überfielen, um sie von den muslimischen Eroberern zurückzugewinnen. Alvarellos hatte mit einer kleinen Gruppe von Soldaten einen Vorstoß im östlichen Teil der Stadt gewagt und war dabei in einen Hinterhalt dreier maurischer Vampire geraten. Die Vampire hatten sich nicht damit begnügt, ihm sein Blut auszusaugen, sie hatten ihm auch ihr eigenes eingeflößt. »Offenbar hatten sie beabsichtigt, mich zu verwandeln, ich habe nie erfahren, wieso«, berichtete Don Francisco mit nachdenklichem Blick auf die Seine. Doch als die Vampire sich von nachrückenden Soldaten gestört gefühlt hatten, waren sie verschwunden und hatten Don Francisco und die schwerverletzten Opfer zurückgelassen. Andere Almogàvers hatten sie alle dann schließlich ins Lager zurückgebracht. Als Don Francisco dann plötzlich gemerkt hatte, dass er Durst auf Menschenblut zu entwickeln begann, hatte er sich nachts heimlich aus dem Lager davongeschleppt, um seine Truppe nicht zu gefährden. Von der darauf folgenden Zeit hatte er nur eine diffuse Erinnerung, entsann sich aber, dass er fortan wohl unter den maurischen Eroberern etliche Blutbäder angerichtet hatte.

Nachdem er seinen Blutdurst besser zu kontrollieren gelernt hatte, hatte er wieder Kontakt zu früheren Gefährten aufgenommen. Bei einem Besuch seines alten Freundes Don Miguel de Horcajo hatte er diesen schwer krank vorgefunden und sich nicht anders zu helfen gewusst, auch ihn zu verwandeln, bevor er seinem hohen Fieber erlegen gewesen wäre.

Nachdem Don Francisco seine Erzählung beendet hatte, spazieren wir eine Zeitlang schweigend nebeneinander her. Ich begann zu begreifen, warum er oftmals so hart und kompromisslos erschien. Er hatte niemanden gehabt, der ihm nach seiner Verwandlung gezeigt hatte, wie er mit seinem neuen Leben umgehen sollte.

Ein paar Schritte hinter uns spazierten Maddy und Don Miguel und schienen bereits sehr vertraut miteinander. Allem Anschein nach begann Maddy sich in Don Miguel zu verlieben, und da Horcajo sich als aufrechter und ehrenhafter Mann erwiesen hatte, gönnte ich ihr dieses Glück von Herzen.

Wir schlenderten an das Seine-Ufer und beobachteten, wie dort unten auf einer Bank eine Edeldame von ihrem Verehrer hofiert wurde. Der Begleiter legte ihr einen Schal um die Schultern, damit sie sich in der leichten Brise nicht verkühlte, spannte einen kleinen Sonnenschirm auf, damit die Sonne sie nicht blendete, und fütterte sie dann mit Häppchen aus einem mitgebrachten Picknickkorb. Dabei ließ er es sich außerdem nicht nehmen, seiner Herzensdame mit einer Serviette ein paar Essenskrümel vom Mundwinkel zu tupfen.

»Herrjeh!«, kommentierte ich verächtlich das Geschehen. »Sie ist doch kein Baby.«

»Aber sehr selbständig scheint sie auch nicht zu sein«, erwiderte Don Francisco belustigt. »Da ist es gut, dass er ihr hilft.«

Ich sah ihn wütend an. »Nicht alle Frauen sind so!«

Er beugte sich mit funkelnden Augen zu mir herunter. »Das weiß ich doch.«

Ich hielt den Atem an. Wieder fiel ihm seine verwegene Strähne in die Stirn und sein Gesicht war meinem so nahe wie nie zuvor.

Ohne zu überlegen, küsste ich ihn und er erwiderte den Kuss mit einer solch glühenden Leidenschaft, dass es mir vollends den Atem raubte. Ich spürte seine Arme an meiner Taille und war kurz davor, mich zu vergessen.

Schließlich ließen wir voneinander ab und sahen uns aufgewühlt an.

Bevor einer von uns beiden die Sprache wiederfand, stießen Maddy und Don Miguel zu uns. »Ihr beiden beherrscht euer Schauspiel schon ziemlich perfekt«, erklärte Maddy heiter. »Also mich habt ihr fast überzeugt.«

Ich räusperte mich und richtete meine Frisur.

Don Francisco starrte mich weiterhin glühend an. »Offenbar besitzen wir beide mehr Talent, als wir angenommen hatten«, antwortete er leise.

»Mag sein, Monsieur«, entgegnete ich kühl, »und unser Talent ist es doch, worauf es in dieser Situation letzten Endes ankommt, nicht wahr?«

Ein paar Tage später saßen wir mit Don Francisco und Don Miguel bei uns zu Hause zu einer Lagebesprechung zusammen, als Jean-Marc uns meldete, dass der Marquis de Momboisse eingetroffen sei und uns seine Aufwartung machen wolle.

Ich richtete mich auf. »Nun, dann geht es jetzt wohl los«, sagte ich mit gezwungener Ruhe.

Don Francisco sah mich ernst an. »Seid Ihr sicher, dass Ihr das durchziehen wollt?«

Ich nickte nur stumm. »Somit lasst uns uns auch so verhalten, als wenn wir hier eine ungezwungene Gesellschaft hätten«, erklärte Don Miguel entschlossen, lockerte seinen Kragen und setzte sich Maddy zu Füßen, während Don Francisco und ich uns am Spinett platzierten. Dann bat ich Jean-Marc, Momboisse hereinzuführen.

Kaum weniger aufgedonnert als auf dem damaligen Ball der Marquise de Montespan betrat Momboisse mit einem strahlenden »Mesdames!« den Raum. Dann stutzte er kurz und fügte ebenso strahlend hinzu: »Und Messieurs! Ich wusste nicht, dass die Damen bereits Besuch haben, sonst hätte ich nicht gestört.«

»Aber Ihr stört doch nicht, Monsieur de Momboisse«, sagte ich und stand auf um ihn zu begrüßen. »Wenn ich vorstellen darf: meine Freundin, die Marquise de Fontainebleau.« Er verbeugte sich vor Maddy und hauchte ihr einen Handkuss auf die dargebotene Hand.

»Und dies sind Don Francisco de Alvarellos und Don Miguel de Horcajo«, stellte ich die beiden Spanier vor und Momboisse wandte sich ihnen zu. »Enchanté!«, begrüßte er die beiden strahlend und warf Don Francisco einen schelmischen Blick zu. »Dies ist also der Monsieur, von dem ganz Paris murmelt, er sei Euer neuer Galan, Mademoiselle de Larchant?«

Don Francisco gab das Lächeln mit blitzenden Zähnen zurück. »Ihr werdet mir zustimmen, dass man dem bezaubernden Liebreiz von Mademoiselle de Larchant schwerlich widerstehen kann, nicht wahr Monsieur de Momboisse?« Dann warf er mir einen verliebten Blick zu, der mir für einen kurzen Moment die Sprache verschlug. Gleich darauf ärgerte ich mich wieder maßlos über seine unberechenbare Fähigkeit, sich in Sekundenschnelle zu verstellen.

»Freilich, freilich«, stimmte Momboisse Don Francisco heiter zu. »Erstaunlich finde ich nur, dass sie Euch allem Anschein nach ebenfalls zugetan zu sein scheint.«

Don Francisco kniff bedrohlich die Augen zusammen. »Was wollt Ihr damit andeuten, Monsieur?«

»Aber ich scherze doch nur, Alvarellos«, gab Momboisse kichernd zurück. »Allerdings ist mir Euer Name nicht unbekannt. Nach allem, was man so hört, seid Ihr ein aufbrausender Bursche, einem kleinen Kampf nie abgeneigt.«

»Sagt man das?«, fragte Don Francisco gelangweilt. »Nun, wir hatten wohl alle unsere wilden Phasen.«

»Wie wahr, wie wahr«, kicherte Momboisse. »Es wird interessant sein zu beobachten, inwieweit der Anlass meines Besuches Eure ›wilde Phase‹ gegebenenfalls wieder zum Vorschein kommen lässt.«

»Was ist denn nun eigentlich der Anlass Eures Besuches, Monsieur de Momboisse?«, fragte ich den Marquis vermeintlich neugierig und bat ihn Platz zu nehmen. »Damals auf dem Ball sagten sie etwas von den ›Symbiontes de Sang‹ oder so ähnlich.«

»Den ›Sybarites de Sang‹! Sybarites!«, korrigierte Momboisse mich leicht pikiert. »Wollt Ihr allen Ernstes sagen, dass Ihr inzwischen nicht bereits ein wenig mehr über unsere kleine Gemeinschaft erfahren habt?«, fragte er dann mit einem Seitenblick auf Alvarellos.

»Nein, wieso?«, fragte ich harmlos.

»Weil, offen gestanden, Euer geschätzter Freund, der Marqués de Alvarellos, schon die eine oder andere Interaktion mit den Sybarites hatte. Hat er nichts davon erzählt?«

Bevor ich ihm antworten konnte, meldete sich Don Francisco wieder zu Wort. »Ihr werdet verzeihen, Momboisse, dass die Sybarites nie Gegenstand meiner Gespräche mit Mademoiselle de Larchant waren. Ich war zu sehr damit beschäftigt, ihrem Charme und ihrer Schönheit zu huldigen.« Daraufhin bedachte er mich erneut mit einem hingebungsvollen Blick, doch diesmal war ich auf der Hut. Ich erwiderte den Blick ebenso schmachtend, woraufhin sich der Hauch eines amüsierten Schmunzelns in seinen Mundwinkel stahl, was Momboisse aber Gott sei Dank nicht bemerkte.

Letzterer schien tatsächlich für einen kurzen Moment aus der Fassung gebracht. Doch er bekam sich schnell wieder in Griff. »Somit habt Ihr vielleicht auch nichts dagegen einzuwenden, Alvarellos, wenn ich den Mesdames kurz erläutere, wer die Sybarites sind?«, fragte er süffisant.

»Nur zu, mein Bester«, forderte Don Francisco ihn großmütig auf. »Was Mademoiselle de Larchant glücklich macht, macht auch mich glücklich.«

Ein wenig irritiert verweilte Momboisses Blick noch kurz auf Don Francisco, dann wandte er sich wieder mit heiterem Lächeln Maddy und mir zu.

»Mesdames«, begann er munter, »Mademoiselle de Larchant hat mir ja schon neulich auf dem Ball gestanden, dass es vor allem das sündhafte Vergnügen ist, das die beiden Damen nach Paris gezogen hat.« Bei diesen Worten blinzelte er mir verschwörerisch zu und ich gab vor, neugierig gespannt zu sein. »Nun weiß ich ja nicht, mit welchem Aufwand sich die Damen bislang mit frischem Blut versorgt haben oder welche Qualität Ihre Beute hatte. Ich kann Ihnen jedoch versichern, dass die Sybarites die kulinarischen Freuden des Vampirismus auf ein bisher nie geahntes Niveau gehoben haben.«

»Wie meint Ihr das, Monsieur de Momboisse?«, fragte Maddy neugierig.

Der Marquis lächelte selbstgefällig. »Ich nehme doch an, dass Sie bislang eher in den ärmeren Vierteln der Stadt auf die Jagd gegangen sind und Ihre Beute wahrscheinlich eher heimlich in dunklen Winkeln ausgetrunken haben, um Ihre wahre Natur vor der feinen Pariser Gesellschaft geheim zu halten, n'est-ce pas Mesdames?«

»Dies ist leider nun mal die einzige Möglichkeit, unseren Durst möglichst unauffällig zu löschen«, erwiderte Maddy verlegen.

»Aber Mesdames!«, widersprach Momboisse. »Diese gewöhnliche Form der Ernährung ist unserer glanzvollen Rasse einfach nicht würdig. Daher zelebrieren wir Sybarites unsere Mahlzeiten stets auf standesgemäße Art und Weise. Unsere Beute ist immer von reinstem Blut und aus bestem Hause. Unsere Mahlzeiten finden in großem Stil und in Rahmen von opulenten Festessen und rauschenden Bällen statt. Unsere Feste lassen kein Vergnügen aus, sei es nun kulinarischer, erotischer oder sonstiger Natur. Wir sind Gourmets mit den allerhöchsten Ansprüchen! Keines unserer Mitglieder musste je wieder seine Beute heimlich in einem dunklen Hinterhof aussaugen.«

Obwohl sich mir der Magen förmlich umdrehte, zwang ich mich, Begeisterung zu heucheln und klatschte entzückt in die Hände. »Oh, Monsieur de Momboisse, das klingt ja himmlisch! Wie bewerkstelligen die Sybarites denn all das?«

Momboisse lächelte nachsichtig. »Wir realisieren dies mittels einer straffen und perfekt strukturierten Organisation. Unsere Mitglieder verpflichten sich mit ihrem Leben für ihre Verschwiegenheit. Darüber hinaus haben wir ein Heer von Wächtern und Dienern, welche ebenso effizient wie uns treu ergeben sind.«

»Und was müssten wir tun, um bei Ihnen Mitglied zu werden?«, fragte nun Maddy vermeintlich begeistert, obwohl sie sich sicherlich nicht weniger ekelte als ich.

»Falls die Damen ernsthaft den Wunsch verspüren, sich uns anzuschließen, müssten Sie sich einem bezaubernden kleinen Aufnahmeritual unterziehen«, erklärte Momboisse erfreut. »Lehnten Sie hingegen die Mitgliedschaft ab, wären Sie leider gezwungen, sich mit einem unserer Mitglieder zu duellieren. Der Marqués de Alvarellos könnte Ihnen die näheren Umstände eines solchen Duells erläutern, da er wohl schon mehrere davon hinter sich gebracht hat!« Momboisse lächelte Don Francisco leicht gehässig zu und ich gab mich überrascht.

»Tatsächlich, Chéri, du hast dich mit ihnen duelliert?«, fragte ich Don Francisco. »Aber warum denn nur? Allem Anschein nach ist eine Mitgliedschaft bei den Sybarites doch ein ganz exquisites Vergnügen.«

Alvarellos ging auf mein Schauspiel ein und lächelte mich gutmütig an. »Ach, Chérie, du weißt doch, dass ich ein rechter Einzelgänger war, bevor ich dich kennenlernte. Ich wollte mich von nichts und niemandem vereinnahmen lassen. Und dann bist du in mein Leben getreten und hast mein Herz komplett vereinnahmt.«

Ich verbarg meinen aufkommenden Unmut hinter einem strahlenden Lächeln. Dieser Teufel spielte seine Rolle fast schon zu perfekt!

»Und worin bestünde denn jenes kleine Aufnahmeritual?« nahm Maddy das Gespräch mit Momboisse wieder auf und ich wandte mich ihm ebenfalls wieder zu.

»Ach, eigentlich ist es nur eine Nichtigkeit«, er winkte geringschätzig ab. »Selbstverständlich veranstalten die Sybarites für ein neues Mitglied immer ein großes Fest. Und da das neue Mitglied, von uns Novize genannt, auf diesem Fest der Ehrengast ist, wird von ihm – oder ihr – ein kleines Gastgeschenk erwartet.«

»Und welcher Art sollte dieses Gastgeschenk sein?«, fragte ich interessiert.

»Eine Jungfrau«, erläuterte Momboisse freundlich. »Das heißt, eine noch unberührte junge Dame, falls das neue Mitglied ein Novize ist, und ein unberührter junger Mann, falls das neue Mitglied eine Novizin ist. Der Novize beziehungsweise die Novizin wird ihr Gastgeschenk selbst in unserem Beisein feierlich aussaugen und ist somit offiziell bei den Sybarites aufgenommen. Ihr seht, es ist geradezu lächerlich einfach! Aber schließlich soll es bei uns ja auch um das Vergnügen gehen.«

Ich erstarrte. Im Grunde hätte ich mit etwas Widerwärtigem in dieser Art rechnen müssen, aber ich hatte bisher nicht darüber nachgedacht.

Don Francisco sah, dass ich kurz davor war, die Fassade fallenzulassen, und sprang daher auf und nahm mich rasch beiseite. »Chérie, dein Appetit übermannt dich wohl gerade wieder. Sie hat schon ein paar Tage nichts mehr getrunken«, erklärte er Momboisse entschuldigend, während er mich aus dem Zimmer hinaus führte.

Noch bevor sich die Tür hinter uns schloss, hörte ich wie Maddy Momboisse fragte, was geschehen würde, wenn ein Novize kein geeignetes Gastgeschenk auftreiben könnte.

»In dem Fall müssten wir davon ausgehen, dass die Person einer Mitgliedschaft eher abgeneigt ist, was natürlich unweigerlich ein Duell zur Folge hätte«, antwortete Momboisse.

Alvarellos führte mich in das Lesezimmer am anderen Ende des Flurs und dort öffnete ich das Fenster in der Hoffnung, dass die frische Luft den widerwärtigen Ekel vertreiben würde, den ich empfand.

Don Francisco stand hinter mir. »Du hast nicht darüber nachgedacht«, stellte er leise fest. Er behielt das vertraute »Du« unseres kleinen Theaters bei, aber es machte mir nichts aus.

»Nein«, antwortete ich gepresst.

»Aber es hätte dir doch klar sein müssen«, versetzte er mit leisem Vorwurf. »Selbst wenn es dieses widerliche Aufnahmeritual nicht gäbe, hätte dir klar sein müssen, dass du früher oder später menschliches Blut zu dir nehmen musst, wenn du die Sybarites ernsthaft täuschen willst.«

»Ja, ich weiß!«, entgegnete ich wütend. »Aber nicht so!«

»Wie denn?«, fragte er jetzt ebenfalls wütend. »Wie hast du es dir denn vorgestellt? Du weißt, dass die Sybarites keine Menschenfreunde sind, sondern ebenso skrupellos wie grausam. Dachtest du, dies wird ein Kinderspiel? Oder hast du überhaupt nachgedacht?«

»Ich weiß es nicht!« Obwohl wir immer noch mit gesenkter Stimme sprachen, schrie ich es fast. Verzweifelt drehte ich mich zu ihm um. »Hörst du, ich weiß es nicht! Bist du nun zufrieden?«

Seufzend nahm er mich in die Arme. »Nein, bin ich nicht.«

Ich ließ es geschehen. Ich war so durcheinander. Und ich war wütend auf mich selbst. All die Jahre war ich so getrieben von dem Gedanken, etwas gegen die Sybarites zu unternehmen, dass ich mir tatsächlich nicht detailliert genug überlegt hatte, welche Opfer ich dafür würde bringen müssen. Franciscos Umarmung tat so gut. Mich an seine feste Brust zu lehnen gab mir den Halt, den ich momentan brauchte. Eine schwache Erinnerung an Giles durchstreifte irgendwo meinen Kopf. Ich sah zu ihm hoch und er begegnete meinem Blick mit seinen funkelndschwarzen Augen. Der daraufhin folgende Kuss schien nur natürlich. Während Francisco meinen Kuss am Seine-Ufer mit einer unerwarteten Leidenschaft erwidert hatte, berührten seine Lippen meine nun ganz sanft und fast tröstend. Ich hätte nicht vermutet, dass er zu solch einer Zärtlichkeit imstande sein konnte, und löste mich nur widerstrebend von ihm, bevor meine Beine vollends nachgaben.

»Wir haben hier keine Zuschauer, du brauchst dir also nicht solche Mühe geben«, sagte ich brüsk, während ich auf seine Brust starrte, um mich zu sammeln.

Er hob sanft mein Kinn an und zwang mich, ihn anzusehen. »Du weißt genau, dass ich kein Theater spiele.«

Ich verlor mich kurz in seinen dunklen Augen. »Das macht es alles nur noch komplizierter«, erklärte ich seufzend.

»Ich weiß«, antwortete er resigniert, wobei sich ein leichtes Lächeln in seinen Mundwinkel stahl.

Wir sahen einander stumm an.

»Also, was wirst du nun tun?«, brach Francisco nach einer Weile das Schweigen.

»Ich werde mich wohl daran gewöhnen müssen, menschliches Blut zu trinken«, erklärte ich verbittert. »Ebenso wie Maddy. Aber keine von uns wird dabei einen unschuldigen Menschen anrühren. Es gibt auf den Straßen von Paris genug Abschaum und Verbrecher. Darunter werden wir uns unsere Beute suchen. Jeweils einen für Maddy und mich zum Üben und einen für jeden von uns als Gastgeschenk.«

»Es wird mindestens ebenso schwer werden wie damals nach deiner Verwandlung«, warnte Francisco mich. »Sobald du einmal menschliches Blut gekostet hast, wird es unendlich schwer sein, seinem Aroma zu widerstehen.«

»Ich weiß«, erklärte ich tonlos. »Es wird halt eine weitere Prüfung meiner Willensstärke sein und ich bin bereit, mich ihr zu stellen. Wirst du uns helfen?«

»Natürlich«, versprach Francisco ernst. »Nur befürchte ich, dass ihr unter den Kriminellen von Paris kein geeignetes Gastgeschenk für die Sybarites finden werdet. Schließlich verlangen sie jemanden, der vornehm und unschuldig ist und sie werden es riechen können, ob die betreffende Person noch unberührt ist.«

Ich löste mich aus seiner Umarmung. »Dazu werde ich mir schon noch was einfallen lassen«, erklärte ich mit kalter Entschlossenheit und wandte mich wieder der Tür zu.

»Gemma«, rief Francisco mich mit leiser Stimme zurück.

»Ja?« Ich drehte mich fragend um und er riss mich erneut in seine Arme und küsste mich fast noch feuriger als bei unserem Spaziergang an der Seine. Schlagartig durchströmte die Begierde meinen Körper und ließ mich kurzfristig die Sorgen um unsere Aufnahme bei den Sybarites vergessen. Schon allzu lange hatte ich dieses sinnliche Gefühl des Schwindels vermisst und gab mich ihm nun mit einer schmerzenden Sehnsucht hin.

Nach einer kleinen Ewigkeit, während der offenbar die Welt um mich herum stehengeblieben war, gab Francisco mich schließlich wieder frei und sah mich ernsthaft an.

»Bist du dir sicher? Von nun an wird es kein Zurück mehr geben.«

Traurig nickte ich ihm zu. »Ja«, antwortete ich bedauernd, »ich bin mir sicher.«

Francisco und ich betraten wieder den Salon, in dem Maddy und Don Miguel in ein vermeintlich angeregtes Gespräch mit Momboisse verwickelt waren. Maddy betrachtete mich kurz prüfend und lächelte dann erleichtert, als sie sah, dass ich mich wieder im Griff hatte.

Momboisse drehte sich neugierig zu uns um. »Ah, Mademoiselle, wie ich sehe, seid Ihr wieder wohlauf«, stellte er mit breitem Lächeln aber wachsamem Blick fest. »Wie habt Ihr denn hier im Haus so schnell Euren Durst löschen können?«

Plötzlich überkam mich angesichts dieser hinterhältigen Gestalt eine eisige Ruhe und ich strahlte ihn hocherfreut an. »Ach, Monsieur, wir haben, oder besser gesagt: hatten …«, ich kicherte amüsiert, »wir hatten da eine Dienstmagd, die leider unerträglich langsam im Begreifen war. Ein ewiges Ärgernis! Tja, jetzt konnte sie sich doch noch für etwas Nützliches erweisen und wird meine Geduld nie wieder strapazieren.«

Momboisse kicherte ebenfalls und heuchelte Entsetzen. »Mademoiselle, eine Dienstmagd? In Eurem eigenen Haus? Ihr seid ja noch abgebrühter, als ich es angenommen hätte. Ihr werdet Euch bei den Sybarites sicherlich äußerst wohl fühlen.« Er lächelte mich anerkennend an, während Maddy mir einen vorsichtigen Seitenblick zuwarf.

Momboisse stand auf. »Mesdames und Messieurs, so anregend und unterhaltsam ich Ihre Gesellschaft auch finde, so zwingen mich leider dringende Geschäfte dazu, mich nun von Ihnen zu verabschieden. Ich habe mit Madame de Fontainebleau vereinbart, dass Sie einen Monat Zeit haben, um sich nach einem passenden Gastgeschenk für uns umzusehen. Sobald sie etwas gefunden haben, werden wir ein rauschendes Fest für Sie veranstalten, in dessen Rahmen wir Sie dann offiziell bei uns aufnehmen.«

»Wir können es kaum erwarten!«, log ich mit strahlendem Lächeln.

ERBARMUNGSLOS

Francisco, Don Miguel, Maddy und ich hatten vereinbart, uns zunächst in den Rotlicht- und Elendsvierteln der Stadt nach geeignetem »Übungsmaterial« umzusehen, da sich dort üblicherweise allerlei Gesindel und Verbrecherbanden herumtrieben. Wir wählten hierzu alle einen etwas unauffälligeren Kleidungsstil, um in den entsprechenden Gegenden kein Aufsehen zu erwecken, traten aber dennoch in einer Art und Weise auf, die an unserer adligen Herkunft keinen Zweifel ließ.

In den ersten beiden Nächten klapperten wir einige Armenviertel ab, in deren Tavernen und Spelunken sich die Coquillards, Diebesbanden und andere kleine Fische trafen. Obwohl wir unter ihnen selten auf sympathische Individuen stießen, fanden wir dennoch nicht, dass sie es verdient hätten, von uns ausgesaugt zu werden.

Am nächsten Abend flanierten wir die Rue Saint-Denis entlang, in der sich mit Einbruch der Dämmerung die Huren der Stadt postierten, um dort um Freier zu buhlen. Die Huren selbst waren zumeist arme Geschöpfe, die – wie wir wussten – von ihren Zuhältern zu diesen Liebesdiensten gezwungen wurden. Jedoch trieben sich jene Zuhälter dort aber ebenso herum wie etlicher sonstiger Abschaum.

Sofort kamen die ersten Kupplerinnen auf uns zu, die in uns die vornehme Kundschaft witterten, und versuchten uns ihre menschliche Ware, die in kleinen Seitenstraßen und Hauseingängen bereitstand, feilzubieten. Dass unsere Gruppe dabei aus zwei Frauen und zwei Männern bestand, schien hier wohl niemanden zu verwundern. Allem Anschein nach war man weibliche Klientel hier ebenfalls gewohnt.

Eine der Kupplerinnen, selbst noch eine recht junge Person, stellte sich uns als Mademoiselle Marguerite vor und pries uns wortreich die Vorzüge ihrer im Schatten eines Hauseinganges wartenden Mädchen an. Wir traten hinzu und erblickten zwei üppig proportionierte und in schäbiger Eleganz gekleidete Mädchen. Sie waren beide bestenfalls 16 Jahre alt und blickten uns mit einem einfältigen Lächeln an. Mademoiselle Marguerite bemerkte meinen geringschätzenden Gesichtsausdruck und bemühte sich eilfertig, mir mitzuteilen, dass sie auch noch andere Liebesdienerinnen zur Verfügung hätte, falls diese uns nicht zusagen sollten. »Allerbeste Ware! Kein Gesindel wie in diesen Maisons d'Abattage, den Bordellen des Pöbels«, fügte sie gewitzt hinzu.

Ich sah Mademoiselle Marguerite nachdenklich an. Obwohl sie höchstens zwanzig war, trat sie äußerst selbstbewusst und geschäftstüchtig auf. »Woher hast du all diese Mädchen? Hast du sie selbst aufgetrieben?«, fragte ich sie.

Sie kicherte amüsiert. »Aber nein, Euer Gnaden! Die meisten von ihnen sind selbst zu mir gekommen und haben mich gebeten, ihnen ›Kavaliere‹ zu vermitteln.«

»Freiwillig?«, fragte ich mit hochgezogenen Augenbrauen.

Sie kicherte erneut. »Ja, freiwillig. Ich weiß, dass dies hier nicht gerade üblich ist, aber meine Mädchen sind dadurch viel engagierter und von den Kavalieren heiß begehrt. Aber wenn Euer Gnaden andere Vorlieben haben sollten, braucht Ihr es mir nur mitzuteilen. Knaben vielleicht? Oder jüngere Ware? Meine Mitstreiterinnen hier können Ihnen fast alles besorgen.« Sie wies ein Stück die Straße hinunter, wo weitere Kupplerinnen mit ihren Mädchen standen.

Ich wechselte einen raschen Blick mit Maddy, Francisco und Don Miguel.

»Jüngere Ware?«, fragte ich lauernd.

Mademoiselle Marguerite lächelte mich verschwörerisch an. »Ich persönlich kann Euch da leider nichts vermitteln, aber wenn Euer Gnaden sich an Mademoiselle Odeline wenden wollen: Gegen einen halben Louisdor und den Hinweis auf *Le Terrain de Jeux* kann sie Euch sicherlich weiterhelfen.«

Erneut wechselte ich einen kurzen Blick mit meinen Mitstreitern. Francisco nickte mir kurz ernst zu.

Daraufhin ließ ich eine kleine Münze in Mademoiselle Marguerites Hand gleiten und dankte ihr für den Tipp.

Dann gingen wir weiter die Straße herunter und begaben uns zu Mademoiselle Odeline.

Sobald der besagte halbe Louisdor in Mademoiselle Odelines Besitz übergegangen war, erwies sie sich als mindestens ebenso gesprächig wie Mademoiselle Marguerite. Sie lobte uns für unseren ausgefallenen Geschmack und erklärte uns hochtrabend, dass das *Le Terrain de Jeux*, »Der Spielplatz«, ein von Mademoiselle Nymphéa geführtes Etablissement für besondere Neigungen und gehobene Ansprüche war. Zutritt hätten nur die besseren Kreise und auch die nur dann, wenn sie beim Pförtner das entsprechende Losungswort nannten. Sie blickte uns erwartungsvoll an und Francisco ließ einen weiteren Louisdor in ihre Hand gleiten. »Les plaisirs d'amour sont variés. Die Vergnügungen der Liebe sind vielfältig«, flüsterte sie uns daraufhin zu und gab uns die Adresse des *Le Terrain de Jeux*.

Das Etablissement befand sich unweit des Place Royale in einem großen aber von außen relativ unscheinbaren Stadtpalast. Wir nannten dem Pförtner das Losungswort und wurden dann von einem Diener in Livree in einen großen Salon mit barocken Möbeln und goldverzierten Spiegeln geführt. Kurz darauf erschien eine zarte junge Frau, die sich als Mademoiselle Nymphéa höchstpersönlich vorstellte. Ihre Kleidung war von erlesener Eleganz und besaß dennoch eine Spur mädchenhafter Verspieltheit. Ihr kastanienbraunes Haar trug sie ungepudert und offen und ihre Gesichtszüge hätten fast kindlich gewirkt, wenn nicht eine gewisse Härte aus ihren babyblauen Augen geblitzt hätte. Ihre geschliffenen Manieren ließen auf eine vornehme Herkunft schließen.

Sie begrüßte uns mit einem liebenswürdigen Lächeln, das ihre Augen jedoch nicht erreichte. »Welch unerwartetes Vergnügen, Madame de Fontainebleau und Mademoiselle de Larchant mit ihren Begleitern in meinen bescheidenen Räumlichkeiten begrüßen zu dürfen!« Sie bemerkte unsere wachsamen Blicke und fügte umgehend hinzu: »Die Mesdames und Messieurs mögen entschuldigen, dass ich Sie sofort erkannt habe, aber selbstverständlich wird Ihre Anwesenheit hier ebenso wie der Grund dafür ein Geheimnis bleiben, welches niemals die Mauern dieses Gebäudes verlassen wird. Womit kann ich Ihnen denn dienen?«

Maddy und ich schauten uns kurz an, dann übernahm sie das Wort. »Man sagte uns, dass das *Le Terrain de Jeux* das geeignete Etablissement für besondere Vorlieben sei!«

Mademoiselle Nymphéas Lächeln vertiefte sich. »Das ist korrekt, Madame! Würden die Mesdames und Messieurs ihre Vorlieben denn gerne spezifizieren oder möchten Sie sich lieber zunächst einen allgemeinen Überblick verschaffen?«

»Ich wäre für den allgemeinen Überblick«, erklärte daraufhin Francisco leichthin. »So könnten wir zwischenzeitig begutachten, ob Euer Angebot auch das hält, was der Ruf Ihres Hauses verspricht.«

Mademoiselle Nymphéa zwinkerte ihm vergnügt zu. »Ich bin überzeugt davon, dass Monsieur entzückt sein werden«, sie öffnete die Tür. »Wenn Sie mir dann bitte zu einem kleinen Rundgang folgen würden!«

Sie führte uns über einen langen mit wertvollen Gobelins behängten Flur zu einem weiteren großen und luxuriös eingerichteten Salon. Dort saßen und lagen auf diversen Sesseln, Divans und Récamièren lauter vornehm gekleidete kleine Mädchen und sahen uns mit teils gelangweilten und teils eingeschüchterten Gesichtsausdrücken an. Die jüngste von ihnen mag 7 Jahre alt gewesen sein, die älteste höchstens 12 Jahre. Mir fiel besonders ein Mädchen auf, das uns mit einem wachsamen Blick musterte. Ihr Gesicht strahlte für ein Kind dieses Alters eine unnatürliche Härte aus, die ahnen ließ, welche grauenhafte Erfahrungen sie schon hatte machen müssen. »Sind es nicht bezaubernde kleine Geschöpfe?«, fragte Mademoiselle Nymphéa verzückt. »Und ich kann Ihnen versichern, dass sie alle bereits genügend Erfahrung mitbringen. Jedes dieser Mädchen hat ihr eigenes kleines Boudoir, in dem sie Ihnen jeden Wunsch von den Augen ablesen und erfüllen kann. Im Nachbarsalon haben wir ein paar ebenso bezaubernde kleine Knaben, die nicht weniger begabt sind.«

Ich schloss für einen kurzen Moment die Augen, um den enormen Ekel zu verbergen, der angesichts dieses widerwärtigen Ortes in mir hochkroch. Ohne einen Blick auf Maddy, Francisco und Don Miguel zu werfen, ahnte ich, dass es ihnen in diesem Moment ähnlich ging.

»Und alle Mädchen und Knaben sind schon entsprechend erfahren?«, hakte Francisco mit eisiger Höflichkeit nach.

»Oh, selbstverständlich können wir den Mesdames und Messieurs auch gänzlich unerfahrene Kinder zur Verfügung stellen. Natürlich sind diese vergleichsweise teurer, weil sie ja noch unverbraucht sind, aber das dürfte für Sie ja kein Problem sein. Wir bekommen im Grunde täglich frischen Nachschub für unseren Jardin d'Enfants. Möchten Sie sie sehen?« Sie sah uns erwartungsvoll an.

»Nur zu gerne«, presste ich mit einem kalten Lächeln hervor.

Der Jardin d'Enfants, der Kindergarten mit dem »unverbrauchten Material«, befand sich im zweiten Stock des Gebäudes. Er bestand aus mehreren zusammenhängenden Räumen und wurde von Mademoiselle Nymphéas Cousine Mademoiselle Zenaïde geleitet, die gemeinsam mit einigen Kindermädchen die Kinder betreute. Das älteste der Kinder war etwa 10 und das jüngste etwa 4 Jahre alt. Sie alle waren ebenfalls fein gekleidet und spielten mit luxuriösem Spielzeug. Fast hätte man es tatsächlich für einen normalen Kindergarten adliger Sprösslinge halten können.

Ein kleiner etwa 4-jähriger Junge mit rosigen Pausbacken blickte von seinem Spiel auf und kam dann mit einem offenen Lächeln auf uns zu. »Soll ich dir mal meinen Ritter zeigen?«

Er war gerade im Begriff, nach meiner Hand zu greifen, um mich zu ein paar Spielzeugfiguren zu ziehen, als Mademoiselle Zenaïde ihn lächelnd beiseite nahm. »Nein, Nicolo, die Herrschaften sind nur hier, um sich ein wenig umzuschauen. Ich sage es dir dann schon, wenn du jemandem dein Spielzeug zeigen kannst.«

Nur mit großer Mühe konnte ich den Drang unterdrücken, Mademoiselle Zenaïde sofort zu meucheln.

»Entzückend, nicht wahr?«, fragte Mademoiselle Nymphéa stolz. »Wir bemühen uns, ihnen so lange wie möglich ihre heitere Unschuld zu bewahren. Das garantiert den Qualitätsstandard, den unser Kunden schließlich von uns erwarten.«

»Und wenn ein Kunde sich eines dieser Kinder ausgesucht hat?«, fragte Francisco hart.

»Dann kann er selbstverständlich damit machen, was er will«, antwortete Mademoiselle Nymphéa. »Wir haben auf dieser Etage diverse Räumlichkeiten für die verschiedensten Vergnügungen, die ich Euch gerne im Anschluss noch zeigen werde. Allerdings sollte der Kunde vorab eine grobe Einschätzung seiner Absichten abgeben können, da der Preis natürlich entsprechend steigt, je nachdem, in welchem Zustand er das Kind hinterlässt. Sollte er das Kind komplett verbrauchen, wird es selbstverständlich ein wenig teurer.«

Bei den Worten »komplett verbrauchen« war ich kurz davor, ihr an die Kehle zu springen, nur Franciscos eiserner Griff, den er als zärtliche Umarmung tarnte, hielt mich davon ab.

Mademoiselle Nymphéa indes bekam davon nichts mit und zeigte uns nun die verschiedenen für den Missbrauch der Kinder eingerichteten Boudoirs. Hierunter befanden sich Räume mit plüschigen Bettenlandschaften ebenso wie regelrechte Folterkammern mit hölzernen Streckbänken. Francisco erkannte, dass ich drauf und dran war, meinem unbändigen Zorn freien Lauf zu lassen und führte mich mit warnendem Blick beiseite, während Maddy und Don Miguel Mademoiselle Nymphéa ablenkten und weiter über die Boudoirs ausfragten.

»Warum lässt du sie mich nicht direkt hier in Stücke zerreißen?«, zischte ich für menschliche Ohren unhörbar. »Sie wäre doch das perfekte menschliche Opfer zum Üben für mich!«

»Sie ist aber ein noch perfekteres Gastgeschenk für Miguel oder mich«, antwortete Francisco ebenso leise. »Sie ist nämlich noch Jungfrau.«

Ich sah ihn überrascht an und er nickte. »Ja, ich habe es gerochen. Außerdem kannst du sie wohl kaum vor all den Kindern hier zerfetzen. Versuch, dich zusammenzureißen! Ich habe mir einen Plan zurechtgelegt, der vielleicht den Kindern hier helfen wird und uns mit etwas Glück ein bis zwei Gastgeschenke für die Sybarites und zumindest Maddy und dir reichlich Material zum Üben bescheren wird.«

»Gut«, ich nickte grimmig. »Dann lass uns diese abscheuliche Charade hier zu Ende spielen.«

Wir gesellten uns wieder zu Mademoiselle Nymphéa, die unsere nur Sekunden dauernde Abwesenheit gar nicht bemerkt hatte.

»Ganz offensichtlich habt Ihr an alle Wünsche gedacht«, erklärte Don Miguel gerade mit geheuchelter Anerkennung. »Verzeiht mir meine Neugierde, aber wie und wo gelingt es Euch nur, so viel hochwertigen Nachschub an frischen Kindern zu besorgen?«

Mademoiselle Nymphéa lachte geschmeichelt. »Wir haben da ein paar ausgezeichnete Jäger und Sammler, die exklusiv für das *Le Terrain de Jeux* arbeiten. Sie haben einen erfahrenen Blick für erlesene Qualität und organisieren unser Material in ganz Frankreich. Hin und wieder bieten verzweifelte Arme uns ihre Kinder auch schon mal von sich aus zum Kauf an, aber wir akzeptieren die Ware nur, wenn sie in erstklassigem Zustand ist.«

»Und die Lieferungen Eurer ›Jäger und Sammler‹ erfolgen täglich?«, fragte Maddy.

»Ja, jeden Abend um sechs sichten wir die Neuzugänge. Das Überprüfen der Ware übernimmt meine Cousine Zenaïde, sie ist darin unübertrefflich, effizient und dennoch diskret. Keiner der anwesenden Kunden bekommt etwas davon mit.«

»Trotz all der himmlischen Verlockungen, die Euer Etablissement zu bieten hat, habe ich mich gefragt, ob Ihr nicht eventuell für ausgesprochen anspruchsvolle Kunden, noch ein ganz besonderes Bonbon im Angebot habt?«, übernahm Francisco nun wieder das Gespräch.

»Das habe ich in der Tat«, antwortete Mademoiselle Nymphéa mit einem vermeintlich bescheidenen Lächeln. »Wenn jemand den beispiellosen Genuss einer Liebesnacht mit einer noch unberührten, aber dennoch in Liebesdingen eklatant erfahrenen Jungfrau wünscht, hat er die Option, auf eine Nacht mit mir zu bieten. Der Höchstbietende erhält das Privileg, mich zu entjungfern. Der Zweite erhält zum Preis eine Nacht mit meiner Cousine Zenaïde, die ebenfalls noch Jungfrau ist.«

Ich blähte kurz meine Nasenflügel, um Mademoiselle Nymphéas Geruch zu erhaschen und erkannte, dass sie die Wahrheit sprach und Francisco somit Recht gehabt hatte.

Daraufhin warf ich einen Blick auf eine kunstvoll verzierte Wanduhr und wandte mich dann an Mademoiselle Nymphéa. »Leider ist die Zeit schon so weit fortgeschritten«, erklärte ich Bedauern heuchelnd. »Wir müssen nun aufbrechen, da wir alle zu einer Soirée eingeladen sind. Aber ich bin überzeugt auch für meine Freunde hier zu sprechen, wenn ich sage, dass Euer Rundgang einen überwältigenden Eindruck bei uns hinterlassen hat. Ich kann Euch daher aufrichtig versichern, dass wir schon in nahester Zukunft einen lohnenden Besuch im *Le Terrain de Jeux* abstatten werden.« Mit der grimmigen Gewissheit, dass dieser letzte Satz von mir noch nicht einmal gelogen war, verabschiedeten wir uns von Mademoiselle Nymphéa.

Zuhause machte ich meiner gewaltigen Abscheu dann endlich Luft. »Ich dachte bislang, ich hätte schon allerlei Abschaum gesehen, aber ich bin unter den Menschen noch keiner so widerwärtigen Kreatur begegnet, wie dieser Mademoiselle Nymphéa!«

»Sie schafft es, an Grausamkeit und Skrupellosigkeit ja fast die Sybarites zu übertreffen«, bestätigte Maddy verbittert.

»Und genau deswegen geben sie, ihre Cousine und dieser ganze ekelerregende ›Kinderspielplatz‹ ja so geeignetes Material für uns ab«, erklärte Francisco mit eiskalter Entschlossenheit.

»Stimmt.« Ich zwang mich zur Ruhe und setzte mich auf ein Kanapee. »Du sagtest vorhin, dass du einen Plan hättest. Erzähl ihn uns!«, forderte ich Francisco auf.

»Gut.« Er sah uns alle eindringlich an. »Wir wissen jetzt mit Sicherheit, dass Mademoiselle Nymphéa und Mademoiselle Zenaïde beide noch Jungfrauen und allem Anschein nach adliger Herkunft sind und dass sie beide unvorstellbar unmenschlich agieren. Dies macht sie zu perfekten Gastgeschenken für Miguel und mich. Darüber hinaus verkehren im *Le Terrain de Jeux* offenbar noch etliche weitere Gestalten – sowohl die Mitarbeiter als auch die Kunden – die den beiden Mademoiselles in Sachen Grausamkeit in nichts nachstehen. Diese Leute stellen wiederum reichlich geeignetes Material für euch dar, um das Blutsaugen am menschlichen Objekt zu üben. Daher würde ich vorschlagen, dass wir im Rahmen eines nächtlichen Übergriffes die Kinder befreien, den Abschaum vernichten und die Mademoiselles bis zu ihrer Verwendung als Gastgeschenke in unsere private Verwahrung nehmen.«

»Nein!«, widersprach ich und alle sahen mich überrascht an. »Es sollte kein nächtlicher Übergriff sein, sondern eher um sechs Uhr abends stattfinden, weil wir dann auch die ›Jäger und Sammler‹ mit erwischen«, erläuterte ich meinen Einspruch.

Maddy nickte zustimmend. »Aber wie sollen wir die Kinder in Sicherheit bringen? Und vor allem: Wo bringen wir sie hin?«, gab sie zu bedenken.

»Wir könnten sie nach Fontainebleau bringen«, überlegte ich, »oder genauer gesagt: nach Gut Larchant. Das Herrenhaus steht ohnehin leer und die Kinder hätten dort reichlich Platz. Es gibt in Fontainebleau und unter euren Pächtern doch etliche Frauen, die sich sicherlich gerne um die Kinder kümmern würden, zumal einige von ihnen selbst kinderlos sind. Und Jean-Marcs früherer Hauslehrer könnte die Kinder unterrichten.«

»Gemma, das ist eine wundervolle Idee!«, stimmte Maddy mir erfreut zu. »Fontainebleau ist auch weit genug weg von Paris, dass die Kinder dort vielleicht eine Chance hätten, die schrecklichen Erlebnisse hier zu vergessen.«

»Ich könnte Jean-Marc nach Fontainebleau schicken, damit er Gut Larchant dort entsprechend herrichten lässt«, schlug ich vor. »Es müssten ja zum Beispiel noch etliche Zimmer verändert und ausreichend Betten besorgt werden. Dann soll er sich umhören, welche von den Pächtersfrauen bereit ist, sich um die Kinder zu kümmern, und ein paar von ihnen herschicken, damit sie die Kinder hier in Empfang nehmen und nach Fontainebleau bringen können.«

»Ausgezeichnet!«, lobte Don Miguel meinen Vorschlag. »Francisco und ich werden die Kutschen organisieren. Es ist wichtig, dass wir bei unserem Angriff ausreichend Kutschen bereitstehen haben, um die Kinder schnellstmöglich fortzubringen. Unsere ›Aufräum-Aktion‹ können wir dann starten, sobald die Kinder in Sicherheit sind.«

»Somit hätten wir unsere grobe Vorgehensweise ja schon mal geklärt«, pflichtete Francisco ihm bei. »Die Details können wir ja morgen noch ausarbeiten.«

»Eine Frage ist allerdings noch offen«, wandte Don Miguel ein und Francisco sah ihn fragend an. »Wo bringen wir Mademoiselle Nymphéa und Mademoiselle Zenaïde unter, bis wir sie später als Gastgeschenke verwenden?«

»Bei uns im Keller«, bot Maddy sofort an. »Es ist warm und trocken dort, wir können ihnen zwei Pritschen aufstellen und die Dienerschaft kann sie mit Nahrung versorgen.«

»Wie wird euer Personal darauf reagieren, wenn plötzlich zwei Gefangene im Haus sind?«, fragte Francisco skeptisch.

»Die Dienerschaft ist uns treu ergeben«, entgegnete Maddy felsenfest. »Wenn ich Ihnen erkläre, *wen* wir da in unserem Keller gefangen halten, werden wir eher noch achtgeben müssen, dass sie den Mademoiselles kein Haar krümmen.«

Am nächsten Morgen berichtete ich Jean-Marc vom *Le Terrain de Jeux* und dass wir seine Hilfe zur Rettung der Kinder benötigten. Angesichts meiner Schilderung spiegelte sich auf seinem Gesicht zunächst Bestürzung und dann unermesslicher Zorn. Er versicherte uns seiner uneingeschränkten Unterstützung und machte sich umgehend reisefertig, um nach Fontainebleau aufzubrechen und dort alles für die Ankunft der Kinder vorzubereiten.

»Mademoiselle, verratet mir doch noch eines«, bat er, als er mit einer kleinen Reisetasche in die Kutsche stieg, »Ihr werdet die Betreiber dieses Hauses doch nicht ungeschoren davon kommen lassen, oder?«

»Sie werden sich wünschen, nie gelebt zu haben«, versprach ich ihm mit zusammengepressten Zähnen.

Nach einer knappen Woche war Jean-Marc wieder in Paris zurück. Im Schlepptau hatte er sage und schreibe 24

Frauen aus Fontainebleau und den umliegenden Dörfern, die allesamt nur allzu gerne bereit waren, sich in Zukunft um die unglücklichen Kinder des *Le Terrain de Jeux* zu kümmern. Wir brachten sie provisorisch in unserem Stadthaus unter und erklärten ihnen, was am folgenden Abend von ihnen erwartet wurde: Jede von ihnen würde in einer Kutsche in der unmittelbaren Nähe des *Le Terrain de Jeux* warten. Sobald die Kutsche mit Kindern gefüllt war, würden sie sich darum kümmern, diese zu beruhigen und mit ihnen augenblicklich in Richtung Fontainebleau aufbrechen. Dort wollten sie sich dann nach besten Kräften bemühen, die Kinder ihr schreckliches Schicksal vergessen zu lassen.

Mehr brauchten und wollten die Frauen auch gar nicht erfahren.

Am nächsten Abend war es dann so weit. Francisco und Don Miguel hatten in der Zwischenzeit bereits ausgekundschaftet, dass die »Jäger und Sammler« die neuen Kinder Mademoiselle Zenaïde zur Begutachtung in einem Saal übergaben, der auf den Hinterhof des *Le Terrain de Jeux* hinausführte. Also schlugen wir dort zuerst zu. Mademoiselle Zenaïde war gerade im Begriff, die ersten Kinder auf ihre Gesundheit hin zu überprüfen, da stürmten Maddy, Don Miguel und ich in atemlosem Tempo in den Saal, schnappten uns je vier Kinder und brachten sie zu den Kutschen. Francisco verriegelte unterdessen den Saal und befahl den schockierten Anwesenden, sich nicht zu rühren. Die Kinder hatten kaum begriffen, was mit ihnen geschah, und so konnte die erste Kutsche bereits Richtung Fontainebleau aufbrechen, als wir innerhalb von wenigen Sekunden wieder zurück in den Ankunftssaal kamen. Nun brachten Francisco und Don Miguel die restlichen Kinder im Saal zu den Kutschen und überließen die verwirrten »Jäger und Sammler« sowie Mademoiselle Zenaïde Maddy und mir.

Mademoiselle Zenaïde schien sich am schnellsten von ihrem Schreck zu erholen und stürzte zur Tür, wahrscheinlich in der Absicht, Alarm zu schlagen. Doch noch ehe sie dort ankam, hatte ich in Windeseile einen der schweren Vorhänge in Streifen gerissen und sie damit an eine der Marmorsäulen gefesselt. Zusätzlich knebelte ich sie mit einem weiteren Streifen, so dass der Rest des Hauses sie nicht hören konnte. Währenddessen hielt Maddy die »Jäger und Sammler« in Schach.

Maddy und ich hatten bereits vor einiger Zeit festgestellt, dass unsere Augen wieder eine beängstigend rötliche Färbung annahmen, wenn wir eine Zeitlang auf unsere Mahlzeiten verzichteten. Da wir wegen des zu erwartenden »Festschmauses« nun schon einige Tage nicht mehr auf der Jagd gewesen waren, waren die Männer wohl von unserem Anblick entsprechend beeindruckt.

Es waren insgesamt zwölf, alle mehr oder weniger groß und stämmig. Nur zu gerne hätten wir ihnen die Qualen zuteilwerden lassen, die sie bislang schon unzähligen Kindern bereitet hatten, aber da die Insassen der weiteren Zimmer und Etagen noch nicht auf uns aufmerksam werden sollten, gingen wir mit Bedauern relativ kurz und schmerzlos vor. Darum bissen Maddy und ich in rascher Abfolge je sechs der Männer, um sie zunächst mit unserm Gift zu lähmen. Schließlich lagen sie allesamt auf dem Boden verteilt und wanden sich vor Krämpfen. Ich gönnte mir einen kleinen Blick auf die an die Säule gefesselte Mademoiselle Zenaïde und bemerkte mit Genugtuung, wie sie mich mit vor Schreck geweiteten Augen ansah. Dann machten Maddy und ich uns daran, die Männer nacheinander auszusaugen. Mit jedem Liter Blut, den ich zu mir nahm, breitete sich eine zunehmende Wärme und Kraft in mir aus. Obwohl ich diese Männer so abstoßend fand, schmeckte ihr Blut für mich doch so unfassbar süß, und je mehr ich meinen Durst stillte, desto größer schien er dennoch zu werden.

Nachdem die Männer nur noch als leblose Hüllen am Boden des Saals lagen, richteten Maddy und ich uns auf und sahen uns an. Ich hatte noch nie eine so unbeschreibliche Gier in Maddys Blick gesehen und ahnte, dass sie wohl die Gier in meinem eigenen Blick deutlich widerspiegelte.

Wir wandten uns um und blickten zu Mademoiselle Zenaïde. Ich schloss die Augen und atmete ihren unwiderstehlich süßen Duft ein.

»Nein!«, durchschnitt plötzlich die scharfe Stimme Franciscos die tödliche Stille und riss uns aus unserer Trance. Wir hatten gar nicht bemerkt, dass er und Don Miguel inzwischen den Saal wieder betreten hatten.

»Vergesst nicht, was wir vorhaben!«, erinnerte er uns streng. »In den anderen Räumen wartet noch viel Arbeit auf uns. Miguel und ich haben bereits alle Türen verriegelt, so dass niemand das Haus verlassen kann. Wir müssen zunächst die restlichen Kinder in Sicherheit bringen und dafür braucht Ihr eure ganze Willensstärke, denn ihr Blut wird euch nun verlockender denn je erscheinen.«

Maddy und ich atmeten mehrmals tief durch und ließen den Duft von Mademoiselle Zenaïde auf uns wirken, um uns an ihn zu gewöhnen, dann nickte ich Francisco entschlossen zu. »Gut. Lass uns weitermachen.«

Francisco und Don Miguel hatten nahezu alle Räume abgeschlossen, damit die jeweils Anwesenden nicht flüchten konnten und wir Raum für Raum nacheinander »aufräumen« konnten. Schon bald hatten wir alle Kinder des Jardin d'Enfants in Sicherheit gebracht, ebenso wie die Gruppen von Mädchen und Jungen, die in den großen Salons auf neue Kunden warteten. Alle Mitarbeiter des Hauses, sowie etliche Kunden hatten wir bereits isoliert und in den Räumen des Jardin d'Enfants eingesperrt. Mademoiselle Nymphéa hatten wir in ihrem eigenen Boudoir angetroffen und dort an ihr Bett gefesselt.

Es blieben noch ein paar Boudoirs übrig, in denen sich offenbar ein paar Kunden gerade an Kindern verlustierten.

Wir öffneten die Tür des nächstgelegenen, das – wie wir wussten – im Stil einer mittelalterlichen Folterkammer eingerichtet war. Dort lag ein etwa siebenjähriger Junge auf eine Streckbank gefesselt. Der Blick, mit dem er zu uns aufsah, zeugte von dem unermesslichen Horror, den diese Pein bei ihm verursachen musste. Sein Peiniger, den ich als hohen Beamten der königlichen Anwaltskammer erkannte, sah uns überrascht an. Allem Anschein nach hatte er von den Unruhen im übrigen Haus nichts mitbekommen.

Ehe beide wussten, wie ihnen geschah, hatte ich den Jungen von seinen Fesseln befreit und Maddy übergeben. Dann stürzte ich mich fauchend auf den Mann. Er stolperte rückwärts und kam nun seinerseits auf der Streckbank zu liegen. Ich fesselte ihn daran und grub meine Zähne in seine Kehle. Er schrie in blankem Horror auf und ich ließ wieder von ihm ab. Allzu schnell sollte es für ihn auch nicht gehen.

Mit der kalten Genugtuung des Wissens, dass er sich nicht rühren konnte, ließ ich ihn liegen und wandte mich gemeinsam mit den anderen den restlichen Boudoirs zu, in denen wir überall ähnliche Szenarien vorfanden. So war es für uns auch nur logisch, dass wir mit jenen Kunden dort auch ganz genauso verfuhren.

Nachdem endlich alle Kinder in Sicherheit gebracht und alle Kutschen nach Fontainebleau aufgebrochen waren, einigten wir uns darauf, dass Francisco und Don Miguel sich den im Jardin d'Enfants eingesperrten Leuten widmeten. Maddy und ich löschten indes unseren Durst an den acht Kunden, die unter dem Einfluss unseres Giftes zuckend in den Boudoirs lagen. Da Maddy und ich uns nicht so recht einigen konnten, wer nun wen von ihnen übernehmen sollte, naschten wir abwechselnd mal an dem einen, mal an dem anderen, wohl wissend, dass wir ihnen damit womöglich nur einen Teil des Grauens bereiteten, welches sie so vielen Kindern gebracht hatten.

Es war schon spät in der Nacht, als wir alle unseren Durst schließlich gelöscht hatten. Unser aller Zorn über die unsäglichen Gräueltaten, die in diesem Haus stattgefunden hatten, hatte einen regelrechten Blutrausch in uns ausgelöst. Nachdem dieser mittlerweile abgeflaut war, legte sich eine eisige Stille über das Haus.

Wir machten uns daran aufzuräumen. Die Leichen entsorgten wir in den unterirdischen Steinbrüchen von Paris, dann säuberten wir die Räume, so gut es ging. Die weiteren Kunden, die in den nächsten Tagen dieses Haus vielleicht noch aufsuchen würden, sollten es verlassen vorfinden, ohne einen Hinweis darauf, was mit den Insassen geschehen war.

Anschließend brachten wir die gefesselten Cousinen zu uns nach Hause und sperrten sie in die vorbereiteten separaten Kellerräume.

Maddy und ich verbrannten unsere blutbesudelten Kleider im Kamin. Wir bereuten nicht einen Tropfen Blut, denn wir bei dieser Aktion vergossen hatten, trotzdem benötigten wir keine Erinnerung an unsere Taten. Sie hatten sich uns ohnehin unauflöslich in unser Gedächtnis gebrannt.

Erschöpft sanken wir in unsere Sessel und starrten eine ganze Weile lang stumm ins Feuer.

»Ich hätte nicht gedacht, dass es so einfach sein würde, Menschen zu töten«, brach Maddy schließlich nach einer Weile das Schweigen.

»Ich auch nicht«, stimmte ich ihr bitter zu. Wir beide hatten damals in Neufrankreich schon Menschen im Kampf getötet, aber dieses Blutbad, dass wir vor wenigen Stunden angerichtet hatten, stellte für uns beide eine neue Dimension der Gewalt dar.

»Diese Leute waren zwar nicht mehr das, was ich als Menschen oder menschlich bezeichnen würde, aber wird es dadurch besser?«, fragte Maddy nachdenklich. »Haben wir uns nicht als ebensolche Bestien erwiesen, wie diese Leute es waren?«

»Ich weiß es nicht«, antwortete ich nach einer Weile bedrückt. »Ich weiß nur, dass ich nicht anders handeln konnte.«

Am nächsten Morgen kamen Francisco und Don Miguel zu uns, um die gestrigen Geschehnisse und weitere Vorgehensweise zu besprechen.

Francisco sah mich besorgt an. »Wie geht es dir?«, fragte er mich und strich mir dabei eine Haarsträhne mit einer so zärtlichen Geste aus dem Gesicht, dass ich davon fast weiche Knie bekommen hätte. Wir verstellten uns nicht mehr vor Maddy und Don Miguel, da die beiden ohnehin ahnten, dass aus unserem ursprünglichen Theaterspiel inzwischen Ernst geworden war.

»Wie soll es einem schon gehen, wenn man seine bestialischen Instinkte entdeckt hat?«, gab ich die Frage spöttisch zurück.

»Wir alle haben diese Instinkte«, meldete sich daraufhin Don Miguel ernst zu Wort, »aber wir haben überdies auch unseren Willen, der darüber entscheidet, ob wir uns von diesen Instinkten beherrschen lassen oder nicht.«

»Oh, wie weise!«, entgegnete ich schnippisch. »Hat der Herr vielleicht auch eine Lösung dafür, wie wir diese Instinkte dann bei den Sybarites unterdrücken sollen, wenn dort doch von uns erwartet wird, dass wir sie geradezu in vollen Zügen ausleben?«

»Du weißt, wie Miguel es gemeint hat«, kam Maddy ihm zu Hilfe. »Und Miguel weiß auch, dass die schwierigste Zeit erst noch vor uns liegt, wenn wir uns bei den Sybarites an unschuldigen Menschen vergreifen müssen.«

Mir drehte sich der Magen um, wenn ich nur daran dachte. Francisco sah es mir an und nahm mich in den Arm. »Willst Du es dir noch einmal überlegen?«, fragte er leise.

»Nein«, erklärte ich. »Wir haben diesen Weg beschritten und wir werden ihn zu Ende gehen müssen.«

»Wie haben sich denn die beiden ›Gastgeschenke‹ eingelebt?«, fragte Don Miguel, um das Gespräch in unverfänglichere Bahnen zu lenken.

»Sie haben sich noch nicht so ganz mit ihrem Schicksal abgefunden«, antwortete Maddy. »Allerdings sind unsere Kellerräume so tief gelegen und isoliert genug, dass niemand ihr Gezeter und ihre empörten Rufe hört.«

»Wir müssen uns noch etwas einfallen lassen, wie wir sie dann den Sybarites präsentieren«, überlegte Francisco. »Sie sind zwar Jungfrauen und von adliger Abstammung, aber sobald sie den Mund aufmachen, wird jedermann merken, dass sie vielleicht nicht ganz so unschuldig sind, wie die Sybarites es gerne hätten.«

»Hierfür habe ich mir schon etwas überlegt«, erzählte Maddy lächelnd. »Wenn ich ihnen zum entsprechenden Zeitpunkt die exakte Dosis Schlafmohn verabreiche, werden sie dadurch ziemlich apathisch und daher so fügsam sein wie die Lämmchen.«

»Eine gute Idee!«, lobte Don Miguel sie mit anerkennendem Blick. »So bleibt nur noch ein kleines aber nicht unwesentliches Problem: Wir brauchen für Gemma und dich noch zwei Gastgeschenke, und es sind bereits fast zwei Wochen der Ein-Monats-Frist, die Momboisse uns gesetzt hat, vergangen.«

»Das schaffen wir schon«, erwiderte Francisco zuversichtlich. »Wenn wir keine zwei Wochen benötigt haben, um unsere Gastgeschenke aufzutreiben, werden wir auch nicht so viel Zeit benötigen, um welche für Gemma und Maddy zu finden. Wir werden einfach ab heute Nacht wieder in den entsprechenden Vierteln patrouillieren und uns umsehen.«

Im Anschluss an unsere Besprechung gingen wir alle gemeinsam ein wenig im Jardin des Tuileries spazieren. Da dort immer ein recht geselliges Treiben herrschte, wollten Maddy und ich überprüfen, wie wir unseren neu geweckten Durst auf menschliches Blut kontrollieren konnten, damit wir bei unseren zukünftigen abendlichen

Patrouillen nicht aus der Rolle fielen. Angesichts des schönen Wetters waren im Jardin des Tuileries tatsächlich viele Spaziergänger unterwegs und Maddy und ich hielten einen kurzen Moment inne, um der berauschenden Vielfalt verführerischer Düfte Herr zu werden. Den ersten Impuls, jedem Einzelnen von ihnen an die Kehle zu springen, konnten wir aber nach einiger Zeit gut bezwingen und so mischten wir uns unter die Leute und trainierten unsere Beherrschung.

Noch am selben Nachmittag erhielt ich Kenntnis von einer Angelegenheit, die uns bei unserer »Gastgeschenk«-Suche neue Möglichkeiten offenbarte. Ich sprach mit Jean-Marc darüber, dass ich beabsichtigte, ihn in den nächsten Tagen nach Fontainebleau zu schicken, damit er auf Gut Larchant nachschauen konnte, ob sich die Kinder dort gut einlebten.

Auch Jean-Marcs Anwesenheit hatte aufgrund des reizvollen Duftes seines Blutes eine bislang ungewohnte Wirkung auf mich. Doch dank unseres vormittäglichen Spazierganges konnte ich diese Wirkung inzwischen schon recht gut ignorieren.

In unserem Gespräch ließen Jean-Marc und ich die ganze unleidige Affäre des *Le Terrain de Jeux* noch einmal Revue passieren und Jean-Marc bemerkte, dass er solch unmenschlichem Verhalten noch nie begegnet sei, obwohl er auch bei seinen Studienkollegen die eine oder andere Grausamkeit erlebt habe. Dies ließ mich aufhorchen.

»Wieso das denn?«, fragte ich ihn. »Ich dachte, an der Sorbonne geht es sehr gesittet zu?«

»Das tut es auch«, beeilte er sich sofort mir zu versichern. »Allerdings gibt es unter meinen Kommilitonen ein paar adlige junge Herren, die anscheinend mit großem Vergnügen ihre Diener quälen. Zumindest rühmen sie sich regelmäßig damit.«

»Und wer sind diese jungen Herren?« hakte ich interessiert nach.

»Vor allem Diogène und Remont de Crabouillet, Zwillingsbrüder und Söhne des Marquis de Crabouillet. Sie berichten oft, wie sie ihre Bediensteten wegen Nichtigkeiten prügeln, ihnen zum Spaß das Essen verwehren, nur um zu sehen, wie lange sie es aushalten, und derlei.«

Ich war schockiert. »Jean-Marc, warum hast du mir nie davon erzählt?«

»Ich wusste nicht, ob ich Euch damit behelligen soll«, antwortete er verlegen.

»Du solltest aber doch mittlerweile wissen, dass du mich mit allem behelligen darfst, das dich beschäftigt!«, entgegnete ich vorwurfsvoll.

»Tut mir leid, Mademoiselle«, entschuldigte er sich zerknirscht.

»Nun gut! Auf jeden Fall werden Maddy und ich uns diese Zwillinge mal genauer anschauen«, verkündete ich entschlossen.

Tatsächlich waren es nicht nur Maddy und ich, die dem prunkvollen Stadtpalast der Familie de Crabouillet im Marais-Viertel nach Einbruch der Dunkelheit einen heimlichen Besuch abstatteten. Francisco und Don Miguel begleiteten uns. Da wir nicht beabsichtigten, offiziell in Erscheinung zu treten, kletterten wir im Dunkeln die Fassade hinauf, um einen Blick durch die zahlreichen Fenster zu werfen. Schon bald entdeckten wir die Zwillinge in ihren Gemächern. Sie glichen einander wie ein Ei dem anderen. Sie waren etwa 18 Jahre alt, groß gewachsen und schlaksig und hatten bräunliches Haar, welches ihnen in ungestümen Locken vom Kopf abstand. Einer von beiden – unmöglich zu sagen, ob es nun Diogène oder Remont war – lag hingelümmelt auf einer Chaiselongue und blätterte gelangweilt in einem Magazin, der andere übte Tonleitern auf einem Spinett. Francisco öffnete lautlos das Fenster, durch das er gemeinsam mit mir in das Zimmer hereinschaute, einen Spaltbreit und schnupperte. Ich sog ebenfalls den Duft der beiden jungen Männer ein und erkannte, dass sie noch

»Jungfrauen« waren. Angesichts der Dinge, die mir Jean-Marc über die Zwillinge erzählte hatte, erstaunte mich dies ein wenig.

Doch nur wenige Minuten später geschah etwas, das mich die beiden durchaus als »würdige Gastgeschenke« für Maddy und mich in Betracht ziehen ließ.

Ein Dienstmädchen betrat mit verängstigtem Gesichtsausdruck das Zimmer. »Die Messieurs haben geläutet?«, fragte sie mit zittriger Stimme.

»Ich nicht«, antwortete der Zwilling am Spinett, ohne sein Tonleiter-Spiel zu unterbrechen. »Hast du vielleicht geläutet, Remont?«

Remont hatte derweil schon sein Magazin fallenlassen und sprang jetzt auf, um die Tür, die das Mädchen einen Spaltbreit offen gelassen hatte, zuzuknallen. »Allerdings habe ich das! Und du erscheinst reichlich spät, Julienne!«

Unwillkürlich wich Julienne einen Schritt zurück und sah eingeschüchtert zu Boden. »Es …, es tut mir leid, Monsieur! Es lag nicht in meiner Absicht.«

Remont lächelte sie süffisant an und auch Diogène unterbrach nun sein Spiel, um den beiden amüsiert zuzuschauen.

»Du weißt, dass ich dich dafür bestrafen muss, Julienne, nicht wahr?«, erklärte Remont in fast lieblichem Singsang und griff nach einer Reitgerte.

Augenblicklich brach Julienne in Tränen aus. »Oh, bitte nein, Monsieur! Bitte! Ich werde auch alles tun, was Ihr wünscht!«

In dem Moment trat Diogène von hinten an sie heran und riss ihr mit einem Ruck die Kleider herunter. Auf der blassen Haut ihres Rückens traten deutlich etliche schlecht verheilte und verkrustete Striemen zutage, die davon zeugten, dass sie schon einige »Bestrafungen« über sich hatte ergehen lassen müssen.

Ich wechselte einen wütenden Blick mit Francisco und bemerkte, wie Maddy am benachbarten Fenster einen unterdrückten Laut der Empörung ausstieß.

Julienne sank nun in die Knie und wimmerte vor Angst. Unsanft riss Remont sie wieder hoch. »Du tust wirklich *alles*, was wir wünschen?«

Das Mädchen nickte mit tränenüberströmtem Gesicht.

»Fein«, sagte Remont mit diabolischem Grinsen. »Du kannst die Anzahl deiner Schläge diesmal reduzieren, indem du unsere Füße säuberst …« Ein Hauch von Hoffnung stahl sich auf Juliennes Gesicht. »… mit Deiner Zunge«, ergänzte Remont heiter und Juliennes Erleichterung wandelte sich in Entsetzen, während Diogène zustimmend lachte.

»Das reicht«, erklärte ich entschlossen und streckte eine Hand nach Francisco aus. »Gib mir deinen Mantel!«

Francisco sah mich etwas überrascht an, zog dann aber seinen Mantel aus und reichte ihn mir, ohne zu fragen.

»Wir treffen uns bei uns zu Hause«, verkündete ich, stürmte in das Zimmer, hüllte Julienne in Franciscos Mantel und sprang wieder heraus, ehe das Mädchen oder die Zwillinge wussten, wie ihnen geschah.

Die Gemächer der Zwillinge lagen im zweiten Stock. Dennoch war es natürlich kein Problem für mich, mit Julienne im Arm sanft im Garten zu landen, was jedoch ihren Schreck vorerst nicht minderte. »Vertrau mir«, sagte ich ruhig und raste zu uns nach Hause. Binnen weniger Minuten waren Maddy, Francisco und Don Miguel neben mir und nur einen kurzen Moment später kamen wir bei uns zu Hause an. Ich übergab Julienne meiner Kammerzofe mit der Bitte, ihr Kleider zu besorgen und sie dann zu uns in den Blauen Salon herauf zu schicken.

In der Zwischenzeit erklärten mir Maddy, Francisco und Don Miguel, wie die Zwillinge auf meine »Entführung« Juliennes reagiert hatten. »Im ersten Moment stand sie wie vom Donner gerührt da«, erzählte Maddy kichernd. »Remont fragte ›Was war das?‹ und Diogène brachte nur ein fassungsloses ›Keine Ahnung! Aber es ist zum Fenster raus gestürzt.‹ heraus. Daraufhin rannten sie ebenfalls ans Fenster und sahen in den Garten, in dem sie natürlich nichts entdecken konnten.«

»Hätten sie nur einmal nach oben geguckt, dann hätten sie wahrscheinlich den nächsten Schreck gekriegt, da wir alle auf dem Mauersims über ihnen kauerten und sie beobachteten«, fügte Don Miguel grinsend hinzu und Maddy kicherte erneut.

Wenig später erschien Julienne in frischen Kleidern und mit eingeschüchtertem Gesichtsausdruck an der Tür unseres Salons. »Komm herein«, forderte ich sie freundlich auf und bat sie, Platz zu nehmen. Maddy reichte ihr eine Tasse warmen Kräutertee, den sie zunächst zögernd, dann dankbar trank.

»Die kürzlichen Geschehnisse mögen dir seltsam erscheinen, aber ich denke, alles, was du wissen musst, ist, dass du jetzt in Sicherheit bist«, erläuterte ich ihr. »Die Crabouillet-Zwillinge werden dir nie wieder etwas tun, und wenn du möchtest, kannst du von nun an für Madame de Fontainebleau und mich als Dienstmädchen arbeiten!«

Julienne sah Maddy mit großen Augen an. »Ihr seid Madame de Fontainebleau? Dann müsst Ihr Mademoiselle de Larchant sein«, sie blickte auf mich. »Oh, Mesdames, wie kann ich Ihnen nur danken?« Sie brach erneut in Tränen aus.

»Schhhhh…«, beruhigte Maddy sie und goss ihr noch Tee nach. »Du kannst uns danken, indem du uns von den Zwillingen erzählst und indem du versuchen wirst, dich so gut es geht, bei uns einzuleben.«

Julienne trocknete ihre Tränen mit einem Taschentuch, das Don Miguel ihr reichte, und nickte tapfer. »Was wollen die Mesdames denn wissen?«

»Nun, zunächst einmal, an wem die Zwillinge ihre Launen noch ausgelassen haben? Oder warst du die Einzige?«, fragte ich.

»Nein, Mademoiselle«, antwortete sie bedrückt. »Eigentlich die ganze Dienerschaft hat unter ihnen zu leiden. Viele der Mädchen und Diener werden von ihnen mit der

Gerte geschlagen. Manchmal sperren sie uns auch tagelang ohne Nahrung in eine Kammer. Wer es wagt, ihnen zu widersprechen, dem halten sie die nackten Füße ins Kaminfeuer. Der alte Lucien hat dabei einmal so starke Verbrennungen erlitten, dass er zwei Tage später starb.«

»Und der Marquis und die Marquise sagen nichts dazu?«, fragte Francisco finster. »Stört es sie nicht, dass ihre Söhne die Bediensteten so schinden?«

»Nein. Sie lassen den Zwillingen jeden Willen«, antwortete Julienne. »Wenn die beiden Dienstboten verschleißen, so werden halt neue angestellt.«

»Verschleißen?«, fragte ich mit zusammengekniffenen Augen. »Gab es etwa noch mehr Tote?«

Julienne sah zu Boden. »Die alte Bertille war schon sehr schwach und hatte eine Lungenentzündung, als die Zwillinge sie mal wieder ohne Nahrung einsperrten«, erzählte sie tonlos. »Als sie am übernächsten Tag die Tür öffneten, lag sie tot auf dem Boden. Und Valerie wurde von ihnen so oft geschlagen, dass die Striemen eiterten und sich entzündeten. Sie starb an einer Blutvergiftung. Sie war erst vierzehn.«

Eine Zeitlang schwiegen wir alle betroffen. Dann brachte Maddy Julienne ins Dienstbotenzimmer und bat die dortigen Mädchen, sich gut um sie zu kümmern. Als sie zurück in den Salon kam, sah sie mich besonnen an. »Heute Nacht?«, fragte sie ernst.

Ich nickte. »Heute Nacht. Wozu noch länger Zeit verlieren?«

Noch in derselben Nacht suchten wir den Stadtpalast der Familie de Crabouillet erneut auf, entführten die friedlich schlummernden Zwillinge aus ihren Betten und sperrten sie in zwei weitere vorbereitete Kammern in unserem Keller.

Somit hatten wir alle vier unsere passenden Gastgeschenke.

Wir alle wussten, was das bedeutete. Wir konnten Momboisse jetzt mitteilen, dass wir bereit waren, bei den Sybarites aufgenommen zu werden.

Ich sah nachdenklich aus dem Fenster und versuchte mich darauf einzustellen, was bald alles auf mich zukommen würde. Ich hatte im *Le Terrain de Jeux* festgestellt, wie leicht es mir fallen konnte, Menschen auszusaugen, wenn ich ihr unmenschliches Verhalten miterlebt hatte. Ich hatte auch erlebt, wie schnell ich in einen rauschartigen Zustand verfallen konnte, sobald ich anfing, menschliches Blut zu mir zu nehmen.

Würde es mir ebenso leicht fallen, mich an unschuldigen Menschen zu vergreifen, wenn die Sybarites mir welche darboten? Und würde ich dann ebenso maßlos werden? Wenn ich nicht auffliegen wollte, wäre es wahrscheinlich das Beste, wenn ich mich genau so verhielt.

Verbittert kam ich zu dem Schluss, dass ich, wenn ich die Sybarites bekämpfen wollte, zunächst genauso werden musste wie sie: eine dekadente und skrupellose Blutsaugerin.

Francisco war, ohne dass ich es bemerkt hatte, ins Zimmer gekommen und trat nun hinter mich. Er nahm mich in den Arm und sah schweigend mit mir aus dem Fenster. Er schien genau zu wissen, was in mir vorging und ich war dankbar dafür, dass er nichts sagte und mich nur an seine harte Brust gelehnt dastehen ließ. Er hatte sich als so viel verständnisvoller erwiesen, als ich es ihm zugetraut hätte, und ich war froh, ihn bei meinem Vorhaben an meiner Seite zu wissen.

Ich drehte mich zu ihm um und verlor mich einmal mehr in seinen tiefschwarzen und dennoch funkelnden Augen. Morgen würden wir Momboisse mitteilen, dass wir alle vier unsere »Gastgeschenke« hätten. Ab dem Moment würde unser Alltag auf unbestimmte Zeit von der Verstellung bestimmt sein. Diese Nacht wollte ich daher noch ein letztes Mal ich selbst sein dürfen, ohne mich verstellen zu müssen.

Ich reckte mich zu Francisco hoch und küsste ihn voller verzweifelter Leidenschaft. Er presste mich sofort an sich und erwiderte den Kuss mit ungestümer Kraft. Binnen Sekunden spürte ich sein Begehren hart und überdeutlich an meiner Hüfte, während seine Zunge in meinem Mund ungeahnte Verheißungen hervorrief. Mit wenigen Handgriffen hatten wir uns unserer Kleider entledigt und ich hielt einen kurzen Moment inne, um die muskulöse Pracht, die sich mir nun offenbarte, zu bestaunen. Die zahlreichen Kämpfe, die Francisco schon hinter sich gebracht hatte, hatten zwar ihre Narben hinterlassen, was aber seiner urwüchsigen Schönheit keinen Abbruch tat. Seine Haut hatte, trotz der für uns Vampire typischen Blässe, noch einen leichten Olivton und umspannte seinen großgewachsenen und muskelgestählten Körper. Fasziniert fuhr ich mit meinen Fingern langsam die steinharte Landschaft seiner Bauchmuskulatur entlang. Er schloss die Augen und zog die Luft ein. Ich ging um ihn herum, umfing ihn von hinten und ließ meine Hände tiefer wandern, während ich mich an ihn presste. Er stöhnte und spannte seine ohnehin schon festen Gesäßmuskeln noch stärker an. Obwohl ich wusste, dass wir beide im Prinzip eine sehr niedrige Körpertemperatur hatten, kam es mir in diesem Moment so vor, als würde unsere Haut förmlich glühen.

Schließlich hielt es Francisco nicht mehr aus, drehte sich zu mir um und drückte mich sanft zu Boden. Nun begann er seinerseits, meinen Körper mit seinen Händen und seinem Mund zu erforschen. Ich schnappte nach Luft. Ich fragte mich verwirrt, wie viel Hände er denn besäße, weil sie ebenso wie sein Mund fast überall gleichzeitig zu sein schienen. Eben noch hatten seine Finger meine Brustwarzen in sanfter Qual gepeinigt, da spürte ich sie schon meine Hüften und mein Gesäß hinunter wandern. Und hatte sein Mund gerade noch meine Schenkel mit unzähligen zarten Küssen liebkost, so umschloss er nun auf einmal meine Brustwarzen und bereitete ihnen ein namenloses Vergnügen. Bald vergaß ich völlig Zeit und

Raum und versank angesichts seiner immer schneller werdenden Zärtlichkeiten fast in Trance. Dann beugte er sich mit einem Lächeln über mich, hob mich hoch und drang im selben Moment in mich ein. Ich stieß einen spitzen Schrei der Wollust aus und begann sofort, mich seinen rhythmischen Bewegungen anzupassen, die sich langsam bis ins Furiose steigerten. Das Zimmer schien sich um uns zu drehen und ich gab mich komplett dem Taumel der Ekstase hin. Gemeinsam fanden wir beide schließlich unseren Höhepunkt und sanken erschöpft und beglückt zu Boden.

Er schloss mich in seine Arme und ich kuschelte mich an ihn. Schweigend warteten wir auf den Anbruch der Morgendämmerung. Als sich die ersten Strahlen der Morgensonne ins Zimmer stahlen, zogen wir uns an und suchten Maddy und Don Miguel. Wir fanden sie in inniger Umarmung im Lesezimmer und ich ahnte, dass die beiden in dieser Nacht wohl ebenfalls ihren Gefühlen freien Lauf gelassen hatten. Ich freute mich für Maddy, denn Don Miguel schien ein zuverlässiger Gefährte zu sein.

Wir vereinbarten, einen Boten zum Marquis de Momboisse zu schicken, um ihm mitzuteilen, dass wir alle unsere Gastgeschenke gefunden hätten und uns daher offiziell um die Aufnahme bei den Sybarites bewerben wollten.

Bereits am Nachmittag besuchte uns ein begeisterter Momboisse. »Mesdames und Messieurs!«, begrüßte er uns mal wieder strahlend, als er unseren Salon betrat. »Welch erfreuliche Nachricht, dass Sie so schnell etwas Passendes gefunden haben! Und sie haben tatsächlich jeweils zwei noch unberührte junge Damen und Herren aus gutem Hause auftreiben können?«

Francisco lächelte ihn spöttisch an. »Nun, das waren doch schließlich Eure Bedingungen, oder etwa nicht?«

»Gewiss, gewiss!, Momboisse kicherte vergnügt. »Allerdings hätte ich kaum angenommen, dass Ihr es so schnell schafft. Wer ist es denn?«

»Aber mein bester Momboisse«, Maddy klopfte ihm tadelnd mit ihrem Fächer auf den Arm. »Ihr wollt Euch doch nicht etwa die Überraschung verderben, oder?«

»Natürlich nicht«, beeilte sich Momboisse ihr zu versichern. »Ich werde unserem Festkomitee mitteilen, dass es die Aufnahmefeierlichkeiten vorbereiten kann. Zeit und Ort der Festivität werden Ihnen rechtzeitig mitgeteilt. Und Sie sind sicher, dass es Ihnen dann auch gelingen wird, mit Ihren ausgewählten Gastgeschenken dort zu erscheinen? Nicht, dass sie Ihnen noch entwischen?«

»Keine Sorge«, meldete sich nun Miguel zu Wort. »Wir haben gewissermaßen bereits Vorratskammern angelegt, in denen wir die Gastgeschenke bis zu dem großen Tag frisch halten.«

Nun sackte Momboisse die Kinnlade nach unten. »Sie haben sie entführt? Aber war das nicht viel zu auffällig? Was, wenn jemand Sie dabei beobachtet hat? Oder, wenn Ihre Gefangenen Alarm schlagen?«

»Selbstverständlich hat uns niemand dabei beobachtet«, erklärte ich ihm gutmütig. »Und Alarm schlagen sie eigentlich fast ständig, aber es bekommt niemand mit. Oder habt Ihr etwas gehört?«

»Sie sind hier bei Ihnen im Haus?« Nun war Momboisse noch verblüffter. Dann begann er tückisch zu grinsen. »Eure Tollkühnheit ist beeindruckend, Mademoiselle! Ich denke, es wird ein großes Vergnügen, Euch bei den Sybarites zu haben.«

Ich verbarg meine Verachtung und lächelte ihm nur kokett zu.

Momboisse verabschiedete sich und versprach uns baldmöglichst unsere Einladungen zu unserer Aufnahmefeier zukommen zu lassen.

EINGESCHLEUST

Nach einer knappen Woche erhielten wir die feierliche Einladung der *Société des Gourmets Extraordinaires de France*, der *Gesellschaft ungewöhnlicher Gourmets Frankreichs* – was, wie wir mittlerweile wussten, einer der vielen Decknamen der Sybarites war – uns in der übernächsten Nacht zu einem Festbankett zu unseren Ehren in der Kirche Saint-Étienne-du-Mont auf der Montagne Sainte-Geneviève am linken Seine-Ufer einzufinden.

Dem Anlass und unseren Absichten entsprechend legten wir alle besonderen Wert auf unsere Garderobe. Maddy und ich trugen luxuriöse Roben aus schillerndem Seidentaft mit tief ausgeschnittenen Dekolletés und voluminösen Reifröcken. Maddys Kleid schimmerte in verschiedenen Aquamarin-Tönen, was perfekt zu ihren feuerroten Locken passte, mein Kleid hingegen war in Abstufungen von Mauve gehalten, was einen vollendeten Kontrast zu meinem weichfließenden blonden Haar darstellte. Die Cousinen Mademoiselle Nymphéa und Mademoiselle Zenaïde steckten wir in zarte Kleider aus unschuldigem Weiß, die mit einigen pastellfarbenen Bändern gehalten wurden. Bereits am Nachmittag hatte Maddy sowohl ihnen als auch den Zwillingen Crabouillet eine ausreichende Dosis Schlafmohn verabreicht, welches alle vier in einem angenehm apathischen und leicht zu händelnden Zustand versetzt hatte.

Auch Francisco und Miguel waren entsprechend elegant und auffällig gekleidet, als sie am Abend bei uns erschienen, um gemeinsam mit Maddy und mir zu dem Bankett aufzubrechen. Beide trugen Justaucorps, knielange Überröcke aus teurem Seidenbrokat – Franciscos in Royalblau und Miguels in Burgunderrot – welche mit kunstvollen Stickereien verziert waren, und dazu majestätische gerüschte Seidenhemden sowie schillernde Kniebundhosen.

Um Punkt elf Uhr nachts bestiegen wir die beiden von den Sybarites geschickten Kutschen, Maddy und ich mit den völlig folgsamen Zwillingen die eine und Francisco und Miguel mit den ebenso handzahmen Cousinen die andere Kutsche. Auf den Kutschböcken saßen jeweils übergroße Gestalten, tief vermummt in lange Umhänge. Da wir ihre Gesichter nicht erkennen konnten, vermuteten wir, dass es wohl Mort-Vivants waren, die uns zu der Festivität kutschierten.

Nach einer kleinen Weile erreichten wir die schwach erleuchtete Saint-Étienne-du-Mont. Einigermaßen verwundert darüber, dass die Sybarites in dieser Kirche das Bankett abhalten wollten, stiegen wir aus unseren Kutschen.

Die Mort-Vivants stiegen ebenfalls ab und wiesen uns stumm an, ihnen zu folgen. Lautlos vor uns her gleitend geleiteten sie uns zu einem Seitentrakt der Kirche und öffneten die dortige Tür. Vor uns befand sich eine Wendeltreppe, die in die Tiefe führte. Der stumme Wächter bedeutete uns, hinabzusteigen. Unsere Gastgeschenke im Schlepptau stiegen wir die Treppe hinab. Alle vier Stufen beleuchtete eine Fackel das steinerne Gewölbe, während wir Stufe um Stufe immer weiter in die Tiefe vordrangen. Es schien mir eine halbe Ewigkeit vergangen zu sein, als die Windungen der Treppe endlich ein Ende nahmen und wir in einem kleinen Vorraum vor einer schweren, eisenbeschlagenen Holztür standen. Auch hier wartete wieder einer der monströsen Wächter in seiner Kutte, nickte uns kurz zu und öffnete dann die Tür.

Plötzlich befanden wir uns in einem riesigen hellerleuchteten Saal. Unzählige Kerzen beleuchteten die Wände und kolossale Lüster hingen von der hohen gewölbten Decke herab. Die Wände waren mit kunstvollen Fresken bemalt, die bei genauerer Betrachtung diverse blutige und obszöne Szenarien offenbarten. In der Mitte des Saales war eine große U-förmige Tafel aufgebaut, an der bereits etliche extravagant gekleidete Vampire saßen und uns erwartungsvoll anschauten. Wachsam bemerkte ich, dass die Tische zwar mit Tüchern aus feinstem Damast bedeckt waren, dafür aber außer wertvollen Kristallgläsern dort jegliches Geschirr oder Besteck fehlte. In einer Nische stand ein Streichquartett und spielte stimmungsvolle Hintergrundmusik.

Nun trat von der Seite her eine kleine Delegation von Vampiren an uns heran, allen voran der Marquis de Momboisse. Wie immer schien er strahlend gutgelaunt und begrüßte uns überschwänglich. »Mesdames und Messieurs, herzlich willkommen!.« Neugierig beäugte er unsere teilnahmslos dastehenden »Gastgeschenke«. »Und dies sind also Ihre kostbaren Präsente. Sie gestatten, wenn wir sie bis zu dem großen Augenblick noch frisch halten.« Er klatschte kurz in die Hände und ein paar Lakaien, alle ebenfalls Vampire, eilten herbei und führten unsere Gastgeschenke in einen Nebenraum.

Dann stellte er uns zu seiner Linken einen untersetzten kleinen Vampir mit geziertem Blick vor. »Dies ist der Vicomte de Sabourdin. Er wird heute Abend unser Zeremonienmeister sein.«

Sabourdin verneigte sich kurz vor uns und führte uns an das Kopfende der Tafel, an dem drei Vampire thronten und uns abschätzig musterten.

Die Musik verstummte und Sabourdin wandte sich uns zu, wies auf den mittleren der drei Vampire und verkündete mit lauter Stimme: »Mesdames und Messieurs, der Duc de Longueville, Oberhaupt aller Sybarites! Monsieur le Duc, dies sind die Marquise de Fontainebleau, die Marquise de Larchant, der Marqués de Alvarellos sowie der Conde de Horcajo.« Der Duc, ein hagerer Vampir mit weißgepudertem Haar und eisgrauen Augen, nickte uns hoheitsvoll zu und Maddy und ich versanken in einen standesgemäß tiefen Knicks und Francisco und Miguel zeigten die entsprechende Verbeugung.

Dann wandte sich Sabourdin den anderen beiden Vampiren zu, die er als den Marquis de Verneuil und den Comte de Trébuchon präsentierte und wir wiederholten das Vorstellungsspiel.

Der Duc erhob sich und klatschte zweimal in die Hände. Dabei blieb mein Blick an seinem mächtigen Siegelring hängen, den das Wappen der Sybarites zierte. Der Wappenschild darauf war viergeteilt, wurde von zwei Greifen gehalten und enthielt als Hauptsymbole gekreuzte Knochen sowie ein anatomisches Herz. Die Symbolik dünkte mir unmissverständlich. Auf das Klatschen des Duc hin erschienen nun ein paar der Lakaien und stellten für uns einen separaten Tisch in der Mitte der Tafel auf. Longueville sah uns eindringlich an. »Mesdames, Messieurs!«, erklärte er dann mit kehliger Stimme. »Euch wird die unschätzbare Ehre zuteil, Mitglieder der Sybarites de Sang zu werden. Doch zuvor müsst Ihr Euch unserer Gemeinschaft für würdig erweisen, indem Ihr uns Eure Gastgeschenke präsentiert und hier vor unseren Augen Euren Durst an ihnen stillt. Erst dann dürft Ihr als vollwertige Mitglieder an unserer Tafel Platz nehmen. Die Damen haben den Vortritt.«

Er klatschte erneut in die Hände und die Lakaien trugen zwei übergroße Silbertabletts herein auf denen jeweils nackt, gefesselt und geknebelt Diogène und Remont de Crabouillet lagen. Ihre vor Angst weit aufgerissenen Augen zeugten davon, dass die Wirkung des Schlafmohns so langsam abnahm. Die Lakaien legten die Tabletts auf der Tafel vor dem Duc ab und Longueville sah uns fragend an.

Nach einem kurzen Blickwechsel mit Maddy erklärte ich mit fester Stimme: »Dies sind Diogène und Remont de Crabouillet, Söhne des Marquis de Crabouillet, Studenten an der Sorbonne und beide noch unberührt.«

Der Duc schloss kurz die Augen und sog den Duft der Zwillinge ein, dann nickte er zustimmend und entfernte ihre Knebel. »Möchte die jungen Messieurs uns noch irgendetwas mitteilen?«, fragte er an die Zwillinge gewandt.

Beide blickten ihn verwirrt und panisch an. »Wo sind wir hier?«, rief schließlich Remont mit sich überschlagender Stimme aus. »Was ist dies für eine kranke Veranstaltung?«

»Tz, tz«, schnitt Longueville ihm missbilligend das Wort ab, »Ihr seid die Mahlzeit, mein Bester. Und die Mahlzeit stellt keine Fragen.« Anschließend nickte er uns auffordernd zu.

Ich unterdrückte meinen Widerwillen und griff nach dem Tablett mit dem nunmehr aus voller Kehle schreienden Remont und Maddy tat es mir mit dem von Diogène gleich. Wir stellten die Tabletts vor uns auf den separaten Tisch und sahen uns an. Obwohl wir wussten, was die Zwillinge für bestialische Taten vollbracht hatten, war diese Situation dennoch etwas anderes als der Abend im *Le Terrain de Jeux*. Damals hatten wir überfallartig im Affekt gehandelt, dies hier hingegen war von langer Hand vorbereitet.

Die Vampire an der Tafel um uns herum richteten sich erwartungsvoll von ihren Plätzen auf.

Ich schloss kurz die Augen, sog den Duft ein und spürte das vertraute Gefühl meiner wachsenden Reißzähne.

Dann schlug ich meine Zähne in Remonts Kehle und sein Geschrei verstummte abrupt. Die anderen Vampire stießen ein begeistertes Raunen aus, das ich nur am Rande wahrnahm.

Erneut spürte ich, wie der köstliche warme Lebenssaft meine Kehle hinunter rann und meinen Appetit mehr und mehr anstachelte. Ich verstärkte mein Saugen und trank gierig, bis der zuvor noch zuckende Leib Remonts sich nicht mehr rührte. Ich ließ ihn fallen und kam wieder zur Besinnung.

Auch Maddy hatte mir gegenüber inzwischen ihre Mahlzeit beendet und starrte mich resigniert an.

Tosender Applaus brandete um uns herum auf.

Schließlich erhob sich der Duc de Longueville mit zufriedenem Gesicht und gebot der Meute zu schweigen. »Wundervoll, Mesdames! Bitte nehmt doch neben uns Platz, damit jetzt die Messieurs zur Tat schreiten können.«

Stumm nahmen wir neben dem Marquis de Verneuil und dem Comte de Trébuchon Platz. Die Lakaien räumten rasch die Tabletts mit den sterblichen Hüllen der Zwillinge beiseite und brachten nun die Tabletts mit den Cousinen herein.

Das Schauspiel von vorhin wiederholte sich. Francisco stellte dem Duc die Cousinen als die Desmoiselles Nymphéa und Zenaïde de Quignard, wohlbehütete Töchter aus vornehmem Hause vor, der Duc prüfte ihren Duft und gab sie zur Mahlzeit frei.

Die Cousinen behielten ihre Knebel, als sich Francisco und Miguel daran machten, sie auszusaugen, doch ihre unterdrückten Schreie wirkten nicht weniger verzweifelt als die der Zwillinge. Doch schon bald verstummte auch diese. Und erneut bekundeten die Sybarites an der Tafel ihre Begeisterung mit einem lauten Applaus.

Daraufhin wurden auch Francisco und Miguel aufgefordert, an der Tafel Platz zu nehmen.

Der Duc de Longueville erhob sich feierlich und sah uns mit einem väterlich-wohlwollenden Lächeln an. »Die Mesdames und Messieurs haben sich als würdig erwiesen, neue Mitglieder der Sybarites de Sang zu werden. Im Namen aller Mitglieder weltweit heiße ich Euch auf das herzlichste in unserer Gemeinschaft willkommen. Ihr werdet sogleich einen Vertrag vorgelegt bekommen, auf dem Ihr Euch mit einer Unterschrift Eures Blutes zu einer Mitgliedschaft auf Lebenszeit verpflichtet, was – wie Ihr wisst – in unserem Fall die Ewigkeit bedeutet, falls nicht etwas …«, er kicherte kurz heiser, »… Unvorhergesehenes dazwischen kommen sollte.«

Ein Lakai brachte vier Schriftrollen herbei und reichte sie dem Vicomte de Sabourdin, der mit lauter Stimme vorlas: »Mit der Unterschrift meines eigenen Blutes verpflichte ich mich dazu, den Sybarites de Sang bis in alle Ewigkeit die Treue zu halten. Ich verbürge mich mit meinem Leben dafür, den Interessen der Sybarites fortan oberste Priorität zu geben und über sämtliche Angelegenheiten und Unternehmungen völliges Stillschweigen zu bewahren. So wie sämtliche andere Mitglieder der Sybarites nun für mich ergebene Brüder und Schwestern sein werden, so werde ich auch ihnen jederzeit getreu zur Seite stehen. Der Bund, den ich mit ihnen eingehe, ist unwiderruflich und untrennbar.«

Sabourdin legte jedem von uns ein identisches Exemplar des Vertrages vor und bat uns ihm die linke Hand zu reichen. Er ritzte kurz mit seinem Zahn jeden von uns an der Innenseite des Handgelenks, tauchte eine Feder in den jeweils daraus hervorquellenden Blutstropfen und ließ uns unterschreiben.

Dann ließ er die Verträge wieder einsammeln. Longueville nickte ihm zu und erhob erneut die Stimme. »Ich denke, damit wäre den Förmlichkeiten genüge getan. Meine lieben Freunde, Ihr werdet sicherlich noch einige Fragen haben, was die Regeln und Unternehmungen unserer beschaulichen kleinen Gemeinschaft anbelangt. Ich habe daher unseren teuren Marquis de Momboisse abkommandiert, Euch für jedwede Informationen, nach der es Euch gelüstet, zur Verfügung zu stehen.« Er wies auf den mittlerweile ebenfalls an der Tafel sitzenden Momboisse, der sich kurz verneigte. »Da wir aber schließlich alle hier sind, um uns zu vergnügen«, fuhr der Duc fort, »mögen die Feierlichkeiten nun endlich beginnen.«

Er klatschte wieder in die Hände, woraufhin das Streichquartett erneut zu spielen begann und die Lakaien aufs Neue Silbertabletts hereintrugen, auf denen jeweils zwei blutjunge Mädchen saßen. Sie waren Rücken an Rücken aneinander gebunden, trugen zarte Negligés und ihr Gesichtsausdruck war so leer, als ob man sie betäubt hätte.

Die Lakaien verteilten die Tabletts auf der Tafel, was von den daran sitzenden Vampiren mit einem zustimmenden Gemurmel begrüßt wurde. Auch vor uns wurde ein ebensolches Tablett abgestellt. Mit Entsetzen beobachteten Maddy und ich nun, wie die Lakaien fachmännisch jeweils ein Mädchen an der Halsschlagader ritzten und sofort danach so etwas wie eine kleine Zapfvorrichtung an der Wunde anbrachten, die mit Bändern am Hals des jeweiligen Mädchens befestigt wurde. Dabei war nicht ein Tropfen Blut der Mädchen verlorengegangen, was darauf schließen ließ, dass die Lakaien dieses Prozedere nicht zum ersten Mal durchgeführt hatten.

Der Duc de Longueville hielt sein Kristallglas unter einen der zierlichen Zapfhähne und öffnete ihn, bis das Glas mit der dunkelroten Flüssigkeit randvoll gefüllt war. Dann hob er es zu Gruß an seine Gäste im Saal. »Nunc est bibendum!«, rief er aus und alle anderen schlossen sich ihm an. »Trinkt!«, forderte er uns lächelnd auf. »Die Qualität ist hervorragend.«

Ich schloss kurz die Augen. Der berauschende Duft, der mir aus den bereits gefüllten Gläsern entgegenschlug, kämpfte in mir einen tobenden Wettstreit mit meinem Abscheu über dieses Spektakel. Doch ich wusste, dass ich mir keine Blöße geben durfte. Nicht schon zu diesem frühen Zeitpunkt.

Also griff ich nach meinem Glas und füllte es mit dem köstlichen Blut des apathisch vor mir sitzenden Mädchens und bemühte mich, meine aufkommende Selbstverachtung zu unterdrücken. Ich hob mein Glas zu einem stummen Gruß an Maddy, Francisco und Miguel und wusste, dass die fröhliche Stimmung auf ihren Gesichtern ebenso Fassade war wie die meinige.

Die weiteren Feierlichkeiten bestanden für uns darin, unsere Maskerade aufrechtzuerhalten.

Schon bald waren die ersten Mädchen leergetrunken. Dadurch, dass sie am Rücken aneinander gebunden waren, wurde auf perfide Weise verhindert, dass ihre sterbliche Hülle in sich zusammensank. Waren beide Mädchen auf einem Tablett ausgesaugt, so sorgten die Lakaien für Nachschub.

Nachdem alle Vampire solchermaßen ihren ersten Durst gestillt hatten, gab es verschiedene Darbietungen von Gauklern, Artisten und Tänzerinnen, alle indes mit etwas morbidem Charakter.

So führte eine orientalische Tänzerin beispielsweise einen Tanz mit ein paar Schlangen auf. Um die Gefährlichkeit dieser Reptilien unter Beweis zu stellen, ließ sie die Schlangen jedoch zunächst einen jungen Knaben beißen, der eigens zu diesem Zweck herbeigeführt war und daraufhin ohnmächtig zusammenbrach.

Als Nächstes machten sich ein paar in groteske Clownskostüme gekleidete Vampire daran, eben jenen Knaben auszusaugen, wobei sie ein großes Theater darum machten, wie widerwärtig der Junge jetzt angesichts des Schlangengiftes schmecke. Das abstoßende Schauspiel sorgte im Saal für große Heiterkeit.

Nachdem es noch eine Weile so weiterging und auch noch weitere Gänge frisches Mädchenblut zur Verköstigung gereicht wurde, fanden die Feierlichkeiten endlich ein Ende.

Viele der anderen Mitglieder hatten sich uns mittlerweile vorgestellt und uns herzlich in ihrer Mitte willkommen geheißen.

Ich hatte das Gefühl, dass mein Gesicht inzwischen zu einer schmerzenden Grimasse erstarrt war, da es mich enorm viel Mühe kostete, meinen ganzen Hass und Ekel zu verbergen. Doch so wohlwollend und begeistert, wie man uns aufnahm, fiel das allem Anschein nach niemandem auf.

Dennoch war ich unendlich erleichtert, als die Nacht dem Ende zuging und die Kutschen uns zurück zu unserem Haus brachten.

Da wir alle von der Verstellung einigermaßen erschöpft waren, verabschiedeten wir uns direkt vor unserem Haus von Francisco und Miguel und vereinbarten, am nächsten Morgen über unsere weitere Vorgehensweise zu sprechen. Francisco nahm mich nur wortlos in den Arm und senkte seine Lippen zu einem zarten Abschiedskuss auf meinen Mund, wofür ich ihm einmal mehr dankbar war. »Ruh Dich aus, Mi Corazon«, sagte er mit rauer Stimme. »Wir haben jetzt eine schwierige Zeit vor uns.« Dann stieg er wieder in die Kutsche zu Miguel, der sich von Maddy ebenfalls verabschiedet hatte. Ich sah ihm nachdenklich hinterher.

Maddy und ich benötigten beide etwas Ruhe. Und so zogen wir uns in den kleinen Garten zurück, den wir als stille Oase auf dem Dach unseres Hauses hatten errichten lassen. Es gab dort etliche Blumen, einen schmalen Kräutergarten, der Maddys ganzer Stolz war, und sogar ein kleines Stückchen Wiese, für das wir eigens die Erde bis hier hoch hatten schaffen lassen.

Auf diese Wiese legten wir uns nun und blickten in den sternenklaren Nachthimmel, an dessen Horizont sich bereits das erste zögerliche Rot des beginnenden Morgens bemerkbar machte.

Wir sprachen über unsere gemeinsame Vergangenheit, die vielen Abenteuer, die wir schon gemeinsam erlebt hatten, lachten über unzählige Anekdoten. Nur den soeben erlebten Abend ließen wir in einer stillschweigenden Übereinkunft als Thema ruhen, bis es Zeit würde, sich damit auseinanderzusetzen.

Dieser Abend war für uns alle eine harte Prüfung gewesen und ich ahnte, dass noch weitere Prüfungen folgen würden. Der Kampf hatte gerade erst begonnen.

ENDE DES ERSTEN BANDES

INHALT

DANKE SCHÖN!

Die *Zeitgenossen* hatten und haben einige temporäre und permanente Unterstützer, die mir sehr dabei geholfen haben, die Romanserie auf ihren Weg zu bringen. Darum gilt mein Dank an dieser Stelle unter anderem Steffi Foitzik, Regine Striepen, Yvonne Reichelt, Stefanie Hochadel, Melanie Reichert und Tamara Fehn, die die *Zeitgenossen* alle ein Stück des Weges begleitet haben, sowie meinen *Schreibwut*-Mädels, die mich durch ihre Kommentare stets motiviert haben.

Mein ganz besonderer Dank gilt Sandra Kranz, die mich stets sehr sachkundig, verständnisvoll und tatkräftig während des ganzen kreativen Prozesses unterstützt hat, sowie meinem Mann, der mir den Rücken freigehalten hat, damit ich mich dem Schreiben widmen konnte.

WEITERE INFORMATIONEN ZU DEN ZEITGENOSSEN

Die *Zeitgenossen* sind eine Romanserie, die die Erlebnisse der Vampirin Gemma von 1599 bis in die heutige Gegenwart begleitet.
Auf der Homepage **http://www.zeitgenossen-romane.de** findet Ihr viele weiterführende Informationen zu Romanserie, darunter unter anderem ...
... eine Auflistung der verschiedenen **Charaktere**,
... Hintergrundinformationen zu verschiedenen **Gruppen**, wie z.B. den Sybarites,
... ein umfangreiches **Glossar**, in dem wichtige Begriffe und evtl. unbekannte Wörter erklärt werden,
... Neuigkeiten zu Aktionen, Gewinnspielen und Neuerscheinungen in der Rubrik **News** und vieles mehr.
Die fiktive Geschichte von Gemma und ihren Freunden wurde in den *Zeitgenossen* mit vielen realen historischen Ereignissen, Figuren und Schauplätzen verwoben. In der Rubrik **Hintergründe** findet Ihr eine Auflistung jener Ereignisse, Figuren und Schauplätze sowie jeweils Hinweise dazu, was tatsächlich passiert ist und was von mir frei erfunden wurde.

Ich würde mich sehr über Euren Besuch auf **http://www.zeitgenossen-romane.de** und auf Euer Feedback zur Homepage freuen.
Wenn Ihr keine Neuigkeiten der *Zeitgenossen* verpassen möchtet, könnt Ihr dort unter **Kontakt/Newsletter** auch den *Zeitgenossen*-Newsletter abonnieren, der Euch über Aktionen, Gewinnspiele und Neuerscheinungen informieren wird.

LIEBE LESERIN UND LIEBER LESER,

es würde mich freuen zu erfahren, wie Dir der erste Band der *Zeitgenossen* gefallen hat. Wenn Du mir Deine Meinung dazu persönlich mitteilen möchtest, kannst Du mir gerne eine E-Mail an **hope@zeitgenossen-romane.de** schreiben oder einen Kommentar auf meiner Zeitgenossen-Fanpage bei Facebook
http://www.facebook.com/zeitgenossen.romane
hinterlassen.

Auch eine ehrliche Rezension auf Amazon.de oder Deinem persönlichen Blog wäre natürlich hilfreich für mich, denn wenn man sich als Autor weiterentwickeln möchte, ist es wichtig zu erfahren, wie das Geschriebene beim Leser ankommt.
Allerdings hat gerade der Ruf von Rezensionen bei Online-Shops in der letzten Zeit leider sehr gelitten. Daher solltest Du Dich auch auf keinen Fall gezwungen fühlen, eine Rezension zu schreiben – selbst wenn Du eventuell von Deinem Online-Shop nach dem Kauf dieses Buches automatisch dazu aufgefordert wurdest. Ich freue mich indes über jedes freiwillige und ernstgemeinte Feedback.

Wenn Du noch mehr über die *Zeitgenossen* erfahren möchtest, schau doch mal auf der Homepage zur Romanserie **http://www.zeitgenossen-romane.de** vorbei. Dort hast Du auch die Möglichkeit einen Newsletter zu abonnieren, der Dich über alle Aktionen, Neuigkeiten und selbstverständlich die Neuerscheinung der weiteren Bände informieren wird. Nähere Hinweise hierzu findest Du auch auf der vorherigen Seite *Weitere Informationen zu den Zeitgenossen.*

Herzliche Grüße
Deine Hope Cavendish

WIE GEHT ES WEITER?

Gemma und ihre Freunde haben sich bei den Sybarites eingeschleust. Dies bedeutet für Gemma, einen Kampf auf ungewohnten Terrain auszufechten. Sie muss sich verstellen, Menschenblut trinken und obendrein noch so tun, als bereite ihr dies höchstes Vergnügen.

Als sie am wenigsten damit rechnet, begegnet sie plötzlich Giles wieder, der sich ausnehmend gut mit Félice, einer alten Jugendliebe, zu verstehen scheint. Giles und Félice schließen sich Gemma und ihren Freunden im Kampf gegen die Sybarites an – und machen damit Gemmas Gefühlschaos komplett. Wie stehen Giles und Félice zueinander? Und warum interessiert Gemma sich überhaupt dafür? Was ist mit Francisco? Und wie sollen die Freunde es schaffen, die Macht der Sybarites zu schwächen?

Das alles erfahrt Ihr in:
Zeitgenossen - Band II - Kampf gegen die Sybarites.